# Médium

## Francis Molehorn

I0545827

Venus and Amor
Publishing

# Derechos de autor

Copyright © 2014 Francis Molehorn
Todos los derechos reservados
ISBN: 90-820321-4-7
ISBN-13: 978-90-820321-4-7

# Dedicatoria

*A todas aquellas y aquellos que,*
*por una razón u otra, han creído en mí.*

# 1

No cabía una sola persona más en la Calle 42 de Nueva York, cuando Douglas Zitzky cruzó la Séptima Avenida hacia el Este, en dirección a Broadway. Recorría Manhattan con frecuencia por motivos de trabajo, pero ese día le estaba resultando especialmente difícil transitarla. En julio, en pleno verano, el calor sofocante, combinado con la humedad, hacían que el camino hacia el edificio que tenía que visitar se hiciera tan insoportable como no recordaba haberlo vivido en los veintiocho años que tenía. La mescolanza del ruido de maquinaria pesada, con el de vehículos de todo tipo, más el de las tiendas y los músicos callejeros, hacían del trayecto por Times Square una prueba muy seria para los nervios.

A todo esto se sumaba un desasosiego inusual, ante la perspectiva de llevar a cabo un trabajo que no era habitual, por la simple razón de que era imposible que se le hubiera pasado por la mente algo tan torpe, si su situación actual no fuera tan precaria y a la vez peligrosa.

Cruzó el umbral de entrada del edificio sin despertar sospechas de parte de los encargados de seguridad ni del conserje detrás de su mesón. Había tenido que ponerse formal en su vestuario para cumplir con su tarea y lo había conseguido con honores. Su terno oscuro, su impecable camisa de tonos celestes y blancos a rayas finas y su corbata oscura le daban la apariencia de joven ejecutivo que buscaba.

Para acentuar el estilo había decidido afeitarse la barba de tres días que solía llevar, y cortarse el cabello en una peluquería yuppy del centro. Le costó un ojo de la cara pero los beneficios que pretendía obtener de la empresa excedían con creces la suma gastada. El portadocumentos que cargaba venía a complementar la imagen de formalidad que transmitía su vestuario.

El hall del pomposo edificio había visto días mejores pero no por ello dejaba de impresionar. No tanto por lo que se veía, sino por lo costoso que resultaba alquilar una oficina en sus dependencias. Era un lugar solamente reservado para estudios de abogados, oficinas de asesoría económica y negocios de diferentes rubros, pero cuyo denominador común era el éxito comercial y la capacidad de pagar cifras desmesuradas de dólares por metro cuadrado de alquiler, aunque solamente fuera por la ubicación privilegiada del inmueble. Cuatro ascensores esperaban al final del piso de baldosas brillantes para conducir a los usuarios a través de los cincuenta pisos.

El hecho de que fuera la hora de la merienda disminuía considerablemente la cantidad de pasajeros esperando, y precisamente eso es lo que Douglas había previsto. A su lado se encontraban a lo sumo unas cinco personas, las que cabían más que cómodamente en uno de los cuatro aparatos con capacidad para catorce pasajeros cada uno. Además, a pesar de lo alto del edificio —para ciudades comunes y corrientes, no para Nueva York—, los ascensores eran tan modernos que cumplían con su cometido con una rapidez que permitía que no pasara más de un minuto antes de que alguna de las puertas se abriera para trasladar al siguiente grupo.

Douglas esperó que el puñado de personas montara en el primer ascensor que llegara y así poder viajar solo en el próximo. La puerta se abrió y una avalancha de personajes jóvenes, elegantes y encorbatados se precipitó hacia la salida con el propósito de encender el primer cigarrillo de la mañana y comprar un hot dog en el carrito de la esquina. Mientras tanto, sus jefes posiblemente se tomaban su tiempo para almorzar en alguno de los finos restaurantes de la zona.

Douglas dejó que las pocas personas que aguardaban para subir se acomodaran y que las puertas del ascensor se cerraran. Caminó lentamente hacia otro de los aparatos que iba bajando y se dispuso a esperar, mientras repasaba lo que, en principio, tenía que ser un plan.

A su lado, una muchacha de pelo negro, vistiendo un sobrio vestido marrón esperaba para subir. Sus ojos de azabache oscurísimo estaban fijos en el marcador de pisos y parecía algo inquieta. Se mostraba tan fascinada en el movimiento de los números digitales que Douglas no vio inconveniente en fijar su atención en su próxima compañera de viaje, sin tomar demasiado en cuenta las precauciones que demandaba la cortesía. No es que en otras circunstancias no lo hubiera hecho, pero ahora se sentía más seguro de que no recibiría alguna de esas gélidas miradas a las que ya se había acostumbrado pero que, de todas maneras, quitaban algo de encanto al lance.

La chica no parecía mayor de veintitrés o veinticuatro años y su rostro denotaba una lozanía que hacía presumir que había llevado una vida relativamente apacible y sin mayores urgencias pecuniarias. Sin duda que Douglas no había llegado a esa conclusión solamente a través de su capacidad de análisis de personalidad, sino más bien basándose en la joyería que la muchacha portaba consigo. El collar con la diadema de rubíes no podía haber costado menos de dos mil dólares, y el reloj Versace de diamantes que lucía en su muñeca no era una copia taiwanesa sino que valía los más de diez mil billetes verdes que representaba.

Por razones profesionales, Douglas era un buen catador de esas cosas, pero mucho más todavía de lo que lo mantuvo fijo como un niño ante una pastelería, y que era precisamente el mullido soporte en que se depositaba la bella cruz de rubíes. Un escote que, si bien no era demasiado pronunciado, hacía que resaltara un busto que Douglas solía describir genéricamente como «la obra de Dios en persona». Era ese tipo de pecho esculpido de los que había visto ya bastantes, pero cuyas portadoras no siempre apreciaban sus esfuerzos por buscar un acercamiento mayor.

A pesar de que podía permitírselo, Douglas no era un tipo demasiado engreído. Su metro noventa y se complexión musculosa eran suficientemente impresionantes como para que pudiera darse el gusto de convencer a más de una damisela a que aceptara sus favores. Sin embargo, no solía conseguirlo con aquellas en las que estaba realmente interesado. Tal vez por su falta de imaginación cuando se trataba de entablar conversación y de mostrar recursos de seducción, y además por su no demasiado sofisticada apariencia.

Sus facciones eran bastante toscas y su musculatura no alcanzaba a ser tan atrayente como para hacer olvidar ese detalle. Por otra parte, estaba claro que un viaje de un minuto en un ascensor no iba a bastar para poder entrarle a una señorita de estatus tan elevado y probablemente acostumbrada a otro tipo de tácticas de galanteo. Pero, bueno, él estaba allí para otra cosa, y convendría que se fuera comenzando a concentrar, porque, por muy seguro que estuviera de sí mismo, y por mucho ánimo que se quisiera insuflar, las cosas se podían torcer en cualquier momento y el asunto podía terminar mal.

Entraron al ascensor y Douglas le dejó galantemente la posibilidad de ser la primera que eligiera piso. La muchacha dudó, como tratando de recordar y posteriormente cedió a Douglas la opción de marcar a dónde iba sin siquiera mirarlo a los ojos. El muchacho buscó el piso dieciocho y presionó con decisión, sin denunciar en ningún momento que lo había elegido al azar y que no tenía la menor idea de a dónde lo llevaría.

El ascensor comenzó a subir y la chica continuaba con sus ojazos imantados a las cifras que cambiaban velozmente en el marcador. Douglas echó una última mirada a esos pechos memorables antes de que se abriera la puerta y tuviera que bajar, dejando atrás a la muchacha con su expresión de incertidumbre.

El pasillo era amplio y estaba flanqueado por las puertas de las oficinas, al costado de las cuales estaban las placas que anunciaban quiénes eran y a qué rubro pertenecían los locatarios. La verdad es que el albur que estaba corriendo Douglas era de una irresponsabilidad indescriptible. No sabía nada sobre el lugar en el que iba a dar el golpe, como no fuera que cada una de esas oficinas tenía cosas de valor dentro y que a esas horas la mayoría de los funcionarios había salido a merendar. La decisión de cometer tamaña burrada se basaba en dos poderosas circunstancias: primero que sería el primero y el último golpe de ese tipo que llevaría a cabo en esa zona, por lo que nadie necesariamente lo relacionaría con lo ocurrido, y segundo, porque necesitaba dinero rápido y en grandes cantidades si quería mantener su integridad física. En realidad se trataba de un acto de desesperación llevado a cabo con la máxima racionalidad.

Desde luego que Douglas tenía perfectamente claro que ese tipo de cosas están condenadas al fracaso, noventa de cada cien veces, pero la necesidad era demasiado grande y, por qué no reconocerlo, también el morbo de meterse en una empresa tan demencial para darle una diferente forma de variedad a una vida que pretendía cambiar en un futuro no demasiado lejano.

El pasadizo estaba en una semipenumbra, solamente rota por alguna luz de guardia que evitaba posibles tropezones. Esa ala del edificio requería iluminación artificial ya que la natural no la alcanzaba. La visibilidad, sin embargo, seguía siendo buena y Douglas sintió que lo sombrío del entorno le daba algo más de confianza para acometer su tarea.

El comienzo, sin embargo, fue poco auspicioso. La primera mirada a una de las puertas de las oficinas le indicó que todo lo que había calculado hacer con su ganzúa y sus talentos, quedaba totalmente fuera de consideración. Todas las cerraduras operaban con tarjetas magnéticas, como todo edificio que se respete y que cuente con medidas de seguridad razonables. Y cualquier imbécil tendría que haberlo sabido.

Maldición. ¿Cómo no se le había ocurrido hacer un estudio previo del edificio antes de entrar a ciegas a llevar a cabo un golpe en el cual, de todas maneras, ninguna persona racional hubiera cifrado la menor esperanza? ¿Qué clase de profesional era él?

Douglas lo tenía perfectamente claro, y en otras circunstancias no lo habría hecho, pero puesto a valorar las opciones consideró que el ser descubierto y tener que pasar una temporada en la cárcel, la primera en su exitosa carrera, no se comparaba con terminar con las piernas rotas o con un tiro en la cabeza.

Examinó rápidamente la situación y las alternativas, y se dio cuenta que eran bastante modestas. En el momento en que decidía dar por terminado el intento y volver al hall de los ascensores, se percató de la presencia de un carro de la limpieza, similar a los de los hoteles, y una idea le pasó por la cabeza. No era predecible el desenlace, pero había que intentarlo antes de salir con la cola entre las piernas y con la amenaza de muerte revoloteando a su alrededor.

Se acercó decididamente hacia la puerta abierta de la oficina que estaba siendo ordenada y esperó desde algunos metros la salida de la mucama. Cuando vio aparecer a una mujer de piel oscura vistiendo su delantal y llevando algunos artículos de aseo, echó mano a su billetera y sacó una tarjeta al azar. Después de fingir que se percataba de la presencia de la mujer, hizo un gesto divertido y dijo:

—Vaya, está abierto.

—Sí, —comenzó a decir la mujer— ya acabo de…

—Entonces no necesito esto —interrumpió Douglas, volviendo a guardar la tarjeta en su billetera mientras la mucama lo miraba con indiferencia y se marchaba a continuar su trabajo.

Douglas la vio alejarse y esperó algunos momentos antes de empujar la puerta del cubículo. Junto al marco tenía una placa dorada que rezaba simplemente:

*Asesoría*
*Dr. Jeff Greene*

# 2

A Douglas le sonaba el nombre de algo, y eso hacía todavía más tentadora la opción de entrar a ver qué había. Si el propietario no había visto la necesidad de poner su actividad o sus títulos, era posible que se tratara de alguien suficientemente conocido, y acaudalado, como para no necesitar agregar detalles.

En cualquier caso, la suerte ya estaba echada y, para Douglas, no había mayor alternativa que aprovechar lo que se le ofrecía. Si había tenido la habilidad de encontrar una manera de entrar a una oficina, sería un pecado el dejar pasar la posibilidad de sacar una utilidad de la argucia. Echó una mirada al interior del recinto y se dio cuenta que estaba inhabitado. Las ventanas estaban cerradas, el escritorio que adornaba la sala de espera estaba prácticamente vacío y no se percibía ningún tipo de actividad.

Douglas dejó entreabierta la puerta y se quitó el saco. No sería la primera vez que lo sorprendieran donde no debía estar, y siempre había sabido librarse con alguna artimaña. En este caso tenía preparada la del inspector de sistemas de aire acondicionado. Sacó su carpeta con una serie de papeles que parecían formularios de informe técnico, coronados por un logotipo desconocido. La dejó sobre el escritorio y colgó el saco en una silla para luego dirigirse a la siguiente puerta que seguramente daba al escritorio del jefe. Cuando la abrió, Douglas se encontró con un recinto que podría perfectamente haber pasado por el buró de un abogado. Una parte la pared estaba ocupada por algunos diplomas prolijamente enmarcados y que delataban la proveniencia académica de la persona que los había colgado. Los estantes estaban llenos de libros, varios de ellos firmados por el propio Jeff Greene y a los que Douglas, que no era un hombre de muchas lecturas, no les prestó mayor atención. Solamente le agradó descubrir que estaba en la oficina de un autor, al parecer, de éxito.

Además, hubiera sido un absurdo el distraer su atención en cualquier cosa que no hubiera sido lo que lo llevó allí en primer lugar, que era vaciar la caja, en caso de encontrar alguna, de modo que se dio a la tarea con la rapidez y la profesionalidad que lo caracterizaban. Comenzó por ponerse sus finos dedales de látex y a abrir las gavetas inferiores del escritorio donde, según su experiencia, se solía ocultar la caja chica de algunas empresas de cajas muy grandes.

Había comenzado a revisar los cajones, arrodillado delante del sillón de la oficina, cuando observó que desde la puerta de entrada, la muchacha que había encontrado en el ascensor lo miraba fijamente. Había entrado con tanto sigilo que Douglas no se había percatado de su presencia. Al parecer la joven era tan extraña a la oficina como él y lo que esperaba era ser atendida por la persona a cargo.

Douglas miraba fijamente a la recién llegada sin saber claramente qué camino seguir hasta que, cuando se había decidido a balbucear algo, la joven se le adelantó:

—¿Puedo pasar?

—Por supuesto, adelante —asintió Douglas, aunque sabía perfectamente que no era la respuesta más adecuada.

Hacía bastante tiempo que dejó de permitir que intereses no profesionales lo hicieran cometer una imprudencia, pero la visión de la bella muchacha, su apariencia de alto estatus y, por sobre todo, sus fenomenales pechos, hicieron que su sentido común pasara a un discreto segundo plano.

La muchacha entró y tomó asiento en el amplio sillón frente al escritorio, a la espera de que Douglas se incorporara y pudieran iniciar el diálogo. En vista que claramente lo había confundido con la persona que se suponía que debía estar allí, Douglas decidió representar el papel y allanar las cosas lo más rápido posible antes que aparecieran los verdaderos inquilinos.

—Necesito tomar contacto con Leo —dijo la joven dama sin mayores prolegómenos.

—¿Quién es Leo? —preguntó Douglas.

—Mi marido —respondió la muchacha.

Douglas dejó pasar unos momentos para tratar de entender, aunque no terminaba de hacerse una idea clara de quién era realmente el tal «asesor Jeff Greene» y por qué podría prestar servicios para contactar gente. Siendo escritor le parecía improbable que también ejerciera de detective privado.

—Usted necesita hablar con su marido —dijo Douglas.

—Sí —respondió la joven.

—¿Y por qué no lo llama? —preguntó Douglas tomando el camino más obvio.

—Exacto —respondió la dama.

—Exacto —repitió Douglas, quien ya comenzaba a pensar que la chica tenía un serio problema en la azotea.

—Mi marido murió hace seis meses —agregó la muchacha.

Douglas observó con inquietud que la joven pensaba seriamente que su última frase era aclaratoria y que esperaba su reacción.

—Murió hace seis meses —repitió Douglas.

—Sí —respondió la muchacha sin inmutarse.

Douglas se puso de pie, tomándose un tiempo para llegar a una decisión y recorrió la pared de los diplomas con displicencia, como si estuviera profundamente absorto en sus propios pensamientos. Llegó hasta el certificado que presidía el grupo y leyó:

*Dr. Jeff Greene*
*Instituto de Parapsicología de California*

Volvió hacia el estante de libros y puso más atención a los títulos que llevaban la firma del Dr. Greene. Eran muchos y todos decían relación con la vida después de la muerte y la capacidad de comunicación que tenemos con los espíritus de nuestros parientes y amigos fenecidos.

16

—¿Me perdona un momento? —dijo Douglas abruptamente mientras salía raudamente hacia la oficina de la secretaria.

Sacó su teléfono y presionó uno de los números de su lista de favoritos. Al cabo de unos segundos, una voz masculina respondió:

—Dime.

—Estoy en el edificio Ala Sur.

—¿Qué cojones estás haciendo ahí? —preguntó el hombre.

—Escucha —dijo Douglas—. Entré a la oficina de un médium y ahora tengo a una mujer que quiere que la contacte con su marido muerto.

—¿Y?

—Porter, es absolutamente divina y no parece muy lista. Además lleva un reloj que debe valer más de diez mil dólares y un collar…

—Lárgate de allí enseguida —interrumpió Porter—. Dile que necesita una lectura personal y que te dé sus datos, y vete de ahí cuanto antes.

Porter colgó violentamente el teléfono y Douglas entendió que la urgencia estaba en no ser descubierto antes de poder sacar provecho de una situación prometedora. Porter tenía un olfato infalible para este tipo de cosas.

La muchacha seguía sentada en la misma posición en que Douglas la había dejado y solamente giró su cabeza al verlo entrar y dirigirse al escritorio.

—Disculpe —dijo Douglas— pero tengo una cita urgente dentro de unos minutos y no me es posible atenderla hoy. Quizás podríamos acordar una visita a domicilio y hacer una lectura personal allí. ¿Le parece?

Yo creo que es lo mejor. Además podremos estar más cerca de... ¿Leo? Leo se llama ¿no? Se llamaba, digo. Su presencia allí nos ayudaría mucho.

La chica abrió su cartera, sacó una tarjeta y se la extendió a Douglas después de escribir algo en el reverso.

—Este es mi número privado —dijo—. Mejor llámeme allí. Olvídese del número impreso.

Por su parte, Douglas, que se había ocupado en buscar dónde podía hallar una tarjeta de Greene en el amplio escritorio y afortunadamente no había tardado en encontrarlas (el buen doctor parecía ser un hombre organizado), tomó una de las cartulinas y tachó igualmente el número original hasta dejarlo irreconocible, para luego escribir en un costado el de su celular.

—Aquí estoy siempre —dijo—. Llámeme en cualquier momento a partir de mañana. Tengo una agenda bastante cargada pero me haré un hueco señorita...
—Douglas echó una mirada a la tarjeta— Santuzzi.

La señorita Santuzzi se puso de pie mientras guardaba la tarjeta de visita, supuestamente del doctor Greene, en su cartera Louis Vouton de $1.360, precio recomendado. Douglas estaba en el séptimo cielo con las perspectivas y con la visión de la muchacha, pero había llegado el momento de retirarse y no seguir corriendo más riesgos ni tentando a la fortuna.

Regresó lo más rápido que pudo a su modesto apartamento en el Bronx para evitar la eventualidad de ser visto en la zona que hasta el momento le había dado tantas esperanzas de un inminente cambio de vida; sin deudas, sin amenazas y sin golpes en el estómago. Y, lo más importante de todo, sin balas en la cabeza.

Se desplomó en el sofá con la cara llena de risa y comenzó a quitarse las casi invisibles telas adhesivas que llevaba en los dedos y que esperaba que la Srta. Santuzzi no hubiera notado. La chica parecía tan alelada y tan confusa —y para consultar a un médium para hablar con el marido muerto, tenía que estar alelada y confusa—, que los temores de que pudiera sospechar algo raro quedaban prácticamente descartados. Después de todo, ¿qué cosa más rara se podría sospechar?

Sonó el teléfono. Era Porter:

—Háblame.

—Hecho. Me dio su tarjeta.

—¿Dónde vive?

Douglas giró la cartulina y respondió:

—Manhattan.

—¿Casa o apartamento?

—Apartamento, pero parece ser una segunda dirección. La escribió en el reverso de la tarjeta.

—¿Qué dice adelante? —preguntó Porter.

—Espera… adelante dice Calle 66.

—Bien.

—Además tiene otro nombre —dijo Douglas—, «Myron Santuzzi».

A través de la línea, Douglas escucho a Porter proferir una exclamación con una voz que no le conocía. Parecía como si lo hubiera mordido un áspid.

—¿Qué pasa? —preguntó Douglas.

—Es demasiado delicado —dijo Porter—. Tenemos que conversarlo en persona. ¿Estás libre ahora?

—Sí —contestó Douglas—. Después de un día tan exitoso, estoy libre.

—Entonces vente para acá.

—¿Ahora?

—Ahora —dijo Porter—. Es urgente que hablemos. Es demasiado importante.

Después de colgar y a pesar de la curiosidad por saber qué es lo que era tan importante, Douglas decidió de todas maneras darse una ducha y cambiarse de ropa antes de volver a salir. Ya habían pasado suficientes cosas ese día como para seguir en la misma presión nerviosa.

El problema fue que, si no se hubiera demorado y hubiera hecho lo que Porter le decía con tanta urgencia, se habría evitado la necesidad de acoger a una visita intempestiva que hizo sonar el timbre en el preciso momento en que se disponía a entrar al baño.

Douglas se dirigió a la puerta sin tomar demasiadas precauciones. No podía ser que lo hubieran encontrado tan rápidamente, especialmente después de haberse dado tanta maña para no dejar rastros. Sin embargo sus expectativas se vieron decepcionadas rápidamente.

Antes de haber tenido tiempo de abrir del todo, sintió que alguien lo empujaba con fuerza, al punto de hacerlo trastabillar. Frente a él tenía a la última persona que quería ver ese día o cualquier otro. Previendo que se desatara la violencia sin mediar palabra, como estaba ocurriendo muy a menudo en el último tiempo, Douglas buscó la manera de dilatar las cosas.

—Bull, escúchame… —dijo.

Bull, un hombre que con sus 130 kilos y su aspecto temible hacía honor a su apodo, se dirigió a él en tono extrañamente conciliador.

—Tranquilo, Douglas, relájate. Yo no tengo nada contra ti, pero Conner está en camino y quiere respuestas. De modo que piensa algo rápido.

No hubo de esperar mucho hasta que por la puerta apareció un hombre de unos treintaicinco años, vestido de traje y corbata, y adornado por una pedrería vistosa que le quitaba bastante elegancia a su atuendo. A veces Douglas se admiraba de cómo era posible que alguien pudiera gastar tanto dinero en joyas y ropas para seguir viéndose tan ordinario.

El hombre se veía tranquilo, lo que intranquilizó todavía más a Douglas. Pero ya no había nada que hacer. Estaba en manos de sus acreedores nuevamente, quienes al parecer no quedaron suficientemente satisfechos con el programa de ablandamiento emprendido hacía algunos meses y del cual todavía tenía secuelas. Más tarde había entrado temporalmente en la clandestinidad y cambiado de dirección a la espera de conseguir algo para aplacar las iras de sus perseguidores. Sin embargo, sus esfuerzos habían sido vanos una vez más.

—Cuánto tiempo sin verte —dijo Conner—. Te estuvimos buscando, pero habías desaparecido. Te habías desvanecido. Hace poco alguien me dijo que te habías mudado a este… lugar. Al parecer las cosas no han mejorado demasiado en los últimos meses. Y tú, que tenías tanto dinero. Mi dinero.

—Recibirás tu dinero, Conner —dijo Douglas—. Estoy iniciando un proyecto que no puede fallar y que puede dar muchas ganancias. Te lo aseguro. Es dinero en el banco.

—En mi banco, espero —respondió Conner—. Por Dios, Douglas, mírate. Sigues siendo el mismo ladronzuelo de poca monta de siempre, en circunstancias que tenías la capacidad de entrar en las ligas mayores y convertirte en un verdadero hombre de negocios. Y ahora mírate. De nuevo en problemas.

—Conner, te lo aseguro… —intentó insistir Douglas, pero un golpe seco a la boca del estómago lo dejó sin aliento. La señal del mafioso a su guardaespaldas había sido breve, pero al parecer la fórmula ya era habitual y no necesitaban demasiados gestos ni voces para saber cómo continuar la conversación.

Mientras resollaba para poder conseguir respirar, escuchó cómo Conner continuaba su perorata como si nada hubiera ocurrido:

—Douglas, espero que entiendas que en otras circunstancias tú ya estarías muerto, pero te tengo aprecio. No quiero que te mueras, pero no me estás dejando otra alternativa.

—Una semana, Conner —dijo Douglas con un hilo de voz y todavía respirando penosamente—. Dame solamente una semana y te lo devolveré todo con grandes intereses.

La segura afirmación de Douglas no hizo más que conseguir que Conner repitiera el gesto y que el gorila a su lado lo volviera a golpear, haciéndolo rodar por el suelo, retorciéndose de dolor.

—Douglas —dijo nuevamente el mafioso con ese tono paternalista cada vez más irritante—, no me hagas buscarte de nuevo. Mientras más demore todo esto, más altos serán los intereses y menos ganas tendré de proteger tu vida. Pero eso ya lo sabes, desde luego.

Conner se giró para salir, mientras Bull cuidaba la retaguardia, y cuando llegó a la puerta se giró inesperadamente y dijo:

—Por cierto, ¿no me preguntas por Patricia?

Douglas lo miró con repugnancia, y a pesar de tener perfecta conciencia del riesgo al que se estaba exponiendo, le soltó con todo el odio que era capaz de sentir:

—¡Tú, hijo de la gran puta!

La reacción del lacayo de Conner no se hizo esperar, y Douglas, desde el suelo, antes de haberse repuesto de los golpes anteriores, no fue capaz de eludir el puntapié que Bull le encajó en pleno rostro, dejándolo dolorido, humillado y sangrante.

—Venga ya, muchacho —dijo Conner, riendo—, no seas tan melodramático. Ten un poco de humor. Ella está bien. Solamente salió de la ciudad y no volverá, pero está perfectamente bien y consiguió trabajo.

Douglas estaba a punto de vomitar. Después de la golpiza recibida, ahora tenía que soportar las burlas de ese cabrón, y su situación era tan precaria que no tenía otra opción que aguantarse, esperar y desear que ese no fuera el último día de su vida para poder darse el gusto de darle su merecido.

La mención de Patricia le volvió a traer la idea a la cabeza de que lo más probable era que hubiera sido forzada a ir a trabajar a uno de los burdeles de Conner y obligada a romper su compromiso con él. Había mucho que aclarar y que vengar en el futuro, pero por el momento estaba en al suelo, encogido de dolor y escuchando cómo le revolvían la herida con saña.

—Es un trabajo totalmente honesto —continuó Conner—. Solamente está lejos y le toma demasiado tiempo para tomar contacto contigo. De modo que no esperes su llamada. Nunca más.

La frente de Douglas sangraba profusamente y no se sentía seguro para hacer cualquier movimiento que pudiera ser malinterpretado y le costara otra patada. Conner se reclinó para dirigirse a él, ahora sin el tono fingidamente comedido que había venido usando, y poniendo su cara a milímetros de la suya le dijo:

—Y ahora escúchame, y escúchame bien, pendejo de mierda. Mi paciencia se ha agotado. Esta es la última advertencia. La próxima vez no seré tan comprensivo.

Conner se volvió a poner de pie y agregó, a modo de despedida:

—Le diré hola a Patricia de tu parte.

Pasaron algunos segundos antes que Douglas pudiera levantarse y caminar al baño a limpiarse las heridas. Al ver su rostro teñido de sangre en el espejo no se sobresaltó. Solamente lo envolvió un sentimiento de ira. Nunca había matado a nadie y no se imaginaba capaz de hacerlo, pero en este caso estaba sintiendo serias dudas acerca de traicionar sus principios respecto al respeto por la vida humana.

«No se trata de una vida humana», se decía a sí mismo. «Se trata de exterminar una rata.» Pero estaba consciente de que esas eran bravatas privadas, y que lo más posible es que se acojonara cuando llegara a tener la oportunidad.

Douglas solía reírse de los héroes de las películas de vaqueros que terminaban ganando siempre a pesar de cometer tantas chambonadas, como la típica de homologar armamento en la confrontación uno a uno. Si el malo perdía su revólver, el bueno tiraba el suyo, si el malo cogía un cuchillo, el bueno se defendía con el suyo, pero si el malo lo perdía, el bueno tiraba el suyo para enfrentarse en una lucha justa. Menudo gilipollas.

Pero, a pesar de todo, no esperaba reaccionar de otra manera si tuviera a Conner a su merced y pudiera derrotarlo con mejores armas. Lo más posible es que lo dejara indemne y lo entregara a las autoridades.

Y si alguien había contribuido a alimentar esos sentimientos de nobleza que lo controlaban desde un escondrijo de su conciencia, era Patricia. Tuvo que pensar en ella una vez más, como tantas veces desde que decidió que era más seguro olvidarla. Tuvo que recordar su pelo rubio y sus ojos negros, su belleza pura como una manzana, su amor no consumado, sus planes de matrimonio y sus esperanzas en un futuro común, sin fechorías ni amenazas de muerte.

Después de haber rociado yodo en la herida, y haberse puesto un elemental vendaje en la frente, decidió salir enseguida a la casa de Porter, por una parte para interiorizarse en el posible negocio que habían de discutir y, por otra, para poner tierra de por medio en caso que los matones volvieran.

# 3

Luego de su diálogo con Douglas, Porter había dirigido su silla de ruedas al anaquel donde guardaba sus recuerdos, y había extraído un recorte de periódico. Era de la primera página del Los Ángeles Times de hacía doce años atrás, donde se podía ver su foto, sonriente y elegantemente vestido, caminando al lado de su socio Myron Santuzzi. El encabezado de la fotografía decía: «Muerte de un empresario».

—Esto es insano —exclamó Porter, casi sin proponérselo.

—¿Qué? —preguntó Mandy desde la cocina.

—Nada —dijo Porter—. ¿Cómo puedes escucharlo todo desde el otro lado del piso?

—Bueno, este no es precisamente el Palacio de Buckingham —respondió Mandy—. ¿Qué ocurre?

—Myron ha vuelto.


El piso de Porter se encontraba en la zona de Fort Lee, en Nueva Jersey, y se podía llegar muy fácilmente y en poco más de diez minutos en coche desde el Bronx a través del puente George Washington. El problema estaba en que el automóvil de Douglas estaba en reparaciones y no había sido capaz de ir a recogerlo por falta de efectivo. No es que su situación en general fuera demasiado dramática, pero las circunstancias habían querido que estuviera debiendo una cantidad fuera de lo común de dinero a un usurero tan inescrupuloso como violento.

Douglas descendió del bus y caminó las seis millas que lo separaban del apartamento. Era un edificio modesto pero bien cuidado que estaba en el límite de lo que Porter y su mujer habían podido pagar, y en el cual habían vivido felices durante bastantes años. A pesar de estar en un tercer piso, el apartamento no ofrecía dificultades de movimiento a Porter por su silla de ruedas, ya que la entrada tenía un terraplén y los ascensores funcionaban generalmente bastante bien.

Presionó el timbre de la puerta de entrada y a los pocos segundos apareció la figura de Mandy, vistiendo su consabida bata de levantarse, a pesar de la hora. Era una mujer alta, que llevaba sus más de cincuenta años con una gran dignidad y cualquiera que la hubiera visto desde una cierta distancia y vestida con algo distinto al desaliñado atuendo que lucía, le habría calculado menos edad y una procedencia menos modesta.

Su cabello largo y moreno le caía sobre los hombros. Su rostro de rasgos felinos lucía unos ojos que no eran grandes pero muy expresivos y unos labios delgados que ya mostraban las finas estrías verticales que habían ido dejando los años. Su cuerpo había cedido algo al paso del tiempo, pero todavía se mantenía firme, aunque teniendo que almacenar más carne de la que cargaba cuando era una muchacha que trabajaba en un exitoso espectáculo de variedades en un famoso casino de Las Vegas.

Al ver a Douglas, se alarmó hasta la histeria:

—¡Doug, mi vida, ¿qué te ha ocurrido?!

Douglas iba a comenzar a inventar una explicación, pero Mandy no lo dejó seguir:

—Mira cómo estás. ¿Qué pasó? ¡Porter!

—No es nada, Mandy, estoy bien.

Mandy lo acompañó a la habitación principal, donde Porter lo aguardaba, llevándolo del brazo como a un anciano herido.

—¿No es nada? —seguía Mandy—. Ven siéntate aquí.

La recepción fue exactamente la que temía. Douglas se había incorporado a la familia prácticamente desde que se conocieron hacía tres años. Lo acogieron como a un hijo después de entender que estaba en problemas que solamente podían ser curados con cariño. Después de algunos días de reconocimiento y de interrogatorios a los que Douglas se sometió gustoso, especialmente de parte de Mandy, su relación de amistad creció hasta transformarse en inquebrantable, a pesar de la diferencia de edades.

Acostumbrado a los amorosos aspavientos de su mujer, Porter no se había impresionado con el griterío y esperaba la entrada de Douglas con tranquilidad.

—¿Y a ti qué te pasó? —preguntó.

—Un viejo conocido —respondió Douglas.

—Sigues metiéndote con escoria —dijo Porter.

—Era una deuda antigua.

Mandy sacudió la cabeza y preguntó:

—¿Comiste algo ya?

—No tengo hambre —respondió Douglas.

—Te traeré un filete —dijo Mandy.

Porter hizo un gesto de resignación ante la terquedad de su mujer, que conocía tan bien, y a la que Douglas también se había acostumbrado.

—¿Para qué diablos pregunta? —dijo Douglas, después que Mandy hubo salido.

Porter obvió toda respuesta y dijo:

—Esto es serio. No podemos tener maleantes persiguiéndote durante el trabajo.

—¿Cuál trabajo? —preguntó Douglas.

Porter volvió a pasar por alto la cuestión y continuó:

—¿Cuánto debes?

—Dieciocho mil, que se transformarán en veinte mil la próxima semana.

—¿Quién es tu banquero?

—Conner —respondió Douglas.

—¿Quién es ese? —preguntó Porter.

—Nada, ligas menores, pero su chico pega duro.

En ese momento Douglas sintió un golpe seco propinado con un objeto frío y pegajoso que le daba certeramente en el ojo, precisamente el que tenía más sensible. Douglas no pudo contener una reacción:

—¡Mierda!

—No digas palabrotas —dijo Mandy—. Esto te bajará la hinchazón.

—Lo siento —dijo Douglas.

Por toda respuesta, Mandy se inclinó, le acomodó el filete en su cara y le dio el breve beso en los labios que solía ser el saludo habitual, pero que con la conmoción hubo de postergarse. Además era la señal de que no estaba enfadada por su exabrupto. Después de cumplido el ritual, Mandy regresó a la cocina.

—¿Cómo te encontraron?— prosiguió Porter.

—Siempre me encuentran —respondió Douglas.

—¿Estás seguro que no te han seguido?

—Seguro.

—Bien —dijo Porter—. Te quedarás aquí durante todo el tiempo que dure la operación. Es mejor que no te dejes ver, salvo las veces que tengas que ir a trabajar.

Douglas tenía conciencia de la amenaza de los maleantes en caso de desaparecer de nuevo del mapa, y la idea de no respetarla le despertaba ciertas reservas, pero consideró atinadas las precauciones que le proponía Porter, a pesar de conllevar algunos problemas logísticos.

—No tengo ropa —dijo.

—Mañana te traeremos la que necesites.

Cada medida de organización que anunciaba Porter lo llenaba de más curiosidad por un trabajo que no tenía idea cuál era, ni mucho menos cómo lo llevaría a cabo. Pero Porter era un hombre confiable, con una cantidad de recursos —todos menos económicos— que hacían presumir que en tiempos pasados fue una persona influyente y con relaciones.

De su historia sabía poco pero, por los parcos antecedentes que se colaban en sus conversaciones, tenía la impresión de que no era demasiado feliz, aunque no hubiera mostrado nunca un abierto resentimiento contra nada en especial, como no fuera hacia los políticos, del partido que fueran.

—Por cierto —dijo Porter— ¿cómo pudo entrar la chica a la oficina mientras tú estabas dentro?

La única respuesta de Douglas fue encogerse de hombros y poner la mas sincera cara de: «porque soy un cretino».

—No cerraste la puerta —dijo Porter, sin poder dar crédito a lo que estaba escuchando.

—Estaba distraído —respondió Douglas—. Las puertas tenían una cerradura de tarjeta y yo…

Porter lo interrumpió casi con desprecio.

—¿Entraste a uno de los edificios más caros en la zona más exclusiva de Manhattan con la intención de abrir las puertas con una ganzúa?

—¡Deja al chico en paz! —se escuchó gritar a Mandy desde la cocina—. Está con dolor.


El departamento de Alice Santuzzi no era demasiado lujoso, pero lo suficientemente confortable para las exigencias de cualquiera, cuyo padre fuera dueño de una industria multinacional y con varios cientos de millones de dólares en el banco. Estaba ubicado en una de las zonas más caras de Manhattan. Con sus cuatro dormitorios, era relativamente pequeño en comparación con los del vecindario, pero como se trataba de una solución temporal mientras las cosas se organizaban, podía pasar la vida en esas condiciones sin mayores estrecheces.

Alice estaba sentada en uno de sus mullidos sillones, y cualquiera que la hubiera visto en la mañana en la oficina de Jeff Greene, habría tenido dificultades para reconocerla. En lugar del riguroso luto y las aparatosas joyas que lucía durante la primera entrevista con el médium, ahora llevaba unos vaqueros ajustados con estampados multicolores y un top no exageradamente escotado, pero que permitía una suficiente visión de esos magníficos pechos, que tanta impresión habían causado en Douglas.

El hombre sentado frente a ella daba una impresión mucho más formal, aunque con esa descuidada elegancia de la gente de éxito, que piensa que prescindir de la corbata y desabotonarse el cuello de su camisa de seiscientos dólares, lo hace más cercano al pueblo.

—¿Y bien? ¿Cuál es la impresión general? —preguntó el hombre.

—¿La suya o la mía? —dijo Alice.

—¿Qué? —dijo el hombre, tratando de ordenar sus pensamientos.

—Yo creo que le causé una buena impresión —dijo Alice—. No dejó de mirarme las tetas durante toda la sesión.

—¿Qué edad tiene?

—Unos treinta —dijo Alice.

—¿Apuesto?

Alice estiró la trompita en una señal de dubitativa aprobación. El hombre entendió demasiado bien el gesto y su expresión se tornó algo más severa:

—Alice, necesitamos a alguien con un aura de autoridad. Alguien capaz de convencer a tu padre de que es legítimo.

—A lo mejor es legítimo —dijo Alice.

—No existe ninguno que sea legítimo.

—Bueno —dijo Alice—. Intentémoslo y veamos qué ocurre.

El hombre asintió, entre otras cosas porque la farsa ya se había echado a rodar y no tenía demasiado sentido volverse atrás. Por otra parte, aunque no se tratara de algo de extrema urgencia, era importante intentar arreglar las cosas cuanto antes.

—Por cierto —dijo Alice—, si me llama mañana y no estoy aquí y tú sí, dile que eres mi primo, o algo así.

—¿Tienes la intención de seducirlo? —preguntó el hombre.

—No, pero tampoco quiero quitarle las esperanzas tan temprano, en caso que estuviera interesado en…

—Bien —interrumpió el hombre—. Entiendo. Ahora debo irme.

El hombre se puso de pie y caminó hacia la silla en la que colgaba su chaqueta. Alice lo siguió con la mirada. No podía dejar de hacerlo cuando veía ese cuerpazo atlético deambular por su casa, aunque fuera en las labores más inocentes y totalmente vestido. Cuando el hombre se volvió, Alice le preguntó, delatando algo de decepción en la voz:

—¿Tienes que irte ahora?

—Si —respondió el hombre—, tengo que arreglar un papeleo en la oficina y además tengo una reunión con el abogado que espero que sea breve. No tardaré mucho.

Alice asintió sin demasiado convencimiento. No sabía exactamente qué había esperado, y lo más lógico era que el hombre se fuera a su trabajo, pero a pesar de todo se quedó con la impresión como si la hubieran dejado sin postre. Y todo sin haber hecho nada malo.

—¿Te traigo más ropas de luto? —preguntó el hombre.

—No –respondió Alice—. Ya no son necesarias.

El hombre se le acercó, le levantó suavemente el mentón con la punta de sus dedos y le dio un tierno beso de despedida. Alice lo miraba fijamente, con ojos de tigresa, y le retribuyó el gesto abriendo levemente los labios y permitiendo que su lengua encontrara la de él. El contacto tuvo la reacción de un leve golpe eléctrico y, como era de esperar, llevó a que las bocas se apretaran, una contra la otra, y se fundieran en un beso francés profundo y apasionado que duró un tiempo inquietantemente largo.

Al cabo de un momento, el hombre, cuya sincera intención era la de dar un beso a Alice y partir, comprendió que ya era suficiente y que realmente tenía que arreglar papeles en la oficina y conversar con el abogado.

—Me tengo que ir —dijo separándose con decisión.

—Sí —dijo Alice—. Vete. Ya hablaremos más tarde.


Douglas se encontraba bebiendo su café en la mesita que ocupaba la pequeña terraza del apartamento, cuando entró Mandy con ese aire de autoridad incontestable y esa determinación de auténtica *jiddische mama*, combinada con la de un domador de fieras.

—¿Quieres algo de comer?

—No, gracias —respondió Douglas.

—¿Cómo está tu ojo?

—Todavía en el mismo sitio —dijo Douglas.

Mandy se reclinó sobre el muchacho y le revisó minuciosamente el ojo machacado, para luego preguntar:

—¿Te echaste la pomada?

—Sí —mintió.

Douglas se preciaba de ser un estafador talentoso, y su experiencia con personas, tanto hábiles rufianes como pobres incautos a los que había engañado impecablemente, le daba una cierta confianza en sus recursos. Pero si pensaba que con esas mismas tretas podría convencer de algo que no era verdad a una mujer como Mandy, estaba profundamente equivocado.

—No te has echado nada —sentenció—. Deja, yo lo haré. ¿Dónde la dejaste? ¿En tu cuarto?

—Sí —respondió Douglas, con resignación.

Mandy entró al piso con determinación, mientras Douglas la miraba con una extraña curiosidad que se le había despertado hacía pocas horas. Al cabo de unos momentos, decidió seguirla.

Le habían destinado el cuarto libre, donde solían arrumbar aquellas cosas que no usaban y se habían olvidado de tirar. De cualquier manera, estaba cuidadosamente arreglado, dentro de lo razonablemente posible. Cuando entró a la habitación, vio a Mandy observando una fotografía enmarcada que estaba sobre la cómoda.

—¿Tú pusiste esto aquí? —preguntó Mandy.

—Sí —respondió Douglas—. Estaba en el cajón. Espero que no te moleste.

—No —respondió Mandy, sin demasiada convicción.

Ambos se quedaron mirando la foto, ya algo ajada y en blanco y negro, que mostraba a Mandy vistiendo el breve atuendo de cuentas de las bailarinas de coro de Las Vegas, coronado por el voluminoso tocado de plumas y echando en falta la parte superior de la combinación.

Para ambos, la imagen parecía causar emociones muy diferentes. Mientras Mandy mostraba una enigmática semisonrisa cuando sus ojos encontraron los de Douglas, éste parecía incapaz de hacerse una imagen real de lo que creía tener en los confines de su subconsciente. No era solamente por la visión de una mujer espectacular en topless, sino por lo que acompañaba a esa visión y que no era capaz de poner a foco.

—¿Te suena de algo? —preguntó Mandy, al cabo de un rato.

Douglas se quedó mirando la foto a la espera de alguna respuesta, pero no llegó. Tampoco cuando volvió los ojos hacia Mandy, quien con gesto decidido puso fin a la conversación diciendo:

—Bueno, vamos a ponernos la pomada.

Cogió el pote de la cómoda y se dirigió a la puerta, mientras Douglas se quedaba con los ojos fijos en la imagen en blanco y negro, mientras se pateaba el trasero íntimamente por no ser capaz de ubicarla en alguno de los malditos hemisferios de su cerebro.

Cuando regresó a la terraza, Mandy estaba sola sentada esperándolo con el pote de pomada en la mano.

—No estoy seguro —comenzó a decir Douglas, mientras se sentaba frente a Mandy para someterse a la siguiente tortura.

—Quédate quieto —interrumpió Mandy—. Porter llegó muy tarde esta mañana.

Efectivamente, Porter oficiaba de guardia nocturno en unos laboratorios, y anoche le correspondía trabajar hasta las seis de la mañana. Parecería extraño que hubieran contratado a un inválido confinado a una silla de ruedas para llevar a cabo trabajos de seguridad, pero su puesto era el control a través de las cámaras, y coordinar las labores del resto de los guardias, que eran muchos y muy bien entrenados.

—Es un buen trabajo —continuó Mandy— como hablando consigo misma—. Él lo odia, pero es un buen trabajo. Y es seguro. En sus condiciones no es mucho lo que puede hacer. Fuera de volver a sus antiguas actividades, pero eso está descartado.

—Siempre tienes que hablar demasiado —dijo Porter, mientras conducía su silla de ruedas por sobre la riel que marcaba el umbral de la puerta a la terraza.

—¿Por qué? —dijo Mandy— El chico lo sabe.

—El chico no sabe nada —dijo Porter—. Ahora déjanos solos.

—Te haré un café —dijo Mandy, levantándose.

—Más tarde —dijo Porter—, ahora tenemos que…

—Ahora te vas a tomar un café —interrumpió Mandy, dejando claro quién daba las órdenes en esa casa.

Porter miró al cielo, como pidiendo una explicación, y se dispuso a conversar con Douglas, que observaba divertido la escena.

—La vida no es como algunos quisiéramos que fuera —dijo Douglas.

Porter lo miro comprensivamente. Por cierto que a lo que Douglas se refería era a algo muy inocente, y Porter no se hubiera podido imaginar una mejor vida que la que llevaba al lado de esa mujer que le dio todo sin esperar nada, que lo conoció después de haber bajado de esa nube de privilegio en la que vivió hasta que le quitaron la vida, sin matarlo.

Porter vivía los efectos de una traición y sin habérselo propuesto se encontraba ahora con la posibilidad de saldarla, de hundir a quienes lo hundieron y de darle una vida mejor a la mujer que lo había amado por ser él, no por ser un magnate, ni por ser un tullido, sino por ser simplemente él.

—¿Qué es lo que yo sé o, en realidad, no sé? —preguntó Douglas, en relación a la misteriosa conversación de la pareja.

—No tiene importancia —dijo Porter—. Concentrémonos en lo nuestro. Esto es lo que vamos a hacer: esperarás algunos días y llamarás a la señorita Santuzzi, para concertar una reunión en su casa, donde se llevará a cabo la lectura.

—¿La lectura? —preguntó Douglas.

—La lectura psíquica —dijo Porter—, el contacto con los espíritus, el trabajo de médium.

—Porter —dijo Douglas—, yo no quiero sonar demasiado obvio, pero yo no soy un médium.

—Si no quieres sonar obvio, no hables estupideces —dijo Porter—. La chica es una tarada y tu trabajo es chupar de esa teta.

Douglas hizo un gesto de asentimiento que escapó a la comprensión de Porter. Sinceramente no podría haber usado un símil más apropiado para describir sus esperanzas secretas, aunque tenía claro que el trabajo era el trabajo, y que el placer no podía ir más allá de un voyerismo menor, y pare de contar.

—Toda la gente que acude a consultar a un médium —dijo Porter— tiene cosas que quiere escuchar y cosas en las que quiere creer. Es el «Efecto Barnum».

—Es decir… —dijo Douglas.

—P. T. Barnum era un empresario de circo, experto en manipulación psicológica, y especializado en darle a la gente lo que quería —dijo Porter—. Es el autor de la frase «Cada minuto nace un incauto». Tú tendrás que descubrir qué es lo que tu cliente quiere, y dárselo.

Douglas iba comenzando a entender que de lo que se trataba era de una manipulación a gran escala y que no iba a necesitar poderes sobrenaturales de ningún tipo para llevarla a cabo. Dicho así parecía de una simplicidad infantil, pero había todavía un problema por resolver.

—¿Y eso cómo se hace? —preguntó Douglas.

—Haciendo preguntas —dijo Porter—. Es un juego de adivinación pero tienes que hacerlo parecer como si estuvieras seguro de lo estás haciendo. Se le llama "lectura en frío" y es el sistema que todos los médiums emplean, sin excepción.

Mandy entró con la bandeja con los cafés —uno de ellos para Douglas, a quien ni siquiera se había preocupado de ofrecerle—, y se sentó con ellos mientras arreglaba el mantel.

—¿Cómo se llamaba aquel tipo que me hizo una lectura? —preguntó Porter a Mandy.

—Orrin… —dijo Mandy, tratando de recordar.

— Fallon —dijo Porter—. Orrin Fallon.

—Orrin Falo —agregó Mandy con una sonrisa, mientras servía el café.

—Sí, solíamos llamarlo Orrin Falo. Era un sinvergüenza que se hizo millonario engañando a la gente hasta que se encontró conmigo. Dijo tal cantidad de gilipolleces que lo amenacé con denunciarlo a las autoridades —Porter hizo una breve pausa y agregó—: Entonces yo era una persona de influencia. Además le dije que lo desenmascararía como el fraude que era, y adivina qué pasó.

Mandy se adelantó a responder:

—Le dieron un programa de televisión de difusión nacional.

La situación era tan demencial que no pudieron dejar de reír, aunque en Porter esa reacción era poco frecuente.

Douglas se alegró de verlo así. Por lo general se mostraba taciturno y rara vez se abría hacia la gente. Douglas lo atribuía a aquel suceso que lo dejó en silla de ruedas. Era algo de lo que nunca se hablaba y no tenía forma de averiguar la verdad de lo ocurrido, pero de alguna u otra manera siempre parecía estar presente en la mente de su amigo.

—A mi me hizo tanta gracia en ese entonces —continuó Porter— que terminamos haciéndonos amigos.

—¿Amigos? —corrigió Mandy.

—Bueno, conversábamos, y él me enseñó sus métodos.

Mandy suspiró profundamente y, dirigiéndose a Douglas dijo:

—Eso me lo podría haber preguntado a mí también. Todos los magos en Las Vegas saben lo que es la «lectura en frío».

La mención a Las Vegas volvió a encender una bombilla en la cabeza de Douglas. Por breves segundos, su mente se vio anegada por una marejada viscosa de colores y formas, mientras escuchaba a lo lejos una borrosa versión de «Stardust», con gran profusión de golpes de percusión y acompañada del recuerdo de una fuerte sensación de mareo y de aliento pestilente.

—Bueno, volvamos al plan —dijo Porter, interrumpiendo su ininteligible fantasía—. La señorita Santuzzi tiene mucho dinero. Su padre es el dueño de dos de las compañías más exitosas de Manhattan.

—Entonces estamos jodidos —interrumpió Douglas.

—¿Por qué? —preguntó Porter.

—Porque con esa clase de antecedentes es imposible que ella o su padre vayan a creer ese tipo de patrañas.

—Hijo mío —dijo Porter—, todas las mayores religiones cuentan con intelectuales y pensadores de la máxima categoría. ¿O tú crees que el Papa, y los cardenales, y los teólogos son tontos o iletrados?

—Pero no puedes comparar lo que hace un médium con lo que representan las religiones —dijo Douglas.

—¿No? —dijo Porter— ¿Cuál de las dos no estás en condiciones de probar?

Mandy estiró los brazos hacia el cielo, y exclamó:

—¡Dios mío, perdónalo! Es un idiota.

Luego se dirigió a Douglas para extenderle una urgente admonición, que repetía con alguna regularidad.

—No hables con él de religión, mi vida. Se pone insoportable.

Dicho esto, se levantó y se marchó lanzando toda clase imprecaciones contra los descreídos y se fue a su dormitorio a seguir con sus tareas.

—Vamos a ver —continuó Porter—. Concéntrate. Vamos a tener que trabajar por un tiempo en esto, pero primero tienes que entender los principios básicos de la «lectura en frío». En este caso te servirán para tener una buena entrada, aunque después pasemos a la «lectura en caliente» que es la que nos va a asegurar el éxito.

Douglas asintió sin todavía barruntar siquiera de qué podrían estar hablando.

—La lectura en frío consiste en analizar las características personales del incauto, fijarse en su ropa, en sus reacciones y en sus palabras, y con ello formarse una idea de su personalidad, de su entorno y de sus costumbres. Después viene el procedimiento de hacer preguntas. Nunca asegures nada, haz preguntas y dependiendo de las respuestas modifica tu lectura. Si el cliente no reacciona ante tu pregunta, ignórala y pasa a otra cosa. Si reacciona, pero no te da todavía indicios concretos, sigue por ahí hasta que llegues a algo definido. El incauto no se va a acordar de los cientos de errores que cometiste, sino que se va a fijar solamente en lo que acertaste. Recuerda, ellos quieren creer y harán todo lo posible por ayudarte a engañarlos.

La descripción de Porter se prolongaba, y cada vez iban apareciendo más detalles que arrojaban la verdadera luz sobre los embaucadores que abusaban de las desgracias ajenas.

Douglas escuchaba maravillado cuán increíblemente obvio podía ser el engañar a gente necesitada de consuelo o de ayuda psicológica, y cuán inhumano era aprovecharse de eso. En su vida había cometido muchas faltas y también se había aprovechado de la credulidad y el exceso de confianza de gente buena, pero nunca llegó a tratar de convencerla de que tenía contacto con sus cónyuges muertos o de que conocía el paradero de su hija desaparecida.

Estaba empezando a tener reservas acerca de tomar el trabajo, y su reacción inmediata fue la de decírselo a Porter. Sabía que su amigo lo entendería a pesar de las expectativas que parecía cifrar en el golpe.

Porter lo miró con una expresión que no supo interpretar si era de ternura o de desprecio.

—Douglas —dijo suavemente—, eres una buena persona y tus escrúpulos te honran. Pero aquí estamos enfrentando a miserables que fueron más lejos de lo que nosotros podríamos soñar. Estamos hablando de asesinos, de gente que ha destrozado vidas y ha traicionado lo más sagrado. Puedes retirarte si quieres, pero si lo haces por esa razón, te estás equivocando medio a medio. Es en ese caso que estarías sacrificando tus principios, si no te decidieras a darle su merecido a esa gente.

—Pero, ¿qué puede haber hecho la señorita Santuzzi para merecer que la engañemos hablándole de su marido muerto?

—Déjate de señorita Santuzzi. Lo de su marido no interesa, y con un par de chorradas puedes convencerla de que hiciste lo posible pero no llegaste a más que un saludo desde el más allá y punto. Eso no solamente te ganará su confianza como médium sino también como un adivino honesto. Además, recuerda que detrás de esto hay mucho dinero.

El razonamiento de Porter se ponía cada vez más contradictorio, pero estaba claro que cifraba enormes esperanzas en un resultado que Douglas todavía no intuía. Lo que sí tenía perfectamente claro es que esta era una oportunidad única de reunir la pasta para librarse de otra pateadura o de la muerte. Las alternativas no eran muchas y, sin duda, ésta era la mejor.

—Primero vamos a repasar las bases de la lectura en frío con ejemplos prácticos —dijo Porter—. Ve al salón y me traes el laptop.

Douglas obedeció.

Las primeras imágenes que aparecieron en el vídeo fueron las de un set de televisión con un auditorio en el que se encontraba una joven de semblante modesto, que parecía ser la clienta, y una parlanchina dama con un cuaderno en la mano que era la que llevaba el programa y que, obviamente, era la que se comunicaba con el más allá.

—Estoy recibiendo las letras J o M —dice la médium—. ¿Significan algo para ti? ¿Hay alguien con esas letras en su nombre?

—Sí —responde la joven.

—¿Con cuál? ¿J o M?

—M.

—¿Es hombre o mujer? —pregunta la médium.

—Mujer —responde la joven.

—¿Murió o está viva?

—Está viva.

—¿Es tu madre?

—No.

—¿Tu hermana?

—No.

—¿Quién es? —pregunta la médium.

—Una antigua maestra —dice la joven.

—¿Pero tú tienes una hermana o un hermano que murió y cuyo nombre empieza con D o G?

—¿Un hermano —dice la muchacha, mostrando sus primeros signos de emoción.

—¿Cuál era su nombre?

—Robert.

—Bueno —dice la médium—, andamos cerca. Robert está entre nosotros.

La muchacha no puede contener las lágrimas y escucha con avidez lo que la médium le quiere transmitir.

—¿Tuvo una niñez dura?

La chica mira algo confundida y balbucea:

—No.

—¿Por qué me está mostrando…? ¿Quién tuvo el accidente en bicicleta? ¿O la motocicleta…?

—Bueno, yo tengo varios hermanos que son muy activos…

—¿Y alguno de ellos murió en un accidente de moto? —pregunta la médium.

—No.

—¿O tuvieron un accidente de moto?

—Uno de ellos tenía una motocicleta, sí.

—Bueno, yo no creo que me esté diciendo que tuvo una infancia dura, sino que era un «chico duro» —dice la médium, cambiando abruptamente de dirección.

A la muchacha se le iluminan los ojos al reconocer una de las características de su hermano.

—¡Sí!

—Un «chico duro» —repite la médium, satisfecha de haber encontrado algo que coincidiera y dispuesta a enfatizar su acierto.

Porter miró a Douglas, quien no podía salir de su asombro.

—¿Qué piensas? —preguntó.

—Esto es absurdo —dijo Douglas—. Nadie puede ser tan crédulo.

—Sí que pueden, si se esfuerzan por serlo. La muchacha amaba a su hermano y todo lo que le digan que pueda parecer como que hay un contacto con él, lo recibirá con los brazos abiertos. Y acomodará todo lo que la embaucadora diga para hacerlo calzar con lo que quiere que le digan. Y te aseguro que estos son solamente los aciertos. Los fallos seguramente los habrán editado.

—¿Estos son los aciertos? —preguntó Douglas.

—Sí. Y seguro que el público habrá firmado una declaración en la que se compromete a no divulgar a nadie lo que vio durante el programa.

Douglas sacudió la cabeza, con más dudas que nunca.

—Yo he cometido mi buena ración de estafas en mi vida, pero al lado de estos parezco un diletante.

—Eres un diletante —dijo Porter—. Para llegar a este grado de eficiencia en el engaño, tienes que haber recorrido un largo camino.

—Realmente no sé si tendré el estómago o el corazón para conseguirlo —dijo Douglas.

—Es tu decisión —dijo Porter—, pero yo creo que solamente te bastará con pensar en otra golpiza, y en Mandy persiguiéndote por toda la casa con un filete y un pote de crema en la mano, para tomar la decisión correcta.

—Tenías que involucrarme a mí en la conversación —dijo Mandy, entrando en la terraza.

Porter dio la primera lección por terminada y cerró su computador portátil, mientras Mandy echaba una mirada a la herida de Douglas y le acariciaba el pelo, razonablemente satisfecha con lo que vio.

—¿Cómo te sientes? —preguntó.

Douglas volvió a padecer por un instante esas sensaciones que lo venían invadiendo últimamente cuando pensaba en Mandy y en su traje de plumas y abalorios, y no pudo reprimir una respuesta poco concluyente:

—Bien. Algo confundido, pero bien.

—¿Algo confundido? —preguntó Mandy.

—Sí —respondió Douglas—. Hay algunas cosas que me gustaría saber y no sé exactamente dónde encontrar las respuestas.

—Todo se termina aclarando —dijo Mandy—. A veces sólo basta con esperar.

Douglas se sintió inusualmente inquieto. La cruel charada en la televisión y la críptica conversación con Mandy le habían hecho insostenible el continuar haciendo vida social como si nada ocurriera.

—Perdón —dijo levantándose—, me voy a mi cuarto un momento.

Mandy y Porter habían compartido una vida de apremios, sufrimientos y dificultades, y se habían acostumbrado a depender ciegamente uno del otro. Se entendían sin necesidad de palabras, y en este caso no fue necesario elaborar demasiado para saber hacia dónde iría la conversación. Porter clavó los ojos en su mujer con esa mirada que ella conocía tan bien, mitad duda, mitad reproche.

—¿Qué? —preguntó Mandy.

—¿Tú conocías al chico?

—Sí. Hace años, por supuesto. —dijo Mandy.

—Háblame —dijo Porter.

Mandy no podía mentirle a Porter, y éste ni siquiera lo intentaba con ella, sabiendo que lo notaba todo.

—Fue hace muchos años —dijo Mandy—. Él ya no lo recuerda.

—¿En Las Vegas? —preguntó Porter.

—Sí.

Mandy se quedó silenciosa aunque ambos sabían que la conversación no quedaría allí, y podían esperar que continuara sin impaciencias.

—Fue en una despedida de soltero —dijo Mandy—. Yo estaba contratada para el novio, pero el hombre estaba tan borracho que no se podía tener en pie. Douglas también había bebido mucho y parecía totalmente perdido en medio de esos energúmenos. A mí me habían pagado por la noche de todas maneras, de modo que decidí llevármelo a él, en lugar del mamón del novio.

Porter la miró con curiosidad.

—Lo conocemos desde hace años. ¿Cuándo recordaste la anécdota?

—Nunca la olvidé —dijo Mandy.

—Nunca me lo dijiste.

—No —dijo Mandy—. Nunca te lo dije.

Para Porter esa respuesta era suficiente, y eso era lo que los había mantenido juntos por tanto tiempo.

—¿Tú crees que está capacitado para el trabajo? —preguntó Porter.

—No lo sé —dijo Mandy—. Es posible. Parece estar bastante impresionado con la chica.

—Dice que es despampanante.

—Esa es una distracción. Hay que prevenir cualquier flaqueza, pero estoy segura que él sabe lo que se juega.

—Seguro que lo sabe —dijo Porter.

La conversación se detuvo allí. Se miraron a los ojos y Mandy se quedó con la tristeza que emanaba la mirada de su compañero, insuficientemente compensada por una leve sonrisa. A pesar de todo, ella debió

sonreír también, observando su cara, que en algún
momento fue bella, sus cabellos rubios y lacios cayén-
dole sobre la frente y la sinceridad de su semblante.
Casi como un movimiento reflejo, su mano le acarició
el pelo antes de levantarse y volverse a la cocina.

# 4

Douglas llegó al departamento de la señorita Santuzzi con algunos minutos de retraso, pero dentro de lo protocolariamente aceptado. Vestía un elegante traje que le había comprado Mandy, y un portadocumentos con útiles como había visto usar a la mujer de la televisión, que no eran más que un bloc y lápices. El resto lo llenó con papelería diversa para que no fueran a pensar que se había comprado el maletín para tan poca cosa.

Segundos después de sonar la campana del timbre, la puerta se abrió y apareció un hombre, vestido informalmente pero con elegancia. Era alto, de cabello castaño y contextura fuerte. No exactamente lo que Douglas estaba esperando.

—Buenas tarde —dijo Douglas—. Soy Jeff. Jeff Greene.

—Ah sí, buenas tardes —dijo el hombre—. Soy Leo.

Douglas tuvo la inquietante sensación de estar hablando con el difunto marido de Alice, pero tuvo la presencia de ánimo para disimular hasta que las cosas se fueran aclarando.

—Perdón por el retraso —dijo Douglas.

—No hay problema alguno —dijo Leo, con amabilidad—. Nosotros también estamos ocupados. Me alegro que haya podido venir, doctor.

—Por favor, llámeme Jeff.

«¿Nosotros?» pensó Douglas. ¿Es que se trata de un encuentro familiar con la chica de las tetas inolvidables y su marido que se supone que debía estar muerto? El escenario había cambiado radicalmente en cuestión de segundos, y Douglas temió que su capacidad de improvisación, tan poco curtida en casos como éste, iba a ser puesta seriamente a prueba.

—Por favor, tome asiento —dijo Leo—. ¿Quiere que le guarde su maletín?

—No, gracias —dijo Douglas—. Lo necesitaré más tarde.

Se sentó en uno de los sillones de la amplia sala adornada con sencillez, casi con descuido, que daba la impresión de ese desorden que se puede ver en un castillo europeo en reparaciones, a la espera de que comience la temporada turística. Leo ocupó el asiento de enfrente, separado por la mesa de centro. A sus espaldas estaba la entrada a lo que Douglas presumió que era una de las habitaciones principales. La puerta estaba a medio abrir.

—Alice estará aquí en un minuto —dijo Leo—. Está dándose una ducha.

La observación no podía ser más inoportuna. Douglas hizo todo lo posible por quitarse cualquier imagen de la cabeza que lo distrajera de sus pensamientos. Hacía todo lo posible para concentrarse en el recuerdo de la tía Gertrud, aquella con la peluca y el enorme grano peludo sobre el moflete, cuando todos sus esfuerzos se vieron reducidos a la nada al ver aparecer, por encima del hombro de Leo, a la señorita Santuzzi atravesando la habitación de un lado a otro, con su figura admirable y portando solamente una breve toalla blanca, con la cual no tenía ningún interés en cubrirse sino exclusivamente en secarse.

Douglas abrió apresuradamente su maletín y comenzó a revolver papeles indiscriminadamente, con el sólo propósito de que Leo no fuera capaz de verle la cara. La situación se estaba tornando insostenible. No solamente estaba sorprendido y maravillado por lo que había visto sino por lo que estaba ocurriendo. Leo, el presunto marido muerto, conversando amigablemente con él, mientras su viuda se paseaba a sus espaldas como Dios la echó al mundo, como si fuera lo más natural.

—Hemos escuchado muchas cosas muy buenas de usted —continuó Leo, ajeno a la agonía de su visitante.

Douglas se limitó a sonreír con modestia.

—Estoy seguro que usted es la persona que estábamos buscando.

Con la poca voz que consiguió reunir, Douglas respondió:

—Eso espero, sinceramente.

Lo que siguió fue un silencio tenso. Douglas no sabía por dónde empezar y Leo no se mostraba demasiado dispuesto a entablar otra conversación que no fuera un intercambio de palabras de buena crianza. Pero, obviamente, las cosas había que aclararlas mínimamente antes de comenzar cualquier relación «profesional». Douglas reunió todo el valor que pudo, y que se había desvanecido de una plumada ante aquella visión deliciosa, y dijo:

—Perdón, pero ¿no era Leo también el nombre del difunto marido de la señora?

—Así es —respondió Leo—. Es el nombre, Leo Horvath, pero no estoy difunto.

—De modo que mi primer consejo de llamarlo por teléfono no era tan descabellado después de todo —dijo Douglas, reconociendo que había algo que olía a podrido en todo esto, y constatando con satisfacción que no provenía de él. Leo sonrió.

—No —dijo—, no lo fue. Pero tampoco soy su marido.

Douglas intentaba decir algo para clarificar las cosas en el momento en que Alice apareció por la puerta, esta vez totalmente vestida, aunque con atuendos muy distintos a las severas ropas que lucía cuando lo visitó en la oficina de Jeff Greene. Douglas se puso de cortésmente de pie.

—Por favor, no se levante —dijo Alice con una voz mucho más decidida de la que le recordaba.

A pesar de la admonición, Douglas siguió parado hasta que le hubo estrechado la mano, y recién volvió a tomar asiento en el momento en que la muchacha se sentó en la falda del que se llamaba Leo, pero no era su marido ni tampoco estaba muerto. Douglas pensó por un momento en quitarse la careta, pero prefirió que las cosas se fueran desarrollando según lo que sus anfitriones determinaran antes de mostrar sus cartas.

—No se trata de mi marido—dijo Alice—. Se trata de mi padre.

—Su padre falleció —dijo Douglas, echando mano a su bloc.

—No — respondió Alice—. Está vivo.

—Perdón, pero no entiendo —dijo Douglas, dándose por vencido.

—Por supuesto que no. ¿Cómo podría? —dijo Leo.

Douglas creyó oír en sus palabras una clara señal de que sus clientes no creían demasiado en sus poderes sobrenaturales, y que pensaban que estaba tan cerca de ser capaz de tomar contacto con el más allá como ellos.

—Déjeme explicarle —continuó Leo—. El padre de Alice, Myron Santuzzi, es el dueño del Grupo Aceros Devon. Es un hombre muy acaudalado, y todavía no ha escrito su testamento, a la espera de lo que le diga su esposa, Helen.

—¿Que está a punto de morir? —preguntó tímidamente Douglas.

—No, ella ya está muerta —respondió Leo.

—¡Coño, por fin! —se le salió imprudentemente a Douglas, contento de poder encontrar finalmente alguien con quien hablar.

Leo pasó por algo la exclamación y continuó.

—Él es un firme creyente en lo paranormal y yo creo que está esperando que alguien tome contacto con Helen para poder preguntar su consejo.

—¿Estamos hablando de su madre? —preguntó Douglas dirigiéndose a Alice.

—Oh, no —respondió la muchacha—, Helen tenía aproximadamente mi edad.

—¿Cómo murió? —preguntó Douglas.

—¿No se supone que usted debiera saber esas cosas? —dijo Leo.

—No —respondió Douglas, con firmeza—. No sin haber tomado contacto con ella todavía.

—Entiendo —dijo Leo—. Eso es justamente lo que necesitamos de usted, que tome contacto con ella. Haremos un encuentro con Myron, y usted le dirá lo que quiera escuchar y lo que nosotros queramos que escuche.

Douglas ya había comenzado comprender el juego. Esta gente era igual de inescrupulosa que él, o tal vez más, y lo estaban involucrando en un golpe de proporciones formidables que podría solucionar todos sus problemas económicos para siempre, antes de darle tiempo de pensar en cualquier cuestión de ética.

—En otras palabras, usted me está pidiendo que lo engatuse.

—¿Y a qué coño se dedica usted si no a eso, señor Greene? —dijo Alice.

Douglas se sintió indefenso y no le quedó otra cosa que echar mano a uno de sus métodos probados para distraer la dirección del diálogo.

—Llámame Jeff.


Dos horas más tarde, Douglas estaba sentado frente a Porter, quien se preparaba para ir a trabajar. Mandy le ayudaba a ponerse su ropa de servicio.

—Cincuenta mil dólares —dijo Douglas—. Me ofrecieron cincuenta mil dólares y otros cincuenta después de terminado el trabajo.

—No está mal —comentó Porter con frialdad.

—No suenas demasiado entusiasta —dijo Douglas.

—Esto cambia completamente el plan.

—Pero, Porter, es buen dinero.

—Es calderilla —dijo Porter—. La idea era que la familia Santuzzi nos diera su dinero, no que lo transfiriéramos a la cuenta de la hija.

Douglas no podía imaginar que Porter estuviera poniendo pegas a un botín tan magnífico, pero obviamente ambos provenían de distintos entornos, y lo que para uno era más que suficiente, para el otro no era sino una limosna.

—Por mí está bien —dijo Douglas—. Yo no soy codicioso.

Porter lo miró con lástima y le lanzó el mandoble:

—Por eso es que le debes veinte mil a Conner.

Douglas acusó el golpe pero tuvo que reconocer que Porter tenía razón. Efectivamente lo suyo era el dinero fácil y las cantidades nunca solían ser altas. Estaba llegando el momento de cambiar la actitud.

—Bueno —continuó Porter—, no hay nada que podamos hacer por el momento. Sigamos con el plan original mientras resulte.

—Resultará si eres capaz de controlar tus instintos —comentó Mandy, mientras arreglaba con solicitud el cuello de la camisa de su marido.

Douglas decidió hacerse el tonto a pesar de saber, antes de abrir la boca, que no tendría ningún éxito.

—¿Qué quieres decir con eso? —preguntó.

—¿Cómo se veía la chica hoy? —preguntó Mandy.

—Ay, madre mía —fue la espontánea reacción de Douglas.

Mandy hizo un gesto satisfacción al ver que sus dudas habían sido claramente ratificadas.

—Sí —dijo—. «Ay, madre mía». Espero que las duchas heladas tengan efecto contigo, o vas a estar arriesgando demasiado.

—Yo no necesito una ducha helada. Necesito un baño —dijo Douglas en un nuevo intento por distraer la atención hacia otro tema. Alice ya la había causado suficientes incomodidades hoy como para también tener que someterse a los siempre razonables interrogatorios de Mandy.

—Mandy tiene razón —dijo Porter—. Es demasiado lo que está en juego. Calcula bien los riesgos y no la cagues.

Sin agregar nada más, Porter dirigió su silla de ruedas hacia la salida, seguido por su mujer. Mandy volvió a los pocos segundos y con la misma voz imperativa de siempre, dijo:

—Te prepararé un baño.

—No te preocupes —dijo Douglas—. Yo mismo lo hago.

—Ni hablar —dijo Mandy—. Te prepararé un baño de espuma con aroma de lavanda para que te sientas fresco.

—Suena bien —dijo Douglas, sin demasiado entusiasmo.

—Y huele todavía mejor —dijo Mandy.

Mandy tenía razón. El baño estaba delicioso y la fragancia era arrebatadora, al punto de causarle una relajación que casi lo hace quedarse dormido. Hacía tiempo que no se sentía tan a gusto, y las perspectivas de futuro hacían que esa sensación de bienestar se redoblara al punto de casi no darse cuenta de la presencia de Mandy sentada al lado de la bañera. Mientras reposaba, con los ojos cerrados, creyó escuchar ruidos a su alrededor, pero no tan alarmantes como para hacerlo salir de su estado de ensoñación.

Mandy comenzó a hablar como si fuera lo más natural del mundo tener al chico en la bañera, desnudo y oliendo a lavanda. Después de las primeras palabras, Douglas comprendió que el motivo de la presencia de Mandy a su lado, vistiendo la poco sentadora bata de levantarse, tenía un propósito didáctico.

—Ten cuidado —le dijo—. Es muy fácil perder la cabeza por una chica. En Vegas vi a gente que lo perdió todo por una muchacha. Sencillamente perdieron la chaveta. Incluso algunos, después de una sola noche de amor, estaban dispuestos a dejar esposa e hijos y largarse con una corista. Por cierto que las chicas no estaban interesadas en eso y se limitaban a tomar el dinero. Te digo que los hombres, incluso los inteligentes, son capaces de convertirse en imbéciles si se topan con la mujer equivocada.

—No te preocupes —dijo Douglas—. A mí no me ocurrirá. ¿Te pasó a ti también?

—Oh, no —dijo Mandy—, yo era muy cuidadosa. Éramos bailarinas profesionales, no putas. Por otra parte, mis colegas ya tenían bastantes sospechas de la chica flaca judía que acaparaba tanta atención, de modo que lo que me correspondía hacer era llevar un perfil bajo. Especialmente cuando me quedaba tan poco dinero que estaba obligada a atender despedidas de soltero.

Douglas sintió que su corazón pegaba un pequeño salto y miró a Mandy, tomando clara conciencia por primera vez, en medio de su sopor, de que se estaba exponiendo impúdicamente delante de su mejor amiga, y esposa de su mejor amigo.

Sin devolverle la mirada, Mandy optó por dar todavía más naturalidad a la escena, cogió la esponja para empezar a frotarle mansamente la espalda.

—¿Tienes novia? —dijo Mandy— Te lo pregunto porque como nunca me cuentas nada.

—Te contaría si la tuviera —dijo Douglas—, pero no.

—Entonces, mi amor, vas a tener que volver a cascártela, porque no podrás dejar este apartamento, a menos que quieras correr el riesgo de ser visto. Solamente podrás usar una limusina para ir a la residencia de los Santuzzi, pero no podrás salir de caza de muchachas en sitios públicos.

—Yo creo que seré capaz de arreglármelas —dijo Douglas, con una voz inesperadamente débil. Estaba luchando desde hacía minutos con una erección fulminante que lo tenía obsesionado y que no podía creer que Mandy no hubiera notado. Y obviamente sí la había notado, porque mirándola directamente dijo:

—¿De verdad? Pues no estoy tan segura.

Douglas no pudo evitar que sus mejillas se volvieran de un granate subido y sólo atinó a decir:

—Mandy, me estás ruborizando.

—¿Sí? Eso me halaga, pero el agua se está enfriando. Lo mejor es que te salgas.

Mandy arrojó la esponja a la bañera y se marchó, dejando a Douglas en un estado de confusión todavía mayor del que tenía, cuando trataba de resolver el acertijo de la marea multicolor del casino de Las Vegas y de «Sturdust» como oleaje musical.

Cerró los ojos y recostó la nuca en el borde de la bañera. No tenía la esperanza de poner nada en orden ni de sacar nada en limpio, en esos momentos en que todo parecía ponerse cada vez más confuso, de modo que desistió y optó por echar a volar su memoria hacia tiempos más apacibles.

Si bien el recuerdo le dolía, por lo ignoto del desenlace, la memoria de Patricia le traía una sensación agridulce que lo ayudaba a limpiarse de las pesadumbres cotidianas. Nunca la podría olvidar, y, a pesar de que sabía que no estaba dentro de sus posibilidades imaginables, no había cejado en su empeño por saber de su paradero. Y ahora que se presentaba la oportunidad de dar un golpe que lo pondría en una posición económica que le permitiera dar su merecido a ese criminal de poca monta, y devolverle golpe a golpe todo lo que le había hecho a él y a su novia, su recuerdo se hacía cada vez más vívido, y la amargura se transformaba en esperanza.

Mientras se relajaba, recordó una de sus conversaciones en Central Park un día de primavera, en un escenario a su alrededor que en cualquier otra circunstancia habría rechazado por cursi, pero que en ese momento le pareció el momento más sublime de que tenía memoria. Fue aquella vez en que Patricia comenzó a abrigar preocupaciones acerca de su modo de vida y de sus actividades, pero anteponiendo su amor y su futuro a cualquier otro cuestionamiento.

—Todavía estás preocupada— había dicho Douglas.

—Un poco.

—No lo estés. Es algo perfectamente aceptable —aseguró Douglas—. Incluso es hasta legal.

Patricia había sonreído mientras mordisqueaba el tallo de una gramínea.

—Tú me dijiste que incluso tu padre conocía a este hombre e incluso confiaba en él —insistió Douglas.

—No sé cuánto confiaba en el —dijo Patricia—, pero había tenido negocios con él.

—Entonces estamos seguros —dijo Douglas.

—No conoces a mi padre —dijo Patricia, clavándole sus ojos negros.

—No conozco a nadie de tu familia —dijo Douglas, sonriente.

—Pues la conocerás muy pronto —dijo Patricia, acomodándose en su pecho. Para la boda.

—¿Qué boda? —preguntó Douglas.

—La nuestra, tonto —dijo Patricia dándole una palmada en el pecho.

—¿Ah, sí? —preguntó Douglas, divertido.

—Oh, sí —aseguró Patricia, en el mismo tono.

Douglas atrajo a Patricia hacia sí y, mientras le acariciaba su rubia cabellera preguntó:

—¿Y quién dijo algo sobre una boda?

—No hace falta decir nada al respecto —respondió Patricia.

—Totalmente de acuerdo —rio Douglas.

—Tú eres un chico muy malo.

Patricia lo decía en broma, sin saber cuán cerca estaba de la verdad. Para Douglas, el haber encontrado a esa chica era lo mejor que le había pasado en su vida, y sabía que era una oportunidad que no podía dejar pasar. Estaba dispuesto a renunciar a todo lo que había hecho y comenzar de nuevo con la mujer que amaba y deseaba, a pesar de que, hasta ese momento, no había aceptado ningún contacto sexual y sus encuentros físicos se reducían a inocentes besuqueos de adolescente.

Patricia quería llegar virgen al matrimonio y le había asegurado a Douglas que la espera la había condicionado mental y físicamente para llevar a cabo el mejor sexo posible, por lo que el retraso no solamente no era contraproducente sino extremadamente ventajoso. Ya vería cuando estuvieran casados.

Esa muchacha tan bella como ingenua, había sido una de las causas indirectas de su propia desgracia por confiar en lo que le habían recomendado, pero el estúpido había sido él por no indagar más antes de cometer el error de ponerse en manos de esa escoria, que decía Porter. Le bastó con que le dijera que su padre había tenido negocios con un prestamista, y no se dedicó a indagar más sobre su procedencia ni su pasado, y fue a dar con el maldito Conner. Y con ello no sólo había pagado muy caro su error, sino que se lo había hecho pagar a ella, al amor de su vida.

# 5

La casa de Myron Santuzzi era la típica mansión aparatosa de un exitoso hombre de negocios que llegó a amasar su fortuna de manera relativamente reciente, ya fuera por un muy improbable golpe de suerte o por una descomunal fechoría. Era un palacete de espectaculares dimensiones, adornado con buen gusto y especialmente con mucho dinero. La pinacoteca que se podía admirar a lo largo de sus once habitaciones, podría haber constituido un respetable museo menor de arte contemporáneo, y la elección del mobiliario era una acertada mezcla de lo tradicional y lo moderno.

La biblioteca, era quizás la zona más acogedora de la vivienda y en la que se solía dar cita la familia cuando quería pasar un rato tranquilo, leer o simplemente departir. Myron había encontrado una tarjeta de visita desconocida sobre el escritorio, cuando Alice entró a la habitación.

—¿Qué es esto? —preguntó Myron.

—Ah —dijo Alice, apresurándose en quitársela de la mano—, no es nada.

Sorprendido por la velocidad y la determinación de su hija, Myron no atinó a reaccionar y debió apelar a su incuestionable autoridad para obtener una respuesta. Irguiendo todo lo que pudo su figura y su corpulencia de bien conservado cincuentón, adoptó su pose más faraónica y con su voz más imperativa, ordenó:

—Dímelo.

—Nada —dijo Alice—, es alguien a quien conocí. Ya sabes que yo no creo en estas cosas, pero este hombre me dijo cosas que nunca hubiera esperado.

Mientras hablaba, Alice devolvió la tarjeta a su padre, quien todavía tenía la mano extendida. Myron la examinó con atención.

—¿Dónde lo conociste? —preguntó.

—En una cena —respondió Alice—. Me dio su tarjeta y, seguro que te suena ridículo, pero tuve la intención de consultarlo. Total, no tengo nada que perder.

El rostro de Myron mostraba cada vez más curiosidad, y ahora que una descreída como Alice le estaba abriendo una compuerta, decidió aprovechar la oportunidad.

—¿Por qué no le dices que te visite, de modo de poder conocerlo?

—Papá, fue una broma. Esas cosas no funcionan.

Myron contraatacó con las mismas armas que le había dado Alice.

—¿Pero no me dices que acertó en muchas cosas?

—Eso sí —dijo Alice—. En muchas cosas. Yo pensé que me iba a dar un ataque.

—Entonces cítalo aquí —decidió Myron—. Nos divertiremos un rato.

—Eres un payaso —rio Alice, cogiendo la tarjeta de visita de Jeff Greene que le devolvía su padre y dejándola nuevamente sobre la mesa de centro.

El tema quedó ahí, pero ya estaba abierta la puerta para seguir adelante con lo planeado. Alice, como de costumbre, había llevado las cosas con elegancia y su, en otras circunstancias, astuto padre no había notado nada extraño.

—¿Tú todavía estás casada, supongo? —preguntó Myron, pasando a otra cosa.

—Sí —respondió Alice.

—¿Y dónde está tu marido?

—Trabajando, supongo.

Myron se sentó en su sillón favorito, erigido como un trono junto a la chimenea, y en el cual solía permitirse su carísimo habano Cohíba, junto con su copa de coñac después de la cena.

—Es curioso —dijo—. Obviamente se casó contigo por mi dinero, y nunca viene a verme. O es tonto, o es más íntegro de lo que pensaba.

—No, no —dijo Alice—. Es tonto.

La chica, obviamente, había percibido la presencia de su marido en la puerta pero no podía estar segura de que Myron lo hubiera hecho. Burt, el marido oficial de Alice, tomaba esas cosas con deportividad y con humor, y tenía buenas razones para hacerlo. El arreglo al que había llegado no podía ser más auspicioso.

Contrajo matrimonio con la hija del jefe y se había hecho cargo de gran parte del negocio de su millonario suegro, y a la vez había llegado a un compromiso con su esposa, a espaldas de su padre, de mantener su matrimonio con plena libertad y sin ningún tipo de obligaciones burguesas.

La vivienda matrimonial era un lujoso departamento que habitaba Burt, con alguna que otra visita circunstancial de Alice —previo aviso, obviamente—, y Alice ocupaba su cómodo piso en Manhattan para hacer lo que le diera la santa gana.

Por otra parte, Burt hubiera sido un partido ideal para cualquier chica casadera. Alto, apuesto, rico, con un gran sentido del humor y absolutamente inescrupuloso para los negocios. Seguro que, si no se hubieran dado otras circunstancias, Alice no hubiera tenido ningún inconveniente en escogerlo a él como su marido en activo, pero la vida los había llevado por distintos caminos, y ambos estaban más que satisfechos con la manera con que se daban las cosas.

Lo único que les creaba algún desasosiego era la pertinacia de Myron en exigirles la llegada de un nieto que perpetuara la casta y continuara con el negocio. Pero a personas como ellos no les faltaban subterfugios para justificar cualquier cosa, y habían conseguido distraer, hasta ahora, la fijación de Myron hacia otros temas.

—Vaya, qué honor —dijo Myron, dirigiéndose a Burt.

—No me des tanto trabajo y te vendré a visitar todos los días —respondió Burt, mientras daba un beso a su mujer.

—Pues, no —dijo Myron—. Prefiero darte trabajo. Ven, sírvete un whisky y siéntate.

Myron sentía un genuino aprecio por Burt, y vio con buenos ojos y mucha esperanza el que su descocada hija lo hubiera elegido como consorte. Si bien el progreso no era del todo visible, por lo menos confiaba en que, al lado de ese muchacho, que tenía por trabajador, aunque no excesivamente capaz, pudiera enrielar su vida hacia una senda que no le causara tantos dolores de cabeza.

Para empezar, se la había llevado de su casa, y eso había evitado un cúmulo de confrontaciones y de situaciones tensas con su esposa Helen. Alice nunca la aceptó y Helen a ella tampoco, y se lo demostraban cada vez que podían de la manera más sañuda. Quizás la única diferencia seria que tuvo Myron con su joven esposa, durante todo el tiempo que tuvieron una relación de gran armonía, fue cuando ésta le puso un ultimátum: o Alice, o ella.

Obviamente se trataba de una exigencia testimonial, porque sabía perfectamente que Myron nunca renunciaría al amor de su niña y, por otra parte, no tenía ningún elemento de coacción para forzar la voluntad de su marido. Todo lo contrario, los triunfos estaban todos del otro lado y, si quería asegurarse su parte en el testamento, lo mejor que podía hacer era seguir jugando las cartas a su disposición, y actuando como la esposa sumisa, amorosa y, especialmente, obsecuente con los requerimientos de su marido en el terreno sexual, lo que la había hecho ganar más puntos de los que hubiera podido soñar.

Para ella, el haberse tirado a un magnate después de una fiesta sin importancia, no había tenido demasiada significación, ni esperaba que desembocara en derivaciones tan radicales, pero Myron estaba deslumbrado. Su físico voluptuoso, que la había llevado a la lista de elegidas para decorar la augusta lista de conejas del Playboy, honor al que posteriormente debió renunciar por asuntos menores, se sumaba, ante los ojos de Myron, a una inagotable disposición de agradar, a un permanente interés por sus asuntos y a una demostración de admiración por sus características personales, que no podía dejar frío ni al más desalmado de los hombres. Todo esto sumado a una paciencia de santa.

Y tratándose de Myron, el que una muchacha de esa edad, con esa figura y con esa nobleza, se interesara por él sin siquiera saber que era dueño de una inmensa fortuna, lo terminó enamorando y convirtiendo en un perrillo faldero de sus caprichos.

Por cierto, el que no supiera que era rico era inexacto, teniendo en cuenta que Myron Santuzzi era un prominente hombre de negocios y, además, que Helen había pedido expresamente ser invitada a la fiesta por el anfitrión, una vez que se enteró de que Myron iba a estar presente.

Esos detalles no empañaron, sin embargo, una relación inquebrantable, especialmente porque Myron nunca los supo, y siguieron igual de cercanos hasta que la muerte los separó.

Burt se sirvió un vaso de licor y se sentó en el enorme sillón que presidía la biblioteca.

—¿Hablaste con Evans? —preguntó.

—Yo odio a los abogados —dijo Myron.

—Yo soy abogado —le recordó Burt.

—¿Necesito agregar algo más?

—Myron —dijo Burt, poniéndose serio— Necesitan el testamento por una cuestión de seguros. No tienes que darlo a conocer en su contenido, pero ellos deben tener la seguridad de que existe.

—¡Una mierda! —exclamó Myron—. ¿Qué clase de cláusula es esa? Esa gente está tan acostumbrada a trabajar con tarados, que cree que todo el mundo lo es. Lo haré cuando me dé la gana, y Evans que se vaya a tomar por culo. Y si insiste, pues bueno, hay suficientes compañías de seguro y todavía más abogados, desgraciadamente.

—Lo que tú digas —dijo Burt—, pero tendré que convencer a Evans.

—No tienes que convencer a nadie —dijo Myron, cada vez más irritado—. Él trabaja para mí y tú también. Mientras yo os pague vuestros sueldos, tenéis que mantenerme contento. ¿Está claro?

—Lo que tú digas, papá —dijo Burt con una sonrisa.

Alice había abandonado la sala hacía ya algún tiempo, presintiendo, con razón, que la conversación entre los dos hombres iba a transcurrir por un camino de infinito aburrimiento. Acabada esa parte del diálogo de forma que no dejaba lugar a dudas, Burt se excusó ante Myron para ir a ver a su mujer. Poco podía imaginar el magnate que la razón era que no se habían visto en casi una semana, y que tenían que arreglar cuestiones administrativas referentes al hogar que Myron pensaba que compartían.

Una vez que Burt se hubo retirado, Myron volvió a coger la tarjeta y a examinarla cuidadosamente, como tratando de sonsacarle alguna información que se le hubiera pasado, algún detalle que terminara de convencerlo de que el tal Jeff Greene era un médium legítimo y que podría ayudarlo a tomar contacto con su amada mujer, a la que tanto necesitaba, y la que tanto lo podía ayudar.

La pareja había dejado la mansión de Myron Santuzzi sobre las diez de la noche, y se había marchado hacia lo que el suegro suponía que era el hogar familiar. Lo cierto es que se habían ido en el coche de Burt para seguir fingiendo el vínculo pero, en la práctica, había sido para llevar a Alice a su apartamento y luego seguir camino a su casa.

Como a veces ocurría, Burt había subido a beberse una copa antes de seguir viaje y, como ocurría también con alguna regularidad, había decidido quedarse a dormir para no conducir bebido. Eran las oportunidades que aprovechaban para hacer el amor, algo que ambos disfrutaban intensamente, no sólo porque se sentían atraídos físicamente el uno al otro, sino porque sabían que no había ataduras ni compromisos, y que mañana seguirían sus caminos con la conciencia tranquila y sin haber sacrificado un ápice de su libertad.

El guion era simple y ambos lo dominaban a la perfección.

—¿Quieres hielo en el whisky? —preguntó Alice.

—No —respondió Burt—. Esas son cosas de nuevo rico como tu padre. El whisky se bebe puro.

Alice aceptaba con deportividad también esas tímidas rebeliones secretas de su marido, así como los abiertos puyazos que le dirigía su padre en su misma cara. Sabía que ambos se caían bien, aunque Myron nunca había llegado a sentir un genuino respeto profesional por Burt, y no lo llegaría a sentir jamás. A Alice eso no le podía interesar menos, así como los negocios en los que ambos estaban envueltos. Ella tenía una agenda completamente distinta y ninguno de los dos figuraba en ella.

Le entregó el vaso de *Ballantines 17 Años* a Burt, y se fue al refrigerador a buscar un refresco para ella.

—¿Qué es eso de que el testamento no ha sido redactado todavía? —preguntó Alice, desde la cocina.

—Nada —respondió Burt—. Tecnicismos.

Alice lo había intentado, pero sin demasiadas esperanzas. No creía que Burt le fuera a participar nada de sus arreglos legales con su padre, ni contaba tampoco con que supiera demasiados antecedentes que le interesaran.

Cuando regresó al salón, Burt ya había partido al baño a darse una breve ducha. Lo esperó en la cama, desnuda. El tener que deshacerse del pijama de seda hubiera sido una pérdida de tiempo, y todos ya sabían cómo iba a terminar la velada de todas maneras. Como casi siempre cuando la iba a dejar desde la casa de su padre y Leo no estaba. Burt tenía una idea aproximada de su existencia, pero nunca se preocupó demasiado de preguntar más. Gracias a la pericia organizativa de Alice, y del acatamiento sin réplica de ambos hombres de sus condiciones, todo se podía arreglar para evitar que hubiera roces, y de haberlos habido, los dos tenían clara conciencia de que los perdedores serían ellos.

Por su parte, Alice había desarrollado una gran capacidad de desdoblarse para poder dividir su vida de esa manera y sacar lo mejor de ambos lados. Y los réditos eran más que evidentes. Con Burt tenía un amante tierno, capaz de hacer el amor con delicadeza, sin dejar de lado el ímpetu. Leo era más bien lo contrario y en él primaba la fuerza. Alice se sentía satisfecha con las dos versiones y su vida itinerante entre ambos hacía que su vida sexual fuera altamente satisfactoria.

Esa noche se volvería a demostrar. Los amantes se conocían de memoria, incluso desde antes de la noche de bodas, y sabían perfectamente complacer las respectivas apetencias. Su forma de hacer el amor era un intercambio de ternuras que cualquiera podría haber malentendido como el acto de dos enamorados.

Se besaban constantemente, saboreaban sus labios y sus lenguas, recorrían sus cuerpos con caricias y se decían palabras bonitas. Además, el sexo en bruto también era satisfactorio. Burt tenía un cuerpo razonablemente entrenado y su herramienta de placer era lo suficientemente desarrollada como para que Alice la echara en falta de tiempo en tiempo. Y sus expectativas nunca se veían decepcionadas.

Alice saboreó golosamente las embestidas de su marido legal, mientras su mente recorría diversos puntos de su vida que estaban tomando formas muy agradables y abriendo perspectivas muy bienvenidas. Una vez conseguido su propósito no sabía si volvería a tener sexo con Burt, al menos con la frecuencia que tenía hasta ahora, que tampoco era mucha. A pesar de todo, pensaba que podría prescindir de ello y concentrarse en los millones de dólares que pasarían a engrosar su cuenta bancaria, y en Leo.

Los orgasmos con que Alice coronaba el coito eran universales y exactamente igual de estrepitosos con ambos «maridos». Este caso no fue una excepción, solo que se vio acrecentado por el efecto afrodisíaco de la codicia. Eyaculó eufórica, mezclando alaridos con carcajadas, y con la imagen del montón de ceros en su boleta de banco.

Burt podría atribuir el arrebato a muchas cosas, y no se preocupó de averiguar cuáles. Una vez terminado el sexo, la vida continuaba por cauces más distantes, aunque el contacto posterior seguía siendo de una gran ternura.

—Ya no nos vemos demasiado a menudo —dijo Burt.

—No. Es verdad —dijo Alice.

—¿Cómo has estado? —preguntó Burt.

—¿Por qué? —dijo Alice

—Por Dios —protestó Burt—, se supone que tenemos una relación civilizada.

La suposición de Burt se veía reafirmada por el hecho de que estaban desnudos en la cama intercambiando arrumacos. Sin embargo, Alice tenía una versión más realista.

—Esto no es una relación. Esto es sexo.

—Bueno —dijo Burt, besándola suavemente en los labios—, es la mejor manera de tener una relación que yo conozca.

—Puede que tengas razón —dijo Alice, correspondiendo al beso de forma más profunda.

Juntó sus labios a los de él y permanecieron por largos segundos jugueteando con sus lenguas. Una vez que sus ojos se volvieron a encontrar, Burt aventuró un comentario poco frecuente.

—No sé, pero esto se ve como si fuera amor.

—Se ve como si fuera sexo —respondió Alice.

Habiendo dejado en claro que, por muy agradable que hubiera sido todo, los términos del convenio seguían siendo los mismos, Alice le dio un cariñoso beso en el pecho y se puso de pie.

—¿De qué tenías que hablar con papá? —preguntó Alice.

—Nada —dijo Burt—. Cosas legales.

—Entiendo —dijo Alice—. No para chicas tontas.

—No es eso —protestó Burt—. Es una cosa respecto al testamento. La compañía de seguros insiste en que redacte alguno.

—¿Por qué? —dijo Alice.

—No sé —dijo Burt—. No había escuchado nunca una condición así antes, pero dicen que es para ahorrarle dinero.

Alice lo miró con cara de reproche mezclado con desdén. No es que le preocupara que fuera tan indolente como parecía demostrar. Todo lo contrario, mientras menos metiera su nariz en cosas que no le incumbían, mejor para ella, pero que fuera tan olímpico para quitarse una responsabilidad de encima le parecía chocante.

—Y si no entiendes ¿cómo puedes aceptarlo? Tú eres un abogado.

—A mí no me corresponde aceptar o rechazar nada —dijo Burt—. Son otros abogados los que deciden eso. Además, tu viejo es el que de todas maneras tiene la decisión final.

El tono y la línea de razonamiento dejaban palmariamente claro que a Burt le importaba un soberano huevo la suerte que pudiera correr Myron Santuzzi, mientras no afectara directamente sus intereses. Alice no podía dejar de entender y hasta de sentir cierta simpatía por esa actitud.

Sonrió levemente y se puso de pie.

—¿A dónde vas? —dijo Burt.

—Voy a ducharme —dijo Alice—. Tú duerme tranquilo.

# 6

El camino de tierra, en medio de una vegetación que contrastaba con los alrededores de gran ciudad, llena de asfalto y edificios sin encanto, daba una sensación de paz, alumbrada por un tímido sol, mientras Douglas conducía la silla de ruedas de Porter hacia las empalizadas de Jersey. Habían hecho el recorrido en silencio, intentando que las palabras no estropearan lo que era mejor admirar sin comentarios. Sin embargo, fue Porter el que rompió su costumbre de laconismo.

—No recordaba que este sitio fuera tan bello —dijo, casi para sí—. Mandy solía traerme aquí como parte de la terapia, después del accidente, pero entonces no dio mayores resultados. ¿Fue idea de ella que me trajeras aquí?

—Sí, —respondió Douglas.

—Buena chica —comentó Porter.

Hacía tiempo que Douglas no lo veía tan animoso, y presumió que se debía a las perspectivas que le veía a ese proyecto en el que estaban embarcados. El siguiente comentario lo descolocó completamente, sin embargo:

—Me alegro que la hayas encontrado en Vegas.

Douglas tragó saliva, sin saber qué responder. Sus recuerdos eran todavía tan difusos que no conseguía ponerlos en orden, pero al parecer tanto Mandy como Porter sabían perfectamente lo que él ignoraba. Para no enredar las cosas todavía más en su cerebro, Douglas decidió pasar página.

—Ahora cuéntame lo que tenga que saber del tal Santuzzi ese.

—Tienes que saberlo todo, y yo te lo diré todo —dijo Porter—. Lo que significa que tu actuación se transformará en una lectura «en caliente», que es el otro método que usan los videntes para embaucar a los crédulos, y que es ideal en este caso.

Las cosas iban tomando forma y Douglas se iba sintiendo cada vez más seguro de poder representar su papel correctamente.

—¿Y cómo es que sabes tanto de este hombre? —preguntó Douglas.

—¿Qué es lo que te he dicho siempre acerca de hacer demasiadas preguntas? —dijo Porter.

—Lo sé —respondió Douglas, casi divertido—, pero ahora me has enseñado que la fórmula de la lectura en frío es la de hacer preguntas.

—Al cliente —dijo Porter—, no a mí.

En ese momento, Douglas sintió que la silla de ruedas se trababa violentamente. Las manos de Porter se habían aferrado violentamente a ellas y permanecía tenso como una tabla, con los ojos clavados en el despeñadero.

La primera reacción de Douglas fue preguntarle qué le ocurría, pero la admonición acerca de evitar las preguntas estúpidas estaba muy cercana, y decidió callar.

—Llévame de vuelta —dijo Porter, recuperando la voz—. Tenemos cosas que hacer.

Faltando a otra de sus costumbres, Douglas puso su mano en el hombro de su amigo. La reacción fue la que debió esperar siempre. Porter se libró del contacto, sin violencia pero con determinación, dejando en claro que no estaba dispuesto a aceptar ningún tipo de efusión movida por la piedad. Especialmente ahora.

—Llévame de vuelta —repitió— y déjate de pendejadas.

La actitud de Myron Santuzzi, sentado en el amplio sillón frente al escritorio de Evans, era la de alguien que se sabe dueño de la oficina, del escritorio y del sujeto que está sentado frente a él.

Evans, su abogado, un hombre de unos cuarenta y cinco años, vestido con formalidad, terno azul, cuello y corbata, daba la impresión de ser alguien que tiene todas las respuestas, que tiene todo bajo control y que toma todas las decisiones. Todo esto, mientras el jefe no diga otra cosa, por cierto.

Su tono era calmado y doctoral.

—Por supuesto que no es una cláusula, Myron —dijo Evans—. Las compañías de seguro no tienen autoridad sobre las decisiones de sus clientes en lo que respecta a testamentos. Solamente se trata de que no quieren que el Estado se haga cargo de tu gran fortuna en caso que —Dios no lo permita— tú fallecieras sin haber especificado los términos de la herencia.

Nada más. No es una obligación sino que está altamente recomendado. Y yo estoy de acuerdo con ellos.

Myron asintió. Por una vez parecía no poner objeciones a los consejos de su abogado, ni aderezarlas con las acostumbradas frases hirientes, cuyo único propósito era ratificar quién era el que mandaba y quién el que tenía que obedecer.

—Es lo que pensé —dijo Myron—. Yo también estoy de acuerdo contigo, y creo que lo haremos pronto. Mientras tanto tengo que esperar que se aclaren algunas cosas.

—¿Puedo ayudarte en algo? —preguntó Evans con una sonrisa de alivio—. ¿Estás esperando que se aclaren cosas legales?

—No —dijo Myron—, es algo personal que tengo que arreglar.

—Entiendo —dijo Evans, con la cara iluminada por una sonrisa—. Por cierto, no estuviste en el club el pasado sábado. No te estarás volviendo un snob, espero. ¿O solamente fue miedo a perder tu dinero?

—Nada de eso —rio Myron—, solamente tuve mucho que hacer y no me dio tiempo a avisar. Creo que Burt estuvo por allí ¿verdad?

La mención del yerno no pareció despertar demasiada atención en el abogado, pero respondió con cortesía.

—No lo vi. Seguramente se sentó en otra mesa.

—Seguro que lo habrás echado mucho de menos —dijo Myron, poniéndose de pie.

—Bueno —dijo Evans—, yo…

—Evans —interrumpió Myron—, eres un amigo fiel. Un granuja, pero un amigo fiel.

Evans acompañó a su cliente a la puerta del despacho y se despidieron con un fuerte apretón de manos. El rostro del abogado no denotaba ninguna emoción especial. Ya estaba acostumbrado a tratar con el acaudalado hombre de negocios, y nada que dijera o que decidiera, para bien o para mal, parecía afectarle.

Cerró la puerta y encaminó sus pasos hacia su oficina. La visión que apareció ante sus ojos al entrar distaba mucho de ser la que esperaba. Detrás de su opulento escritorio vio la bella figura de Alice, sentada con sus torneadas piernas en el brazo del sillón. Su minifalda y la pose permitían admirar sus extremidades inferiores en todo su esplendor.

—Un amigo fiel —remedó Alice.

—No puedes negarlo —dijo Evans—. Y no hables tan alto que todavía no se ha ido.

—Por supuesto que se ha ido —dijo Alice—. No puede huir todo lo rápido que quisiera de esta cloaca. Además ya no escucha tan bien.

Evans se sentó en el escritorio junto a ella.

—Deberías tener más cuidado —dijo Evans.

—No lo creo —dijo Alice—. ¿O no te gusto así como soy?

—Me gusta como eres, pero más cuidadosa —respondió Evans.

Alice acercó su bella cara a la del abogado, en una de sus típicas actitudes de seducción que derretían al hombre de mediana edad, aunque tuviera la suficiente fuerza de voluntad como para no demostrarlo.

—¿Para qué? —dijo Alice—. ¿Acaso no estamos metidos hasta el cuello en la mierda? ¿De qué sirve ser cuidadosos si te impide lograr lo que buscas?

La lengua de Alice se asomó levemente entre sus labios casi como una invitación, pero Evans no llegó a ser tan rico y exitoso como era a través de hacer el idiota. Sabía perfectamente que la chica era una coqueta y que estaba fuera de su alcance, aunque le seguía la corriente con mucho gusto. Caer en cualquier otro tipo de juego significaba perder demasiado, y no estaba dispuesto a arriesgarse.

—Fuera de mi sillón —ordenó Evans con una sonrisa.

Alice extendió sus brazos invitándolo a que la cargara. Evans la cogió por la cintura y la llevó en brazos hasta el sofá de cuero, en el que la dejó caer como un saco de patatas.

—¿Qué clase de marido tienes? —preguntó Evans.

—Oh, es solamente un amigo fiel —respondió Alice, riendo.

—No dudo de sus intenciones sino de sus capacidades —dijo Evans, sentándose en el sofá junto a ella.

Alice estaba en la misma posición en la que había caído, recostada a lo largo del mueble, con el cuero dándole una sensación de frescura a sus nalgas. La minifalda ya se había arremangado hasta más allá de lo reparable sin esfuerzo, y no estaba en los planes de Alice corregir esa circunstancia. Esta vez no perseguía un propósito determinado, pero nunca estaba de más estar en una posición de ventaja ante alguien que tenía las mejores razones para querer poseerla, pero que asimismo tenía clara conciencia de que no lo conseguiría nunca. Ella era demasiado cercana al poder, y tener alguna aventura que pudiera conllevar el riesgo de enfadarla —caprichosa como era— era algo que Evans no se podía permitir, ni quería arriesgar.

—Mi marido es un hombre muy inteligente, para tu información —dijo Alice.

—¿Alguna vez ejerció la abogacía? —preguntó Evans.

—Sí —respondió Alice—. Y además es el hombre perfecto para mí.

Evans hizo un gesto de escepticismo y comenzó displicentemente a juguetear con uno de los botones de la blusa de seda que Alice llevaba abotonada hasta casi el cuello.

—Espero que no se entrometa mucho en tus «asuntos legales» —dijo Evans—. Odiaría tener que verme en problemas por culpa de su torpeza.

—No tienes nada que temer —dijo Alice—. Estás arriesgando mucho más toqueteándome las tetas.

—No te estoy toqueteando las tetas —protestó Evans.

Alice hizo un movimiento súbito hacia adelante, que ocasionó que Evans acabara con su mano cubriéndole totalmente el seno por debajo de la blusa que ya había desabotonado. Y para dar más énfasis a la situación, la muchacha le sujetó la mano fuertemente, forzándola a permanecer en su pecho, a pesar de los no precisamente denodados intentos de Evans por zafarse.

—¿Ah, no? —desafió Alice—. Se lo diré a papá.

Habiendo conseguido liberarse de su grato cautiverio, Evans se puso de pie para volver a lo que era su vida real.

—Escúchame —dijo Evans—, tú siempre eres bienvenida aquí.

—Ya lo sé —dijo Alice, poniendo algo en orden sus vestimentas.

—Pero por el momento es mejor que dejemos que las cosas marchen hasta que no tengamos razones para preocuparnos —dijo Evans.

—No hay razones para preocuparnos —dijo Alice, poniéndose de pie para arreglar su minifalda. Evans observaba el proceso como un gato delante de la carnicería, pero no se atrevió a hacer ningún comentario esta vez.

—Todo puede fallar, Alice —dijo Evans—. Incluso las cosas mejor organizadas y menos complicadas que esta.

—Es verdad —reconoció Alice—, pero son demasiadas las recompensas que hay detrás de esto, que estoy segura que ninguno de nosotros se arriesgará a que fracase, ¿no crees?

Alice se había acercado a Evans y le susurraba directamente delante de la cara. El abogado la dejaba hacer estoicamente, en una prueba más de que lo que se jugaba era realmente importante y que no estaba dispuesto a ponerlo en peligro, incluso teniendo a esa mocosa insoportable a tiro de pellizco.

—Lárgate de una vez —dijo Evans—, y cuida que nadie te vea.

—Lo que tú digas —respondió Alice, estirando la trompa y depositando un besito en los labios de

Evans. Y antes de salir, agregó—: Cuando sientas algún tipo de escrúpulo, no dudes en llamarme.

La vivienda de Conner no podía ser menos interesante. Obviamente las características sociales e intelectuales del hampón no permitían esperar algún tipo de refinamiento o cultura, pero la ausencia de cualquier vestigio de inteligencia en su departamento tenía que llamar la atención hasta del menos exigente.

Las paredes estaban vacías. Ni un cuadro, ni una foto, ni siquiera un banderín del equipo de fútbol. No había estantería para libros, ni equipos para escuchar música. Alguno podría pensar que Conner estaba preparando su vida para la eventualidad de ser condenado a celda solitaria, pero la verdad es que la razón era otra y mucho más simple: era un ignorante.

Los muebles tampoco se caracterizaban por su buen gusto, pero por lo menos cumplían con su función. Conner ocupaba su sillón favorito, que utilizaba para leer el periódico de vez en cuando, dormir la siesta o jugar a algo en su teléfono móvil. Frente a él, Bull tenía una posición inanimada que podría haber perfectamente sido confundida con la catatonia. El diálogo era lento y no parecía conducir a ninguna parte. Daban la impresión de estar esperando algo, pero en realidad solamente estaban departiendo en su idioma primitivo.

—Irritante muchacho, ese Douglas —dijo Conner después de una de las interminables pausas.

—No sé por qué tenemos que esperar tanto tiempo por el dinero y por qué no lo liquidamos de una vez —sugirió Bull.

—Me encantaría hacerlo —reconoció Conner—, pero hijos de puta muertos no pagan.

—Éste tampoco paga —dijo Bull, en una rara demostración de lógica.

—Pero lo hará —dijo Conner.

El diálogo se interrumpió una vez más y ambos regresaron a sus actividades individuales. Conner tratando de que los muñequitos se comieran a la mayor cantidad de animales posible, y Bull solamente estando allí.

—Ni siquiera sabemos dónde está —dijo Bull después de una larga pausa que, al parecer, necesitaba para pensar la siguiente observación.

—No seas tan negativo, Bull —dijo Conner.

El primate aceptó la reprimenda pero se quedó mascullando sus objeciones.

—Yo le habría pegado un tiro —dijo al cabo de un momento.

Conner no le prestó mayor atención y continuó con su juego, hasta que levantó la mirada y comenzó a hablar consigo mismo. Estaba claro que no iba a tener mayor colaboración de un bruto como su hombre de confianza y fiel asesino, salvo las respuestas más obvias para mantenerlo elucubrando.

—Quizás debí haber usado más la carta de Patricia —dijo.

—¿La carta de Patricia? —dijo Bull.

—El chico parece estar todavía enamorado de ella —siguió Conner—. Probablemente se culpa a sí mismo por no haber tratado de protegerla más valerosamente.

Como era de esperarse, la reacción Bull fue la de un orangután, y fuera de todo contexto.

—¡Cobarde de mierda!

—No lo sé —dijo Conner, sin prestarle mayor atención—. Tal vez sea un visionario. Nadie sabe cómo terminan esas relaciones. Él tampoco lo sabía. Quizás la amaba y todo, pero ¿qué sería de ese amor si dentro de un año o de diez años terminaran ladrándose el uno al otro y arrojándose las ollas a la cabeza? ¿Qué sentido tendría arriesgar la vida para salvarla si al final iban a terminar así?

Bull no entendía nada de lo que estaba escuchando, pero seguía aferrándose a su táctica inicial:

—Tendríamos que haberlo liquidado.

Conner, acostumbrado a que su guardaespaldas no fuera capaz seguir el diálogo más simple, dio por terminado el coloquio, miró su reloj y se puso de pie.

—Ya es hora —dijo—. Vamos.

# 7

La música le llegaba desde la otra habitación, como a través de un tul. Douglas estaba tendido en su cama con su camiseta y sus vaqueros, tratando de pensar en algo que no lo inquietara, pero el catálogo para elegir era demasiado reducido. Por una parte, el dolor en diversas partes del cuerpo y los moratones que todavía lucía en su cara, no lo dejaban olvidar que su situación era muy precaria en lo relacionado a finanzas y supervivencia.

Por otra parte, la foto de la cómoda, desde la que una Mandy joven y bella le sonreía, todavía no lograba aclararle nada. Las relaciones con Las Vegas eran obvias, pero no tenía claro qué tenían que ver con él, ni por qué el sonido de «Stardust» insistía en mezclarse con sus pensamientos, como dándole pistas que no sería nunca capaz de poner en orden.

La música que ahora escuchaba parecía venir de la televisión, y cesó para dar paso a lo que semejaba una banda sonora de una película muy vieja. Douglas miró la hora y entendió que ese era el momento exacto para las reposiciones de filmes antiguos o de series obsoletas. La «Stardust» de su cabeza se entremezcló con las inquietantes cuerdas de «El Último Hombre en la Tierra», y Vincent Price pasó a tomar el lugar de una nebulosa remembranza de alcohol, porros y algo más que no recordaba bien.

Se levantó y cogió la foto en sus manos. Ya lo había hecho varias veces durante la estadía en el departamento de Porter, y no entendía por qué. Los ojos de esa chica, y esa semisonrisa, como delatando su satisfacción por estar haciendo sufrir al observador enseñando sus bellos pechos, lo penetraban hasta el alma. No quería relacionar a esa joven con Mandy. No eran la misma mujer después de tantos años, y quizás ese esfuerzo por no hacerlo era lo que más lo intrigaba.

Devolvió el marco a su lugar y volvió a tenderse en la cama. Sabía que no podría conciliar el sueño hasta que la banda sonora de la habitación contigua no cesara, pero no porque el ruido no lo dejara dormir. Podría haberlo hecho sin problema alguno si hubiera estado suficientemente cansado y libre de conflictos mentales, pero sentir esa presencia cercana lo estaba empezando a condicionar demasiado.

Ella sabía algo que él no recordaba y alguna vez tenía que decírselo. Douglas sintió que sus pies lo llevaban a abandonar la cama, casi sin recurrir a su voluntad; que lo llevaban como un sonámbulo por el pasillo oscuro que conducía al cuarto de al lado, y que sus manos, igualmente funcionando sin el concurso de su cerebro, empujaban la puerta entreabierta de la habitación de Mandy.

Ahí estaba. Arrodillada en la cama, con los ojos fijos en el televisor. Douglas se extrañó de constatar que estaba desnuda. Los reflejos de la pantalla se desplazaban a lo largo de su cuerpo, que lucía más bronceado en la penumbra de la habitación. Su rostro rezumaba serenidad. Había pasado ya mucho tiempo desde la última vez que la había visto así, en la fiesta de un patán que estaba por casarse y no había tenido siquiera la delicadeza de saborear las delicias que aquella bailarina alta y grácil le ofrecía. Ahora se había abierto de par en par la cortina y lo veía todo con una nitidez deslumbrante que estuvo a punto de producirle mareo.

Vio a «la chica», como esa tropa de zafios la llamaba, recorrer el cuarto con la vista y detenerse en el presunto festejado, que estaba demasiado bebido como para tener conciencia de alguna cosa. La vio sonreír benévolamente. Su labor allí había terminado sin necesidad de mayores humillaciones. El organizador de la fiesta le agradeció sus servicios y le pagó el total de la suma acordada. Después de todo, no era su culpa que el que tenía que acostarse con ella no supiera dónde tenía el culo, mientras roncaba estrepitosamente en el suelo.

«La chica» recibió el sobre y lo guardó, mientras comenzaba a despedirse. En ese momento vio a Douglas. Era un pequeño microbio en medio de esa horda de animales, observando de reojo sin saber qué hacer. «La chica» lo había atribuido también al alcohol, pero al cruzar sus miradas y ver cómo se ruborizaba, concluyó que lo suyo era timidez.

La verdad es que era una mezcla de ambas cosas, y el factor etílico hizo que la escena se borrara de su cerebro durante algunas décadas, pero en ese momento estaba consciente de lo que ocurría y curioso por lo que podría ocurrir. Era la primera vez que tenía contacto con una bailarina exótica y no sabía cómo funcionaban esas cosas.

El show había sido inolvidable, con striptease y baile individual incluido, del cual él no fue uno de los receptores, dicho sea de paso. Y mejor así. No habría sabido qué hacer y habría estado expuesto, una vez más, a las burlas de la pandilla de amigotes.

«La chica» pareció notarlo y decidió ahorrarle el show para no avergonzarlo. Pero ahora lo tenía allí, acurrucado en el sillón, deseando ser invisible y siendo el objeto ideal de las mofas de los impresentables que lo rodeaban. Podría haberse marchado y dejarlo así, y no hubiera pasado nada, pero algo la hizo buscar otra opción. El muchachito le causaba una ternura enorme y sentía una buena dosis de piedad por lo que pensaba que era indefensión, aunque la embriaguez también tenía parte de responsabilidad.

—¿Quieres que te acerque a algún sitio? —le había dicho «la chica», ya lista para salir.

Douglas no era capaz de reaccionar por la sorpresa, pero las risotadas de sus amigos lo ayudaron a volver en sí.

—Vamos, Douglas —dijo el dueño de casa—, acepta, que así no puedes conducir. Y además no tienes coche.

Douglas recordaba cómo se había levantado, casi a tientas, había cogido su cazadora y había seguido a «la chica» hasta su automóvil. Recordó cómo la radio tocaba «Stardust» durante todo un trayecto que hicieron en silencio, y cómo el recuerdo de esa música lo acompañó durante toda la jornada que estuvieron juntos, amándose en una penumbrosa habitación de un motel de Las Vegas.

Mandy giró su cabeza sin manifestar ninguna emoción. Ni sorpresa, ni molestia, ni temor. Simplemente lo quedó mirando, inmóvil. Hasta que al cabo de un momento volvió a fijar sus ojos en el televisor.

Sin saber por qué, ni para qué, Douglas se decidió a entrar. Se acercó hasta la cama y se quedó viendo a Mandy, sin que por parte de ella se pudiera detectar resistencia alguna. Su cuerpo era firme y rollizo. Sus formas se conservaban, expandidas lógicamente por el paso de la edad, pero manteniendo sus proporciones. Los senos seguían firmes aunque bastante más amplios de lo que guardaba en sus recuerdos, todavía difusos. Su estómago era algo más prominente y delataba algunos pliegues que no alcanzaban a desbaratar el atractivo del resto.

La postura, arrodillada y con la espalda derecha como un obelisco, la hacía ver como un tótem, como una hechicera indígena en posición de oración, como una bella diablesa vieja, de pelo largo y negro, esperando que hirvieran sus pócimas para poder salir a encantar seres infelices.

Douglas se sentó en el borde de la cama. Su mano, igualmente desprovista de cualquier voluntad propia, rozó con el revés el brazo de Mandy. Notó en ella un breve escalofrío y una sensación de piel de gallina por algunos segundos, pero nada más. Mandy cerró los ojos y permaneció inmóvil. Incluso lo dejó hacer cuando el revés de su mano comenzó a recorrer el brazo en una caricia. Al bajar lo suficiente, Douglas, o aquel espíritu inoportuno que manejaba sus movimientos, decidió dar el siguiente paso y hacer que su índice comenzara a recorrer el muslo de Mandy. El roce era de una suavidad perturbadora. Douglas comenzaba a sentir en su garganta y en su estómago aquellos síntomas que solían preceder el arrobamiento carnal, cuando la mano de Mandy cogió la suya y la mantuvo apretada, impidiendo cualquier movimiento. Al cabo de algunos segundos, el contacto se relajó y ambas manos comenzaron a reconocerse tímidamente a través de gestos de ternura, acariciándose y entrelazando los dedos.

Pero eso era todo. Douglas comprendió que todo había terminado. Seguir adelante habría sido demasiado difícil de explicar para las conciencias de ambos. Se puso de pie y se marchó a su cuarto. El pretender haberse despedido con un beso, como cada vez que se separaban, hubiera sido tan inapropiado como decepcionante en estas circunstancias, de modo que optó simplemente por levantarse y salir.


Para Evans, la semana no había sido difícil pero sí ingrata. Myron Santuzzi era una relación forzada y tenía perfectamente claro que nunca serían amigos. El hecho de que lo visitara en su oficina siempre tenía el agregado de tener alguna queja o alguna exigencia, y por cierto, su función era la de solucionarlas o cumplirlas según fuera el caso. Rada vez se daba que Myron quedara satisfecho con su primera explicación, y esta vez fue una de esas, pero eso no le quitaba el amargo sabor de boca de saberse dependiente y sin posibilidades inmediatas de dejar de serlo.

La hija de su jefe, la putita intrigante Alice, era una relación de conveniencia y sabía también que nunca terminaría en nada físico. Se había resignado a aceptar sus coqueteos con la frialdad del que sabe que no tiene nada que ganar arriesgándose a perder el trabajo, o la vida, en el peor de los casos, por un flirteo con una mocosa como muchas otras.

Estaba solo, sentado en su escritorio revisando papeles para la próxima reunión de directorio, a la que asistía pero en la cual no tenía mayor poder de decisión.

La puerta se abrió, sin que nadie golpeara, y el corazón de Evans dio un vuelco cuando vio entrar a un hombrecillo en su silla de ruedas, manchando de barro el parqué. La reacción fue de gran sorpresa, aunque no de alarma. No era él el que se estaba jugando el pellejo.

—Hola, Evans —dijo Porter, con su voz suave.

—¿Se puede saber qué demonios estás haciendo aquí? —dijo Evans.

—Vine solo por una corta visita —respondió Porter, conduciendo su silla hasta dejarla frente al escritorio.

Su expresión era de la un hombre seguro. Seguro y satisfecho. Su apariencia humilde, empequeñecida todavía más por su discapacidad, que lo llevaba a esa silla desvencijada, contrastaba violentamente con la elegancia del recinto.

—Hay solamente un edificio en toda la maldita cuadra que tiene acceso apropiado para inválidos —comentó Evans— y tenía justamente que ser el mío. ¿Cómo sorteaste a mi secretaria?

—Soy suficientemente pequeño —dijo Porter—. Bonita muchacha, por cierto, ¿tú ya te la has…?

—Estás arriesgando los despojos que te quedan de vida viniendo aquí —dijo Evans.

Porter lo miró con una sonrisa de superioridad, inconsecuente con su apariencia.

—No dramaticemos las cosas —dijo—. Ustedes pensaron que yo estaba muerto.

—Una suposición razonable —dijo Evans poniéndose de pie—, teniendo en cuenta que te arrojaron por un precipicio. ¿Te das cuenta de lo cerca que estuviste de morir?

—Yo era el que iba cayendo —respondió Porter—. Por supuesto que me di cuenta.

—No digo entonces —dijo Evans—, digo cuando te comunicaste conmigo la última vez. Yo podría haberte delatado.

Evans sacó un vaso de su vitrina de licores y lo llenó de whisky. Estaba sinceramente admirado. Porter no solamente había cometido la imprudencia de llamarlo, a sabiendas de que era el abogado y el perrillo ladrador de Myron, y ahora tenía la audacia de aparecerse por su oficina, poniendo en riesgo no solamente su vida sino también las de los demás.

—Sí —dijo Porter—, podrías haberme delatado, pero estabas demasiado curioso por saber cómo era posible que yo todavía estuviera vivo. Y además tú me conoces, y sabes que no correría un riesgo así si no fuera algo importante.

—De eso no estoy tan seguro —dijo Evans, bebiendo un sorbo de whisky—. Tú ya has corrido riesgos estúpidos antes.

—¿No me ofreces un trago? —preguntó Porter.

—No puedo —respondió Evans—. Estás conduciendo.

Porter volvió a sonreír y tensó los brazos para acomodarse en su silla de ruedas.

—Dejo esta mierda de ciudad, esta mierda de país y su mierda de habitantes. Me voy a perder la diversión, pero qué le voy a hacer.

Evans recibió la noticia con alivio, incluso habiendo comprendido sin lugar a la menor duda, que él mismo encabezaba la lista de la mierda de habitantes que Porter mencionaba. Era la solución. Tenerlo lo más lejos posible, después del demencial plan que estaba tramando, era lo mejor que podía pasar.

—¿Necesitas algo? —dijo Evans.

—Solo el seguro —respondió Porter.

—¿El seguro?

—Bueno, para el caso de que alguien me quisiera traicionar, ¿sabes? —dijo Porter.

—¿Y cómo puedo saber yo que tú no me vas a traicionar a mí —dijo Evans.

Ambos tenían razón. En esos ambientes y después de tantas experiencias, las suspicacias eran la única reacción lógica y estaban perfectamente fundadas. Los dos eran capaces de todo y los dos lo sabían.

—No puedes saberlo —dijo Porter—, pero yo no tengo ninguna razón para jugarte sucio. Tengo mi dinero, mi venganza y mi tranquilidad espiritual. Es lo mejor que puede pasar conmigo.

Porter miró a Evans con una de esas miradas de sus ojos verdes que solían preceder al zarpazo. En este caso, solamente fue una ironía amarga.

—Ahora puedo dedicar mi tiempo a bailar y hacer *jogging* como en los viejos tiempos.

Evans comprendió que no podía ser demasiado grave lo que le estaban pidiendo y su instinto de abogado lo llevó a indagar sobre la condición.

—¿Qué tienes pensado?

—Quiero dejar unos documentos contigo que solamente pueden ser abiertos en caso de que me ocurra algo.

—¿Unos documentos? —preguntó Porter.

—Un paquete con información muy interesante sobre políticas corporativas, honestidad en los negocios… —Porter dejó una teatral pausa en su enumeración y agregó—: y Terranova.

La lista de puntos estuvo a punto de hacer titubear al letrado y preferir irse por el lado formal de la relación.

—Yo no soy tu abogado —dijo Evans.

—Lo sé —dijo Porter—, pero confío en ti. Tú no me defraudarás, estoy seguro. Y te tomará tan poco esfuerzo.

Porter echó mano a la cartera de su silla de ruedas y extrajo un paquete con un sobre pegado en la parte anterior, en el cual venía escrito: «Para ser abierto en caso que algo me ocurra». Estiró la mano para dárselo a Evans, a la espera de su reacción.

—¿De acuerdo?

—De acuerdo —dijo Evans después de una pausa.

Porter le entregó el envoltorio con otra sonrisa. No recordaba haber sonreído tanto en una sola velada, pero realmente lo que se estaba llevando a cabo era el día de su liberación final, aquel día que estaba esperando desde hacía muchos años y que nunca había conseguido elaborar algún plan factible para llevarlo a buen final. Esta vez, la suerte le había traído la solución en bandeja de plata, y esa era una muy buena razón para estar alegre.

—Sabía que podía contar contigo, Evans —dijo Porter—. Gracias.

El abogado guardó el paquete en su caja de seguridad sin mayores comentarios. Ya no era el momento para andarse fijando en las ironías de una persona virtualmente muerta.

—No quiero verte nunca más por aquí —dijo Evans.

—No me verás —dijo Porter—. No te preocupes.

Evans le echó la última mirada de odio y no quiso dejar pasar la oportunidad de lanzarle el último dardo.

—¿Eres capaz de largarte solo o te tengo que empujar?

—Eres una persona muy ingrata, Evans —dijo Porter, rodando hacia la salida—. Muy ingrata.

La puerta se cerró y Evans se apresuró a ir hacia la caja fuerte. La abrió rápidamente y extrajo el sobre misterioso para abrirlo inmediatamente después, contraviniendo todas las instrucciones recibidas, y además, todas las lecciones de la Universidad que pudieran haber tenido relación con la deontología y la ética profesional.

A esas alturas la guerra no tenía reglas. Conocía a Porter demasiado bien y no confiaba un ápice en lo que pudiera hacer o decir. Por cierto que Porter también lo conocía a él.

Dentro del sobre venía una sola hoja, y en ella un solo párrafo.

> *¡Lo sabía! Evans, tú eres tan jodidamente predecible. Por supuesto que no es el único paquete con documentos. El otro se lo he dejado a un abogado auténtico para asegurarme. Solamente quería que supieras la clase de información que tengo sobre ti y sobre tu futuro ex jefe. Mejor suerte para otra vez, hijo de puta.*

Evans lo leyó sin manifestar sorpresa alguna. Él sabía con quién estaba tratando, y de ahora en adelante sería él el que hiciera la siguiente movida. También él había tenido que soportar humillaciones, aunque no hubieran sido tan violentas como que lo desbarrancaran por un acantilado. También él tenía razones para vengarse, y también él tenía los medios para hacer sufrir a esos sujetos despreciables y poderosos que lo habían hecho sufrir a él durante tantos años. Miró la puerta por la que Porter había salido, dejando su aureola de miseria y de indefensión.

—Muy bien, listillo —dijo para sí—, ahora vamos a ver quién se ha ganado el tiro en la cabeza.

Pulsó el botón del intercomunicador y dijo:

—¿Shirley? Cancela todas las citas. No estoy para nadie.

## 8

Sentado en uno de los opulentos sofás de su lujosa vivienda en Manhattan, Myron Santuzzi jugueteaba inquieto con la tarjeta del médium y asesor espiritual Jeff Greene. Junto a él estaba su bella hija, Alice, y en el sillón exactamente enfrente, Douglas Zitzky, elegantemente vestido, a la espera del momento de iniciar la sesión.

Su preparación con Porter había sido tan acuciosa y su experiencia en fingir ante cualquier circunstancia con el fin de salvar el pellejo era tan amplia, que parecía ser el único que no estaba nervioso de los presentes. Su maletín de objetos inservibles reposaba sobre la mesa y todo estaba dispuesto para iniciar la sesión.

—Bueno —dijo Douglas—, si les parece, comenzamos.

Depositó el maletín sobre la mesa y extrajo el bloc y la pluma.

—El objetivo de esta reunión es hacer una lectura a la señora —dijo, señalando a Alice—. Sin embargo, quisiera aclarar algunas cosas antes de empezar. En primer lugar, yo intentaré interpretar todas las señales que perciba, pero para ello necesito la colaboración de todos los presentes, especialmente de la señora. Es necesario que se abra, al igual que todos los demás, porque cualquier traba que se ponga dificultará el contacto y la comunicación.

Esto, traducido al lenguaje llano, significaba que Alice tenía que estar dispuesta a contestar todas las preguntas que se le hicieran, de manera que el médium pudiera pescar la información necesaria para hacer creer que sabía algo. En otras circunstancias, sin esa «apertura» no había posibilidad alguna de aportar nada. En este caso, sin embargo, la «lectura en frío» ya tenía características de «lectura en caliente» por todos los antecedentes que le habían dado quienes lo contrataron para que Myron cayera en la trampa, pero omitir la explicación inicial hubiera sido decepcionante para el hombre que ya había seguido la trayectoria de muchos charlatanes, y conocía su sistema.

—Otra cosa importante es que, si bien intentaremos tomar contacto para la señora, el mundo espiritual es imprevisible. Todos los que estamos en esta sala podemos recibir impulsos diferentes y yo intentaré interpretarlos todos.

Lo que Douglas estaba explicando, era la segunda advertencia estándar de los médiums para justificar el dedicar su tiempo a hacer lecturas de personas que no estaban consideradas inicialmente, pero de las cuales tenía información. Ésta podía haber sido obtenida en conversaciones previas de foyer, especialmente en sesiones en teatros o en televisión, llevadas a cabo por colaboradores del adivino para después pasárselas y hacer como si las hubiera recibido del más allá, o bien, cuando se esperaba que hubiera alguien conocido presente, a través de búsquedas en la biografía en internet.

En este caso, la aclaración era crucial, debido a la dirección que Douglas tenía planeado darle a la lectura.

—Bien —dijo Douglas—. Concentrémonos.

Entrecerró los ojos e inició el proceso de entrar en trance. Juntó las manos y respiró profundamente a la espera de la llegada de alguna señal. Al cabo de unos momentos de tensión, seguidos con una gran curiosidad por Myron, Douglas comenzó a hablar, con voz queda pero decidida.

—Estoy sintiendo una señal —dijo—. Una señal muy fuerte… Es una ciudad… Una ciudad grande… Lejana… Puede ser Pasadena…

El rostro de Alice mostraba una expresión claramente interpretable como "¿de qué cojones está hablando este animal?", aunque consiguió disimularla a los ojos de Myron. Permaneció mirando, con mucha atención a la espera de más información, mientras intentaba colaborar con el embaucador tratando de quitarle hierro al tema con una observación trivial:

—Bueno, California no está tan lejos.

—No —dijo Douglas—, no es en California.

—¡Déjalo hablar! —interrumpió Myron, dirigiéndose a Alice con una fuerza desproporcionada.

Sus ojos mostraban una ansiedad desconocida en él y sus manos comenzaban a transpirar copiosamente mientras las retorcía, a la espera de la siguiente información del más allá.

—No es en California —continuó Douglas—. Es ¿en Canadá? ¿Terranova?

Alice sintió como la sudada mano de su padre se aferraba a la de ella, y la sujetaba temblando. Jamás hubiera esperado vivir una reacción nerviosa tan fuerte de parte de un hombre de su carácter, pero al parecer algo había tocado un nervio desconocido en él.

—Veo un automóvil —dijo Douglas—. Convertible... en la nieve... mucha nieve.

El silencio que se produjo fue de una tensión que ninguno de los presentes hubiera podido augurar. Especialmente aquellos que estaban conscientes de que se trataba de una farsa.

La voz de Douglas retumbó en la sala con la truculencia del famoso «Rosebud» de «Ciudadano Kane».

—Rita... ¿Quién es Rita?

Myron se incorporó violentamente de su asiento y exclamó:

—Gracias, eso es todo, señor Greene.

Alice iba de sorpresa en sorpresa. Cuando vio a su padre perder los nervios y salir despavorido, en una actitud tan atípica en él, no lo podía creer. Y mucho menos que ese simulador hubiera sido capaz de conseguirlo sin que se le hubieran dado información alguna al respecto, porque nadie la tenía.

—¿Se puede saber qué demonios fue eso? —preguntó Alice—. ¿Qué has hecho?

Douglas se tomó algunos momentos para volver de su «trance», guardó su bloc en el maletín y se puso de pie.

—Acabo de arreglar la próxima sesión con tu padre.

—¿Seguro? —dijo Alice— ¿Qué te hace pensar que te volverá a llamar?

—Ya has visto cómo reaccionó —respondió Douglas—. Debe estar muy intrigado.

Porter miraba a su amigo con una expresión de satisfacción. Las cosas estaban marchando por el mejor de los caminos, y no se veían mayores escollos para el futuro. Hacía mucho tiempo que no consideraba el término «futuro», teniendo en cuenta lo miserable de su presente y lo olvidable de su pasado.

Pero no todo estaba olvidado. Había heridas que se habían mantenido fielmente a su lado, a la espera de que el destino le permitiera restañarlas definitivamente. Y el momento había llegado.

—¿Quién es Rita? —preguntó Douglas, mientras bebía su café.

—Rita es alguien que conocimos en Canadá —dijo Porter—. Entonces éramos jóvenes y habíamos iniciado un promisorio negocio. Estábamos en Canadá cerrando algunos contratos y en la noche decidimos salir a divertirnos un poco.

La recientemente ganada locuacidad de Porter, daba fe de su cambio de carácter. Antes nunca se hubiera tomado demasiado tiempo para hablar de su vida, y mucho menos de anécdotas personales. Ahora parecía encontrarse como pez en el agua dando informaciones.

Por otra parte, en este caso, era muy necesario, ya que Douglas tenía que estar enterado de lo que le tenía que contar a su «cliente» en el momento de leerle el futuro y el pasado, en la voz de sus relaciones fallecidas.

—Myron se llevó un susto de muerte cuando se la mencioné —dijo Douglas.

—No me extraña —dijo Porter.

—Me imagino que la encontrasteis cuando salisteis de farra —aventuró Douglas.

—No —dijo Porter—, la encontramos mucho antes. Era la mujer de uno de nuestros socios canadienses. Ella y Myron tuvieron una aventurilla y terminaron en un hotel de Terranova. Nadie se enteró de que estaban allí, fuera de mí.

—Es decir, tienes algo de qué acusarlo —dijo Douglas—. Pero, ¿es tan grave como para, después de tantos años, causarle alguna molestia seria?

Porter lo miró con total frialdad.

—Rita fue encontrada muerta al día siguiente dentro de un coche convertible, delante de una iglesia. La policía concluyó que había sido asesinada. Nunca se encontró al culpable.

—¿Myron? —preguntó Douglas.

—No lo sé —dijo Porter—. Yo, sinceramente, no lo creo, pero nunca se presentó a declarar acerca de las horas en las que no se supo su paradero. Eso podría haber ayudado la investigación.

Porter cogió aire profundamente.

—Pero no podía hacerlo, desde luego, o su carrera se habría terminado en ese mismo momento.

Douglas tuvo que dejar que la información le entrara por completo a su cerebro antes de reaccionar.

—Me lo podrías haber informado antes de que yo se lo mencionara a Myron.

—Si lo hubiera hecho, no se lo habrías mencionado. Además, es bueno que no hayas tenido más información que esa por parte de los espíritus. Eso hizo que hayas actuado con más naturalidad.

Por el pasadizo que daba a los dormitorios apareció Mandy, vistiendo esa poco favorecedora bata de levantarse, que parecía ser su prenda única dentro de la casa. Su semblante era de total tranquilidad, y nada en su rostro denotaba algún tipo de variación respecto a la noche anterior. Douglas, optó por continuar la conversación, antes de distraerse demasiado.

—¿Ahora qué hacemos? —preguntó.

—Esperar —dijo Porter.

—¿Y qué hay si no llama? —dijo Douglas.

—Llamará —respondió Porter—. No te preocupes que llamará.

—¿Has comido? —dijo Mandy.

La naturalidad de la pregunta y del tono le devolvió a Douglas el suficiente ánimo como para responder con una sonrisa.

—No, pero está bien. No tengo…

—Te haré una tortilla —interrumpió Mandy, dando por terminado el tema.

Porter pretendió llegar al rescate de su amigo con una objeción trivial pero decisiva.

—No tenemos huevos.

—Sí tenemos —dijo Mandy—. Ayer compré.

Porter miró a Douglas como diciendo: «lo siento amigo, eso es todo lo que puedo hacer por ti» y volvieron al tema.

—No repitas la mención a Rita —dijo Porter—. No queremos espantarlo. Rita ya nos sirvió para demostrarle que eres un médium de verdad. Concéntrate en su esposa muerta. ¿Cómo se llamaba?

—Helen —dijo Douglas.

—Helen, bien —dijo Porter—. Eso sí, no empieces con las chorradas de «veo una letra H o K». Myron espera más de ti de lo que está acostumbrado a ver en los payasos de la televisión.

Douglas estaba comenzando a sentir algo de orgullo profesional al sentirse tan considerado, y de aquí en adelante su misión sería responder a esa reputación. Pero había que encontrar la mejor manera de hacerlo.

—El problema es que yo no sé mucho de Helen —dijo.

—Pues ahora es cuando tienes que hacer preguntas —dijo Porter—. Vuelve a la técnica de la lectura «en frío». No temas por tu credibilidad porque ya metiste el pie en la puerta con tu mención a la mujer asesinada. Ahora él está decidido a confiar en ti. Quiere creerte. Tú solamente utiliza la técnica y él hará todo lo posible por ayudarte.

La técnica ya la habían repasado suficientemente como para que Douglas la tuviera bien incorporada. Pero había otros puntos dudosos.

—¿Qué pasa si él me hace preguntas acerca de su esposa? Por ejemplo ¿cómo se ve?

—Bueno —respondió Porter, recurriendo a toda su paciencia pedagógica—, es un espectro, un espíritu errante, ¿cómo cojones espera que se vea? En todo caso, tú puedes inventar lo que quieras y nadie te podrá probar lo contrario. Le puedes decir lo que te salga de los huevos y todo lo aceptará. Que se tiñó el pelo, que se dejó bigote, cualquier cosa. Tú no tienes por qué responder por lo que ves, solamente decir lo que ves.

La voz de Mandy desde la cocina vino a interrumpir las risotadas que los dos amigos no solían compartir muy a menudo.

—Porter, ¿tú esperas que se trague todo eso?

—Él quiere tragárselo —dijo Porter—. ¿No lo entiendes? La gente consulta a los médiums porque quieren creerles, y si tienes fe no queda espacio para la lógica. Pregúntale al Papa.

El puntazo era conscientemente dirigido y la reacción fue la esperada.

—Oh, Dios, perdónalo —dijo Mandy—. Douglas, tu tortilla estará en un minuto.

Douglas asintió inconscientemente con la cabeza.

—Vale, gracias —y luego, dirigiéndose a Porter, volvió al tema—. Espero que tengas razón.

—La tengo, no te preocupes —afirmó Porter.

La voz de Mandy volvió a terciar en la conversación.

—Porter ¿tú también quieres una tortilla?

Porter sacudió la cabeza y dijo con resignación:

—¿Haría alguna diferencia si dijera que no?

—En realidad no —respondió Mandy, entrando con los platos—. La tuya también está lista.

# 9

La cantidad de papeles que Leo tenía en el suelo, divididos en grupos que, aparentemente, tenían algún sentido, habría hecho perder la paciencia o la razón a cualquiera que no estuviera acostumbrado a ese tipo de maniobras. La mayoría eran cuentas, boletas de banco, recibos o información de impuestos.

Leo había creado una pequeña ciudad en miniatura en la cual deambulaba tratando de encontrar lo que buscaba y poniéndolo en el montón que le correspondía. Posiblemente, si hubiera tenido que hacer eso todo el tiempo, se habría vuelto loco, pero una vez cada tres meses, por exigencias de su administración, era soportable.

Además, a su lado tenía a su «esposa» oficiosa, alegrándole el día con su presencia.

—Este tipo es notable —dijo Alice sentada en uno de los pocos sitios donde no había una carpeta.

—¿Quién? —dijo Leo.

—El adivino —dijo Alice—. Jeff, o como se llame.

—Qué bien —dijo Leo, sin demasiado interés.

—No, de verdad —insistió Alice—. Mi padre quedó fascinado con él.

—¿Tú crees que lo vuelva a llamar? —preguntó Leo.

—Estoy segura —dijo Alice—. Yo no sé de dónde puede haber sacado la información, pero habló de una mujer y un coche, y mi padre puso cara de «¿qué cojones...?» y se largó. Se puso muy nervioso.

Alice se puso de pie y se acercó a Leo en medio del fervor de su relato.

—Me agarró la mano así —dijo—. Fue realmente chocante. Parecía como desajustado.

—¿Desajustado? —preguntó Leo.

—Sí, como que su cuerpo no le respondía. Parecía como muerto de miedo.

Leo detuvo su trabajo por un momento y se dio vuelta hacia Alice. Lo que le contaba era demasiado optimista para ser verdad, conociendo al energúmeno de Myron.

—¿No estarás exagerando un poco? —preguntó.

—Te lo aseguro —dijo Alice—. Yo misma lo vi. ¿No crees que el médium podría ser auténtico?

—No existen los auténticos—, dijo Leo.

—Pero le podríamos preguntar.

Leo retomó sus actividades en medio de un cada vez más caótico montón de papeles y dijo:

—Alice, el tipo es un embaucador profesional. ¿Qué clase de explicación esperas que te dé?

Alice que, normalmente, era una mujer con los pies en la tierra y suficientemente escéptica como para no dejarse engañar por charlatanes de feria, había quedado impresionadísima después de la primera sesión, al punto de hacerla dudar sinceramente de sus principios. Y creía tener buenas razones para pensar así.

—Y si no es auténtico, ¿cómo pudo haber sabido de esa mujer y del automóvil convertible? ¿Y de Canadá?

—¿Canadá? —preguntó Leo.

—Sí. Dijo algo sobre Canadá.

—Tesoro —dijo Leo, buscando el tono más suave—, te sugiero que lo dejemos trabajar. Por lo visto es bastante convincente, y con la información que nosotros le demos puede sacar mucho provecho de las sesiones.

Alice asintió, comprendiendo que era lo más razonable que podía hacer, aunque le quedaba una duda.

—¿Y por qué no le ha preguntado por Helen?

—Puede que se le haya olvidado —dijo Leo.

—Pero no crees que él confíe en que se pueda comunicar con ella de verdad —dijo Alice—. No. Seguro que no.

—Alice, por favor —la recriminó suavemente Leo.

Alice se puso de pie con ademán de niña consentida y se plantó delante de él.

—Era solamente una idea. No necesitas gritonearme.

—No te he gritoneado —dijo Leo.

—Fuiste regañoso —protestó Alice, simulando hacer pucheros.

—¿Fui qué? —preguntó Leo.

—Regañoso —repitió Alice—. Me regañaste.

Leo tuvo que reír y le contagió la risa a Alice. Desde luego la chica sabía cómo sacar de la concentración a su hombre y éste era uno de los métodos.

—¿De dónde sacaste esa palabra? —dijo Leo.

—La usaba cuando era niña —dijo Alice, encaramándose en la espalda de Leo, mientras éste seguía revolviendo sus papeles—. Y no te vuelvas a poner regañoso conmigo.

—Bueno —se rindió Leo—, no volveré a ponerme regañoso.

Todo el cuidado que había puesto Leo en dar algún orden a su administración, se fue por la borda cuando ambos rodaron por el suelo, convirtiendo las hojas, primorosamente ordenadas cada una en su grupo, en un basural.

—¡Alice! He estado trabajando todo el día en esta mierda —protestó Leo.

—Yo te ayudaré más tarde —dijo calmadamente Alice, con su voz más adulta, y buscándole la boca con sus labios.

Lo conocía demasiado bien como para saber que no iba a dar prioridad a una estúpida tarea administrativa antes que a ocuparse de ella. Seguían vestidos y abrazados en el suelo, pero Alice sentía esa musculatura que se prendía fuertemente a su cuerpo, mientras hablaban con las bocas casi pegadas a la espera del beso.

Por su parte, si había algo a lo que Leo era absolutamente incapaz de oponer resistencia, era a la perspectiva de acariciar esos senos celestiales que Alice llevaba con orgullo y lucía con total inmodestia. Ella sabía que era una de sus armas más efectivas en ese mundo de machos descerebrados en el que tenía que sobrevivir, y la usaba con gran cordura.

Sonó el celular de Leo y Alice se apresuró a arrebatárselo de la mano para saber quién llamaba. Leo la dejó hacer con la resignación del que sabe que está tratando con una demente.

Alice constató quién era el que estaba al otro lado de la línea y la respondió. Leo, ya intuyó quién era. Su hermano Danny era uno de los pocos que compartía el secreto de su relación, y lo guardaba con una fidelidad admirable.

—¿Qué quieres? —dijo Alice.

—¿Qué haces en el teléfono de mi hermano, mujer horrible? —dijo Danny desde el otro lado.

—Estoy a punto de tirármelo —respondió Alice— solamente para darte envidia.

—Ya sabes que soy mariquita —dijo Danny—. A mí no me vas a dar envidia con eso.

—Si me desprecias es porque te habrás echado novia —dijo Alice—. ¿Quién es? ¿La conozco?

—Es la misma de siempre —respondió Danny—. Todavía no has conseguido asustarla como para que me deje. Ahora ponme a Leo.

—Vale, un beso. Aquí tienes —dijo Alice dándole el teléfono a Leo—. El insoportable de tu hermanito.

Danny Horvath, era un muchacho notable, que había sido capaz de superar una gran cantidad de vicisitudes familiares con gran coraje y siempre se había mantenido cerca de su hermano mayor, al que veía como su verdadero padre. La cercanía entre ambos era inquebrantable y ahora, que las cosas marchaban cada vez mejor, ambos habían cimentado esa unión transformándola en una verdadera amistad, a pesar de la diferencia de años. Incluso, Danny ya trabajaba para Leo en alguno de sus negocios, y con gran éxito, aunque a veces se veía obligado a lanzar algún SOS como ahora.

—¿Qué pasa, enano? —dijo Leo.

—Pasa que nos han vuelto a putear con los impuestos, gracias a la «contabilidad creativa» de tu asesor.

—En eso estoy —dijo Leo—, no te preocupes. Siempre que la bruja que vive aquí me lo permita.

—Mientras te soporte, cuídala —dijo Danny—. Si no me la quedo para mí.

Leo colgó con una sonrisa de padre ñoño en los labios.

Alice esperaba que concluyera la conversación con la expresión de la loba acechando a su presa. No le dejó tiempo para que pusiera el celular a salvo cuando ya estaba encima de él, manoseándolo debajo de la ropa y mordisqueándole el cuello, consciente de que esa era una táctica infalible. Pero, por lo visto, Leo todavía no regresaba al estado de ánimo adecuado.

—¿Has pensado ya en lo que haremos después? —preguntó Leo.

—¿Después? —preguntó Alice.

—Sí, después —contestó Leo—. Después que tu padre firme el testamento.

Alice alejó su rostro del de él. No le gustaba mezclar negocios con sexo, a pesar que los unos habían sido decisivos para la práctica del otro. Teniendo la cabeza tradicionalmente fría, Alice tenía claro que el trato con Leo era básicamente de sexo y negocios, y no necesariamente en ese orden.

—Esperaremos —dijo con frialdad.

—¿Cuánto tiempo? —dijo Leo.

—El que haga falta —dijo Alice.

—¿Tanto? —preguntó Leo estrechándola más entre sus brazos.

—Leo —dijo Alice, separándose ligeramente—, si mi padre le cree a este tipo, el testamento será solamente una de las muchas cosas que seremos capaces de manipular. Tenemos que actuar con prudencia.

Leo aceptó resignado que el diálogo hubiera de llevarse a cabo sin acercamientos físicos que pudieran distraerlo, y aflojó la presión de ese exquisito cuerpo.

—¿Qué pasa? —preguntó Alice.

—No lo sé —dijo Leo—, no lo siento muy…

—¿Seguro? —dijo Alice— No lo es. Es peligroso y ya estamos metidos en el lío hasta la nariz, pero eso lo sabíamos. No estarás empezando a acobardarte.

Alice sabía dosificar su acercamiento con la maestría de una domadora de fieras. Su rostro volvió a aproximarse al de Leo a la espera de una respuesta que, por supuesto, era la que estaba esperando y la que tenía que ser.

—No me estoy acobardando.

La recompensa fue un beso.

—Lo sabía —dijo Alice.

Una vez roto el hielo, Leo consideró que era el momento propicio para cambiar de tema, y decidió hacerlo con un subterfugio.

—Me has jodido toda mi administración.

—Lo siento —dijo Alice.

—Mentira —bromeó Leo—, no lo sientes. Eres mala.

—Tú eres regañoso —replicó Alice.

—No soy regañoso —dijo Leo.

—Sí —insistió Alice—. Eres regañoso.

Un beso puso fin al estúpido intercambio de palabras inexistentes, y ambos entendieron que era hora de mudar de lugar a un sitio más cómodo.


Alice no tenía un catálogo mental de las características de sus dos amantes, pero dado que solía tener sexo con ambos de forma relativamente frecuente, no podía evitar las comparaciones. Y la feliz conclusión era que ambos se complementaban a la perfección.

Comenzaba en el momento de quitarse la ropa. Burt, su marido legal, con todo lo tierno que podía ser, no prestaba la menor atención al prolegómeno de desvestirse, y esperaba que su mujer estuviera ya lista para iniciar el acto en el momento de entrar a la cama. Por el contario, el bruto de Leo era de una delicadeza propia de un modisto francés cuando se trataba de desnudarla, saboreando cada momento y manteniendo un orden exacto, cualesquiera que fuera el atuendo que Alice llevara en ese momento.

Comenzaba por la parte superior del vestuario y sus ojos se iluminaban al ver aparecer esos pechos portentosos, no tanto por su tamaño, aunque no fueran precisamente pequeños, sino por su perfección de forma. Alice, quien ya debería estar acostumbrada a sentirse alabada por sus senos, nunca dejaba de sentir orgullo al comprobar el efecto que causaba en su más rupestre amante. La ceremonia seguía hasta que la despojaba de sus bragas y la observaba desnuda, con la fascinación de quien está frente a la estatua de una diosa griega.

Hasta ese punto llegaba el comportamiento urbano de Leo. De ahí en adelante se transformaba en un primate y Alice en su víctima voluntaria. Sus manos poderosas, que sin embargo delataban la suavidad de la piel de alguien que no había hecho trabajo duro en su vida, la recorrían como queriendo traspasarla. Sus dedos iban dejando marcas rojas por todos los sitios por donde pasaban, y sus dientes le mordisqueaban hasta los últimos confines de su anatomía.

En el momento en que sus labios se detenían en su sexo, Alice podía respirar y prepararse para lo mejor. Nadie conocía esa zona mejor que él. Ninguna lengua en el mundo sabía tan bien dónde moverse que la de su «marido fenecido». Era como si su clítoris hubiera sido expresamente diseñado para ser acariciado por él. Y los resultados solían ser instantáneos, al menos hasta ese momento. Y la explicación era la misma que se le vino al pensamiento mientras hacía el amor con Burt: el dinero es un afrodisíaco infalible.

La penetración no vino sino a confirmar la teoría. La sintió como si fuera la primera vez, aunque sin el dolor, ni la humillación, ni el asco que sintió entonces. Esta vez tenía un compañero que había elegido y al que, si no amaba —el amor era algo muy serio para distribuirlo tan livianamente—, al menos le tenía la suficiente confianza como para dejarse llevar en sus brazos.

Los embates eran fieros pero no le molestaba. Ahora sí estaba en condiciones de resistirlos como una mujer, y no tenía problemas en retribuirlos. La cama crujía como una calesa desvencijada en una senda de piedras, y ambos cuerpos parecían querer traspasarse con sus acometidas.

Sin embargo, algo era ahora distinto. Alice no comprendía por qué su organismo y sus neuronas no podían reaccionar ante un estímulo tan poderoso y en una situación de fogosidad tan fuerte, cuando siempre le había resultado tan natural que ocurriera.

De hecho, no había pasado mucho tiempo después de que hiciera el amor con Burt, y entonces sus orgasmos cobraron características épicas. Ahora, y a pesar de que sus dedos restregaban su clítoris con un ardor rayano en la desesperación, la explosión no llegaba. A Leo obviamente no le importaba un rábano, y seguía en lo suyo hasta conseguir llegar a su propio desahogo. Y llegó, con los aspavientos de siempre, mientras Alice seguía ocupada de invitar su placer sin que éste diera el menor viso de aparecer.

Mientras la cabeza de su amante reposaba en su hombro, Alice pensó en el terror que le causaba escuchar a algunas de sus amigas más frívolas comentarle que no tenían orgasmos, y que por mucho que se esmeraran el placer permanecía seco y sin escandalera. Le resultaba imposible ir en su ayuda –y maldito el interés que tenía de hacerlo– porque su caso era totalmente diferente. Ella podía eyacular toda la noche, dando alaridos destemplados, y a pesar de que era capaz de poner fin a la sesión cuando el cansancio se hacía presente, no habría tenido problema alguno en seguir, si se hubiera dado la necesidad.

Ahora, sin embargo, estaba en la cama con un hombre que la excitaba hasta el paroxismo, que le conocía todos los recovecos para hacerla feliz y que la ponía cachonda con solo mirarla a los ojos, y la estúpida no conseguía correrse. No podía ser que tuviera demasiadas cosas en la cabeza, porque justamente todas esas cosas eran las que la ponían a mil. Tampoco podía ser la edad, porque con veintitrés años no tenía por qué volverse frígida.

No tenía la intención de preocuparse, pero el problema no dejó de llamarle la atención. Seguramente sería una situación pasajera, y el exceso de entusiasmo a veces produce el efecto inverso. Sabía que del hombre que se reponía del esfuerzo con la cabeza reposando en su pecho, no conseguiría nada que la ayudara, aunque, en un rapto de curiosidad poco común, éste entreabriera los ojos y le dijera:

—Te noté algo silenciosa hoy.

Alice no sabía si era la formulación o la falta de costumbre, pero algo hizo que la observación le causara un enorme hastío. No tenía ganas de responderla ni de ocuparse del tema. Lo único que quería era que Leo se marchara y la dejara en paz para tener una larga conversación consigo misma. Sabía que él no tenía culpa de nada, pero Alice no solía asumir responsabilidades si podía cargárselas a otros.

—Me alegro que hayas notado algo —dijo Alice—. Vamos, que te ayudaré a ordenar el desastre que has dejado en el salón.

—Lo arreglaré después, no te preocupes —respondió Leo.

Conocía lo suficiente a Alice como para aceptarle sus cambios de genio, pero esta vez parecía que hablaba en serio. La gran ventaja era que la relación tenía un lazo difícilmente destruible, que era el de la codicia y la esperanza común de ser enormemente ricos y pagar de vuelta varias marranadas. Pero por otro lado no estaba dispuesto a renunciar a lo otro. Dejaría pasar un tiempo hasta que las aguas se calmaran, y seguro que las cosas volverían a la normalidad.

—¿Tuviste algún orgasmo? —preguntó Leo.

—Por Dios —exclamó Alice—, dejémoslo de una vez. ¿Qué clase de conversación es esta? Tenemos cosas más importantes en qué pensar.

—Como quieras —dijo Leo, levantándose de la cama.

La verdad es que tanto tampoco le importaba, mientras pudiera seguir haciendo el amor con ese cuerpazo, pero seguro que echaría en falta esas reacciones que no tenían nada que ver con su propio goce sino con su ego. Quería hacerla feliz porque era un macho como pocos y su felicidad era su éxito. Por otra parte, lo que ella sintiera le daba más o menos lo mismo.

Alice lo tenía claro, y para ella el problema era exactamente el opuesto. Cómo se sintiera su King Kong al follársela le importaba un soberano carajo, pero si ella no sentía todo el placer al que estaba acostumbrada, su vida perdería un elemento fundamental de sentido. Seguro que Leo, reflexivo como era, tenía razón al querer esperar. Ya verían cómo funcionaría todo pasado algún tiempo.

# 10

Eran cerca de las dos de la madrugada. Porter había salido hacía algunas horas a realizar sus labores de recepcionista nocturno en la empresa de transportes en que trabajaba y Mandy estaba en su cama, con los ojos abiertos de par en par. No había podido dormir bien desde hacía varias noches y tenía bastante claro por qué. Su vida había sido un catálogo de dificultades y las había sorteado todas hasta llegar a esta situación intermedia, en la que la felicidad se presentaba en las cosas pequeñas, pero no en el total de su vida. Mandy había leído en algún azulejo de cocina que con eso bastaba, pero para ella no eran más que tonterías de poetas pobres, sin otra ocupación que la de escribir para azulejos de cocina.

No podía alegar que no estaba viviendo la vida que se había imaginado, porque no se había imaginado ninguna. Simplemente había tomado lo que le cayera y tratado de sacar lo mejor de ello. Cuando llegó a Las Vegas, con sus estudios de danza y un cuerpo suficientemente proporcionado como para transformarse en una bailarina de show de casino, sus expectativas eran las de hacerlo durante todo el tiempo que fuera suficiente hasta haber concluido su preparación para ir por otros caminos.

El destino quiso que las cosas fueran por otros derroteros muy distintos, y si bien se habían frustrado muchas de sus expectativas, podía estar tranquila con su conciencia de haber hecho lo que pensó que era lo justo ante los ojos de Dios. Sin duda, su dios personal tenía ideas bastante originales acerca de la justicia, pero no mucho más que otros, por lo que aceptó la idea y se quedó tranquila. Y el dios que arregló las cosas para que encontrara a Porter, tiene que haber sido un bromista de mucho cuidado.

Mandy nunca se acostaba con clientes, ni tenía la obligación de alternar siquiera. Pero una vez se dio la casualidad de que había un grupo de hombres de negocio de Nueva York asistiendo a una convención en un Hotel de Las Vegas, y decidieron darse un paseo por el Strip para ver qué encontraban.

Encontraron el hotel donde Mandy trabajaba, y la pillaron a ella precisamente en un momento de baja financiera que la había forzado a departir con clientes, aunque sin la obligación de aceptar propuestas sexuales. El show había marchado impecablemente, como de costumbre, y el administrador del casino llegó al camarín a preguntar quién se ofrecía para hacer compañía a unos tipos de Nueva York que venían muy alegres y muy forrados.

—¿Hay que follárselos? —preguntó Amber, la atractiva bailarina de la segunda línea del coro.

—Si quieres —dijo el administrador—, pero se trata de que gasten.

Siendo así, y teniendo en cuenta que las comisiones por estimular la consumición y la obligación de tomar té fingiendo que era bourbon, eran relativamente generosas para lo poco del esfuerzo, Mandy levantó la mano.

El grupo era tan interesante como heterogéneo. El que parecía llevar la batuta de la diversión era un personaje al que todos llamaban Myron. Un tío de porte imponente, sin ser demasiado alto, que exhibía una aureola de seguridad en sí mismo que no podía pasar desapercibida. Junto a él había varios hombres prácticamente uniformados como ejecutivos, con su cuello y corbata, y sus ternos oscuros.

Les faltaba mucho todavía para estar borrachos y eso abría esperanzas de que la cuenta fuera alta. Porter le llamó la atención desde el primer momento, con su delgadez, su cabello rubio, sus ojos claros y su expresión melancólica. Participaba del jolgorio como todos los demás, pero se veía que no había sido el iniciador de la idea y que ni siquiera le entusiasmaba demasiado.

Cuando Mandy se sentó a su lado, Porter le regaló su mejor sonrisa y le tendió la mano diciendo:

—Hola, soy Porter.

Mandy le respondió la galantería dándole su nombre de guerra:

—Encantada, soy Honey.

—Muy apropiado nombre —respondió Porter.

A Mandy no terminó de impresionarla con el piropo porque realmente se lo decían siempre y estaba puesto en bandeja. Lo que fue nuevo fue el hecho de que se hubieran enfrascado en conversaciones sobre diferentes temas que posiblemente el hombre de negocios no pensaba discutir con una interlocutora que minutos antes había estando exhibiendo sus pechos ante una audiencia de crápulas. Los hombres a su alrededor y las chicas que los acompañaban, ya tenían claro que esa pareja se había formado y el paso siguiente iba a ser la cama, y por un buen honorario.

La realidad, sin embargo fue muy distinta. Salieron juntos del casino, y se fueron caminando por la senda iluminada de la avenida más famosa de Las Vegas, totalmente ajenos a lo que ocurría a su alrededor. Su diálogo pasó de un tema a otro, y estaban cada vez más entusiasmados de haber encontrado un interlocutor capaz de escuchar.

Si bien es cierto que la cultura de Mandy no era la de Porter, y sus aportes se veían algo reducidos en ese aspecto, todo lo que contaba era interesante, y el tiempo y la atención que dedicaba a escuchar lo que Porter decía, terminó por fascinarlo.

Sin proponérselo llegaron a casa de Mandy y se despidieron de un beso. Ahí terminó todo. Ambos parecían haber encontrado a su alma gemela y al compañero de su vida, con el único inconveniente de estar conscientes de que esa sería la última vez que se verían.

Mandy se volvió a acomodar en la cama, sabiendo que no podría dormir. Le ocurría a menudo, y la forma de paliar el insomnio era viendo alguna de esas viejas películas de la tele. Esta vez no se atrevía a hacerlo. No porque temiera que Douglas volviera a visitarla sino porque ella misma no sabía cómo reaccionaría cuando se encontrara con esos recuerdos.

Desde el momento en que reconoció la sortija de Porter en la foto de un periódico, como la encontrada en un cuerpo que yacía a la orilla de un acantilado, y el corazón le dijo que tenía que ir a buscarlo, su actividad carnal se había reducido al mínimo. Había llegado al hospital temiendo verse confrontada con el cadáver de aquel a quien no había podido olvidar, y se encontró con que el desconocido no había muerto. Necesitaba mucho cuidado y nadie se había presentado a preguntar por él. Nadie sabía quién era.

Mandy se dio a conocer como una familiar y exigió que, en el momento en que el paciente pudiera caminar, se le avisara para pasarlo a buscar. El médico que la llamó le informó que estaba suficientemente recuperado como para irse a casa, pero que lo de caminar no iba a ocurrir nunca más. Mandy ahogó un sollozo y se aprestó a seguir a la enfermera a través del largo pasillo.

La sorpresa de Porter al verla entrar a su habitación del hospital fue difícil de describir. No atinó a decir nada hasta que la enfermera los dejó solos. Aquella muestra de discreción de Porter, fue muy adecuada. Mandy lo había saludado con la familiaridad y el amor de alguien muy preocupado por su salud y él había dejado que ocurriera, reservando el momento de las explicaciones para más tarde, cuando no hubiera testigos.

—¿Cómo es que nadie te ha identificado? —preguntó Mandy, yendo directamente al hueso.

—Ni lo harán —respondió Porter—. Estoy muerto. Ya lo estaba antes de que me arrojaran por el barranco.

—¿Quién ha sido? —dijo Mandy, casi ahogada por la furia.

—Da igual —respondió Porter—. Mejor así.

Pasados tantos años, Mandy recordaba el hecho con todos sus detalles. Cómo había pedido que lo arreglaran para llevárselo, cómo había rechazado en redondo cualquier idea de mandarlo a otro lugar que no fuera a su casa y cómo le había insistido a Porter que no siguiera con la idea de ofrecerle dinero, porque ni él lo tenía, ni ella lo necesitaba.

Recordaba cuando llegaron al diminuto apartamento de Mandy y las dificultades que tuvieron para subir la silla de ruedas. Recordaba cómo se acomodaron casi con el entusiasmo de una pareja de jóvenes ante su primera vivienda propia. Recordaba el pudor con que Porter reaccionó ante los cuidados de Mandy.

—Tranquilo —dijo Mandy—. Soy enfermera profesional. No esperarás que iba a acabar mi vida enseñando las tetas en un cabaret, ¿verdad?

—¿Cuánto tiempo me puedo quedar? —preguntó Porter.

—Hasta que vuelvas a caminar —dijo Mandy.

La triste sonrisa con que Porter recibió la respuesta fue el sello de un amor que permanecería intacto durante tanto tiempo. Compartían una vida que había pasado por toda clase de momentos, duros y felices. Porter había renacido, después de salvarse de milagro de una caída que era mortal de necesidad, y había adoptado esa nueva vida, con nuevo nombre y nueva personalidad, con la esperanza de quien confiaba en que el momento llegaría de ajustar cuentas. Aunque esas cuentas nunca se ajustarían del todo. Myron moriría con sus piernas sanas y su sexualidad incólume, mientras Porter estaba condenado a dejar este mundo en una silla de ruedas.

El día siguiente de que Mandy lo acogió en su hogar fue de conversación ininterrumpida, sazonada por la llegada del periódico en que aparecía en primera plana la noticia de la desaparición de un importante hombre de negocios de la ciudad, cuyo cadáver no había podido ser recuperado.

—Sales muy guapo —dijo Mandy.

—Gracias —respondió Porter—. Eran buenos tiempos.

Después de la demostración de amor incondicional e inesperado que Mandy le había ofrecido, Porter no vio inconveniente en narrarle todo lo ocurrido con su ex socio. Le contó cuáles eran las empresas que Myron quería tener solamente para sí, de su clara intención de no querer compartir su riqueza, aunque fuera con alguien que había participado activamente en la creación y el éxito de los negocios, y de la manera que encontró para deshacerse él.

Le dijo que el dinero de Myron podía comprarlo casi todo y que su propio «asesinato» impune era una clara demostración de su poder. Desde entonces, y después de haberse abierto enteramente con ella, Porter dio por concluido el incidente y casi no se volvió a mencionar. Tuvieron que pasar todos estos años antes que el destino los pusiera en el trance de enfrentar de nuevo los hechos, y de manera tan promisoria.

En todo el tiempo de vida común, no habían tenido sexo. Porter estaba paralizado y no tenía posibilidad alguna de conseguir algún tipo de reacción. Ambos lo sabían desde el principio y sus contactos físicos fueron tiernos pero conscientes de que la satisfacción final nunca llegaría. Porter le advirtió desde un primer momento a Mandy, que la unión era afectiva, pero que la lujuria tenía que desahogarla en otro sitio y con alguien que respondiera. Solamente esperaba que no se terminara enamorando de alguno de sus amantes, pero si ocurría, tampoco se lo reprocharía.

La conversación se produjo durante la noche de bodas, el día que fueron al Ayuntamiento a darse el «sí» definitivo. Ese día en que Mandy le regaló la visión de su cuerpo y se lo dio para que lo besara y lo acariciara cuanto quisiera. Porter, tomó la iniciativa de excitarla con su mano y cuando su habilidad y sus conocimientos tocaron fondo, le rogó que concluyera ella misma el trabajo. Aquel orgasmo que Mandy sintió, con un rictus de aflicción y con el rostro bañado en lágrimas, fue el sello irreversible de su relación.

De allí en adelante, teniendo la bendición de su marido, no consideró una traición el tener algún que otro encuentro sexual con alguien para sofocar las calenturas más inmediatas, pero jamás se le pasó por la cabeza dejarlo, ni mucho menos reemplazarlo por otro.

Además esas urgencias iban aplacándose con el paso de los años, aunque a veces se presentaban en los momentos menos oportunos. Y este era, sin duda alguna, el peor. Se revolvió nerviosamente en la cama y procuró que sus pensamientos se fueran por otro camino. Maldito muchacho. ¿Por qué tenía que haber abierto la caja de Pandora de Las Vegas justamente ahora? ¿Por qué no cuando no estaban bajo el mismo techo y el recuerdo no hubiera sido otra cosa que una anécdota curiosa? Y, lo peor de todo, ¿por qué tenía que venir a fisgonear a su cuarto a meterle ideas en la cabeza que jamás se le hubieran ocurrido en otras circunstancias?

Entró a la habitación de Douglas y él parecía estar esperándola. Estaba sentado, con la espalda recostada en la almohada y los ojos perdidos en el infinito. Mandy no llevaba nada puesto porque no quería que eso se alargara innecesariamente con casposas escenas de seducción. Eran adultos y sabían que se deseaban. Estaban bajo el mismo techo y tenían una cama a disposición. Y lo más importante, Mandy sabía que no estaba traicionando a Porter acostándose con Douglas, y se encargaría de dejárselo claro en el momento oportuno.

Mandy no se lo dijo apenas entró porque imaginó que se perdería algo del morbo de lo prohibido, y además porque no quería ponerle las cosas tan fáciles. Simplemente se recostó en la cama a su lado y esperó la reacción. Había sido una delicia hacer el amor con él hacía no sabe cuántos años y esperaba que esta vez no fuera menos. Sabía que ahora no le podía ofrecer la tersura de su cuerpo y la regularidad de sus formas de su época de bailarina, pero esperaba que el amor, y la abstinencia a la que Douglas estaba siendo sometido como parte de la misión, reemplazaran lo que faltaba.

Sus labios se juntaron con la timidez del primer beso. Ya se besaban en la boca con frecuencia pero de una forma muy distinta. Mandy sintió un escalofrío de quinceañera, cuando los labios de Douglas permanecieron en los suyos y se entreabrieron ligeramente para dejar que sus lenguas se encontraran.

El involuntario gemido que se le escapó a Mandy era la prueba de que esto era muy distinto a todo. No había usufructuado con demasiada frecuencia de aquella libertad que habían acordado con Porter, y que no se trataba más que de actos impersonales con propósitos exclusivamente físicos. Y esto era tan distinto. Esto que recién comenzaba, y que estaba decidida a que no ocurriera nunca más, era definitivamente hacer el amor.

Sintió el contacto de ese cuerpo firme contra sus carnes algo más fláccidas de lo que hubiera querido, pero no le importaba nada. La ternura y la curiosidad habían dejado su lugar a la lujuria, y de ahí en adelante saborearía las mieles del sexo con ese chico al que tanto quería, hasta quedar extenuada y feliz.

Se dejó llevar como una novia el día de la boda y Douglas aprovechó la oportunidad con avidez. Mandy se sentía elevada a alturas ya olvidadas en los brazos de ese mancebo que seguramente no habría tenido en otras circunstancias, y decidió olvidarse de quién era y disfrutar de la unión como si fuera un desconocido. Y muy especialmente, como si Porter no existiera.

El acto fue largo y hermoso, y cuando yacían de espaldas en la cama, desnudos y sudorosos, tomados de la mano, ninguno de los dos sentía otra cosa que la más honda satisfacción.

Douglas rompió el silencio para traer las cosas a la tierra.

—¿A qué hora regresa Porter? —preguntó.

—En un par de horas —respondió Mandy.

—¿Se lo dirás? —preguntó Douglas.

—¿Qué? —dijo Mandy— ¿Esto? No. No es necesario. Tenemos un acuerdo que me permite desahogarme de vez en cuando con otros hombres y tener lo único que él no puede darme. Y además, fue idea suya.

—Entonces no le molestará que te acostaras conmigo —dijo Douglas—, teniendo en cuenta que yo soy su amigo.

—Al contrario —dijo Mandy—. En tu caso se preocuparía, porque de ti me puedo enamorar.

Casi involuntariamente, la mano de Douglas comenzó a recorrer el cuerpo húmedo de Mandy en una caricia que delataba un acercamiento emocional mayor del que era prudente tener, después de lo conversado. Pero Mandy, lejos de rechazarla se giró, abrazando el musculoso pecho del joven y le ofreció una vez más sus labios para que se los besara.

Pasaron más de una hora retozando y acariciándose, aunque no volvieron a tener sexo. Solamente conversaron, besándose cada cierto tiempo. Mandy le contó su historia con Porter y los entretelones de la relación con Myron, intento de asesinato incluido. Douglas le contó de Patricia, de sus planes de boda, de su desaparición y de sus deudas con Conner. Aparte del carácter algo más íntimo de los relatos, el diálo-

go no se diferenciaba demasiado de los que solían tener vestidos y en posición vertical.

Hasta que llegó el momento de la separación. Había pasado demasiado tiempo y Porter estaba por regresar. Ambos se despidieron con la misma naturalidad con que se habían unido. Se miraron, se sonrie-
ron, se besaron profundamente por última vez y se
fueron cada uno por su lado. Mandy había cerrado un
capítulo hermoso de su vida y Douglas había terminado de comprender mucho de lo que había detrás
del plan de Porter, y estaba más dispuesto que nunca
a llevarlo a buen fin.

# 11

La presencia de Myron, sentado frente a él en su lujosa mansión, le habría provocado náuseas o el deseo de
pegarle dos tiros, después de lo narrado por Mandy,
pero Douglas era un profesional. En esos momentos
era cuando se medía la capacidad de reacción ente la
adversidad. No podía permitirse dejarse llevar por
ninguna emoción que no fuera la que correspondía al
papel que estaba desempeñando. Tuvo que hacer un
breve esfuerzo de concentración para llegar a la conclusión de que cualquier cosa distinta a continuar con
el plan y la simulación era una traición a Porter. Él
había urdido la idea y, al fin y al cabo era su venganza
personal, y Douglas no tenía derecho a estropearla, y
sí muchas ganas de compartirla.

Estaban solos. Alice había manipulado para que su
padre se pusiera en contacto con Douglas para realizar una sesión privada y el momento había llegado.
Douglas había cumplido todos los rituales previos a la
«lectura» y se aprestó a iniciar su contacto con los espíritus.

Sus ojos se entornaron, y su respiración comenzó a
hacerse más pesada. Tenía las manos entrelazadas en

gesto de oración y con el tronco comenzó a hacer ligeros movimientos hacia adelante y hacia atrás como si estuviera en una sinagoga. Habiendo conseguido la atención de su cliente, se incorporó en su asiento y lo miró fijamente a los ojos.

—Su mujer… —dijo— está muerta.

—Eso ya lo sé —respondió Myron.

Douglas frunció el ceño y le dirigió una mirada furibunda, como la del artista genial al que alguien interrumpe mientras está creando su obra maestra. Myron pareció comprender que tenía que tomar una actitud distinta con el «médium» que con el resto de los mortales, teniendo en cuenta que éste se movía en esferas muy diferentes y a las cuales él no tenía acceso, y se disculpó con un gesto.

—Todavía no la veo con claridad pero siento que quiere comunicarse —continuó Douglas—. Es una mujer muy bella… rubia…

—Es ella —exclamó Myron.

—¿Helen? —llamó Douglas al espíritu.

Esperó unos momentos sin acusar una respuesta mientras Myron lo miraba con cara de impaciencia incontrolable. Decidió dejarlo patalear un poco hasta tirar de la caña, y comenzar con alguna descripción secundaria.

—Lleva un anillo —dijo Douglas—. Un anillo muy bonito… Muy caro… Me lo está mostrando… Me dice que lo recibió de una persona muy querida.

—De su madre —interrumpió Myron—. Su madre se lo regaló. Era muy bonito y carísimo. Yo lo hice tasar hace poco tiempo y era realmente caro. Y ella no lo sabía.

—No lo sabía, pero ahora lo sabe —completó Douglas para agregar algo de su cosecha a la información.

Douglas miró a Myron y volvió a concentrarse. Seguía preguntándose cómo era posible que un tipo que había llegado tan alto en sus negocios pudiera ser tan torpe en otro tipo de cosas. Le estaba contando toda la historia sin darse cuenta, y seguro que más tarde guardaría el recuerdo de que había sido el «médium» el que la había recibido del más allá.

—¿Está enfadada porque lo hice tasar? —preguntó Myron.

—Lo estuvo —respondió Douglas—, pero ya no lo está. Ella comprende que usted esté interesado en su bienestar.

—Eso es verdad —dijo Myron.

—Y ella está interesada en el suyo —agregó Douglas.

Myron sonrió con una expresión beatífica. Por su parte, Douglas dio un pequeño salto como si hubiera recibido un SMS desde la dimensión desconocida.

—Un momento —exclamó—. Me está preguntando algo.

—¿Qué cosa? —dijo Myron.

Douglas lo interrumpió con un gesto, haciéndole ver que la comunicación estaba siendo difícil y necesitaba concentrarse al máximo.

—¿A quién amas? ¿A quién amas? —dijo Douglas, como repitiendo el mensaje.

—¿A quién amas? —dijo Myron, esperando una explicación.

—Sí —dijo Douglas—. Pregunta a quién ama usted más.

—A ella, por cierto —aseguró Myron.

Douglas lo miró con indisimulado desdén.

—Myron —dijo—, Helen está muerta. No necesita camelarla porque ahora lo sabe todo. Lo que busca son respuestas auténticas.

Myron iba a comenzar a decir algo, cuando Douglas lo detuvo con un movimiento de su mano.

—Un momento —dijo, antes de ponerse a tratar de entender el mensaje de Helen, a la manera de Chico Marx. La cosa era demasiado seria como para no poder contener la risa, de modo que no temió seguir por ese camino mientras el imbécil que tenía enfrente se lo siguiera tragando.

—¿A Luis? —dijo Douglas—. Me dice que usted quiere más a Luis.

—¿Quién coño es Luis? —preguntó Myron.

—Espere un momento —dijo Douglas, mientras volvía a concentrarse—. A Luis… aluis… Alice… ¡Alice! Dice que usted quiere a Alice.

—Sí —reconoció Myron—, por supuesto que la quiero. Es mi hija.

—Me dice que siempre lo supo —dijo Douglas.

Myron lo miró con extrañeza. Sinceramente no es lo que esperaba oír. Después de todo, ambas se odiaban profundamente y no dejaban pasar la oportunidad de demostrarlo.

—Su relación no era buena —siguió Douglas—, pero ahora todo se ha solucionado.

Myron respiró hondo, satisfecho con lo que escuchaba. No terminaba de entenderlo completamente, dados los antecedentes y conociendo el carácter insufrible de su fallecida esposa, pero imaginó que el lugar donde se encontraba ahora había suavizado su humor y alimentado su generosidad.

Para Douglas había llegado el momento de ir al grano:

—Su deseo es que Alice reciba lo suyo… lo de ella… No entiendo.

Myron observaba con curiosidad.

—¿El tratamiento? —dijo Douglas.

—¿Tratamiento? —dijo Myron, sin entender tampoco.

—Testamento… —corrigió Douglas—. El testamento. ¿Sabe usted algo de algún testamento?

—Si —respondió Myron, sin dar más detalles.

—Pues eso es lo que me ha dicho —dijo Douglas, sin preocuparse más—. Ahora permítame que termine el contacto. Estoy cansado.

Myron asintió y se puso de pie. La sesión había transcurrido de manera muy positiva y el médium parecía conocer su trabajo. Había algunas cosas, sin embargo, que todavía le quedaban por aclarar.

—Por cierto —dijo Myron— ¿qué fue eso que me dijo sobre aquella dama en Pasadena?

—¿En Pasadena? —preguntó Douglas.

—Sí —dijo Myron—. Lo mencionó la vez pasada, cuando le hacía la lectura a Alice.

—Lo siento —dijo Douglas—. No lo recuerdo. Mientras estoy haciendo el contacto mi concentración es absoluta, pero después no recuerdo lo que he interpretado. Quizás podamos intentar un nuevo contacto más tarde, pero ahora estoy demasiado fatigado.

Myron comprendió y estuvo de acuerdo en posponer la sesión para otro día. Después de todo no era tan importante. Nada cambiaría su situación actual, pero estaba curioso por saber hasta dónde llegaban las habilidades del adivino.

—No hay problema —dijo Myron—. Ahora le haré el cheque.

—No es necesario —dijo Douglas—. También podemos dejarlo para la próxima sesión. Y, por otra parte, prefiero efectivo.

—Lo tendrá ahora —dijo Myron—. Se lo ha ganado.

Abrió la caja de seguridad que se encontraba al lado de la vitrina y extrajo un cofre de metal, lleno de billetes. Douglas refrenó cualquier reacción inoportuna, y también el alborozo que le causó que su cliente tomara un importante fajo y se lo extendiera, con una sonrisa.

—Gracias —dijo Myron—. Gracias de verdad.

—Me alegro de haber podido servirle de algo —dijo Douglas, mientras devolvía el apretón de manos.

—De mucho, amigo mío —dijo Myron—. Me ha servido de mucho.

Al salir a la calle, su cuerpo sintió todas las sensaciones que había estado reprimiendo durante largas horas. No soltó la carcajada para que no lo tomaran por loco, pero lo invadió una euforia casi irrefrenable. Vio ante sí un futuro de solamente satisfacciones, sin deudas con maleantes, sin golpizas y con la esperanza de recuperar a Patricia. Ahora que a Conner no le debería nada, no habría razones para que le siguiera ocultando su paradero.

Quiso entrar a un café a beber algo y celebrar modestamente su éxito rotundo, pero decidió que no era lo más adecuado. Mostrarse demasiado todavía podía ser riesgoso y no convenía poner en peligro un destino tan promisorio por darse un gusto banal.

Subió a la limusina que le asignó Porter para que fuera el vehículo entre su hogar provisional y el mundo exterior, y enfiló hacia Nueva Jersey. Estaba orgulloso de sí mismo y de tener amigos capaces de darles esas satisfacciones.

No eran muchas las ocasiones en que se festejaba en casa de Porter, pero ésta parecía haber sido aceptada de buen grado por los habitantes. Haciendo una desacostumbrada pausa en su trayecto, Douglas había pasado por una tienda de comestibles y había comprado todo lo necesario para llevar a cabo una celebración por todo lo alto.

El chofer, un hombre delgado de facciones angulosas y del cual ni siquiera sabía el nombre, había estacionado el amplio vehículo frente a la tienda, sin hacer comentario alguno, y había esperado pacientemente. Douglas se preguntó alguna vez de dónde habría sacado Porter a ese sujeto, que no había dicho palabra desde que lo conoció, para que lo transportara en una limusina de lujo, pero obviamente los recursos de su amigo sobrepasaban considerablemente los que le conocía antes de ser partícipe del plan de retribución contra Myron.

Pocas veces había visto reír a Porter de tan buena gana, aunque el gesto no lo favorecía. Su rostro se contraía en una mueca que tenía más de malévola que de jubilosa. Por su parte, Mandy parecía haber rejuvenecido. Había dejado de lado su sempiterna bata de levantarse y vestía un traje de calle que, aunque no fuera demasiado favorecedor, le cambiaba el aspecto radicalmente.

Los tres consumían las viandas con la delectación de una cena de Navidad. A pesar de su falta de práctica en este tipo de labores, Douglas había elegido su compra muy sensatamente. Junto con el champaña, indispensable para coronar éxitos, había llenado la cesta con delicatessen de las más variadas, que iban desde quesos, hasta canapés y caviar, para rematar con un lustroso pollo que Mandy se encargaría de preparar para la cena.

—Tal vez deberías convertirlo en tu profesión —dijo Porter—. Por lo visto eres un talento natural.

—Prefiero que no —dijo Douglas—. Ya tuve bastantes problemas tratando de contener la risa. Además, yo engaño a la gente por su dinero pero esto es muy cruel.

—El hijo de puta tiene lo que se merece —interrumpió Porter—. Esto y mucho más. Si es tan imbécil como para creerlo, que se joda.

—Este caso no me molesta —aclaró Douglas—, pero esa otra gente que está desesperada tratando de encontrar consuelo…

—También lo merecen —dijo Porter—. Nadie tiene derecho a ser tan tonto.

—Ya apareció el «señor cinismo» —terció Mandy, poniéndose de pie—. Yo pensaba que estábamos celebrando. Voy a ver cómo va la torta.

Douglas la vio salir del salón y no pudo evitar una reacción automática e inesperada.

—Veré si puedo ser de alguna ayuda —dijo, levantándose también.

—Seguro —respondió Porter—, ocupado de elegir otro canapé.

Douglas entró a la cocina y la reacción de Mandy fue un ejemplo de naturalidad.

—¿Quieres algo? —preguntó con una sonrisa.

—Nada —dijo Douglas—. Quería saber si necesitabas algo.

—No necesito nada —dijo Mandy.

Estaba en plena preparación de la torta y esperaba solamente sacarla del horno. Mientras tanto se ocupaba de lavar los adminículos usados y de poner lo todavía aprovechable en el refrigerador.

—¿Lo habías visto tan alegre antes? —preguntó Douglas.

Mandy cogió una de las fresas que habían sobrado y que estaba envolviendo en papel celofán y se la plantificó en la boca a Douglas.

—Por supuesto —dijo—. No muchas veces pero sí que lo he visto feliz. La diferencia era que entonces se alegraba en momentos en que era capaz de olvidar el pasado. Ahora es todo lo contrario.

Douglas sintió que lo invadía un calorcillo de euforia ante lo que estaba viviendo.

—A mí me entusiasma pensar en el futuro —dijo—. Nunca me habría imaginado que mi vida fuera a cambiar de tal manera. No solo se arreglarán mis finanzas sino también se me abre la oportunidad de encontrar a mi chica y vivir juntos para siempre.

—¿A quién te refieres? —preguntó Mandy, abriendo los ojos desmesuradamente.

—A Patricia —dijo Douglas—. Ya te he hablado de ella.

Mandy soltó una carcajada.

—Menos mal —dijo—. Por un momento pensé que hablabas de mí. Y por supuesto que me has hablado de ella aunque se trate de algo demasiado personal. Por eso me gustas también, por tu discreción.

Desde el salón se escuchó el ruido de algo cayéndose que alarmó a Douglas.

—¿Qué fue eso? —preguntó.

—Nada —respondió Mandy—. Seguro que Porter está haciendo orden en su mesa.

—¿Quieres que vaya a ver? —preguntó Douglas.

La voz de Porter desde el salón vino a zanjar la situación:

—Mandy, cuando hayas terminado allí, echa una mirada a los papeles y ve si puedes encontrar el periódico del lunes pasado.

—Creo que no está aquí —respondió Mandy, dando una somera mirada por una pila de diarios agolpados sobre una cómoda.

Porter no respondió y todo quedó en nada. Bastaba con que Mandy dijera que no creía que algo estuviera en algún sitio para que se aceptara como verdad irrefutable. Y siempre con razón.

—¿Y cómo piensas encontrar a Patricia? —dijo Mandy, girándose hacia Douglas.

—El tipo al que le debo dinero sabe su paradero, y estoy seguro que tiene responsabilidad en su desaparición. Una vez que tenga el dinero haré que hable.

Mandy sacudió la cabeza. Estaba claro que el muchacho no estaba enteramente consciente de la situación en que se encontraba y le extrañaba que Porter no se lo hubiera aclarado.

—Después de que hayas hecho el trabajo, lo único que no puedes hacer es quedarte aquí —dijo Mandy, con una seriedad inquietante—. Y menos comunicarte con nadie. Tienes que salir de Nueva York y si es posible del país. Envíale el dinero por correo a tu acreedor y lárgate. Estás tratando con gente muy peligrosa. Prométeme que lo harás.

Douglas comprendió el temor de Mandy, pero no veía razón para compartirlo todavía. Toda su vida había sido una sucesión de riesgos y sabía cómo enfrentarlos. Después de escuchar la historia de Porter y de su salto mortal involuntario por el desfiladero de las palizadas, había comprendido que estaba ante una nueva dimensión de crimen, pero nunca para hacerlo abandonarlo todo para esconderse. Él también era duro, y lo demostraría. Solamente le faltaba una buena razón para serlo, y esa ya la tenía: Patricia. Esa belleza rubia con la que quería compartir su vida y que estaba más cerca que nunca de recuperar.

# 12

—¡¿Poder general?! Pero ¿qué demonios significa esto?

Evans miraba fijamente a Myron sin poder dar crédito a lo que veía. Generalmente era precavido en sus reacciones para no despertar la molestia de su jefe, pero el documento que tenía en sus manos le había causado tanta sorpresa que llegó a temer que el magnate se hubiera vuelto loco.

—Quiero que Alice tenga el control de todas mis posesiones —ratificó Myron con solemnidad.

Evans dejó los papeles en la mesa y se dirigió a su cliente con el tono más apropiado que encontró para hacerlo entrar en razón.

—Myron, esto es ridículo. Alice es una chica estupenda, pero hacerla responsable de un patrimonio de miles de millones de dólares es absurdo. Sinceramente no esperaba una decisión así de tu parte.

—No es mi decisión —dijo Myron—. Es como debe ser.

Las cosas se estaban complicando inesperadamente para el abogado. Hasta el momento había sido capaz, con sus maniobras tan serviles como astutas, de mantener un cierto control sobre las intemperancias legales que Myron dejaba ver cada cierto tiempo, movido por su tendencia a actuar por corazonadas, en ciertos casos donde la lógica era un camino mucho más seguro. Y lo peor era que ese sistema le había dado buenos resultados.

Pero esta vez era distinto. Ahora Evans no tendría posibilidad alguna de manejar alguna crisis si la decisión final estaba en manos de aquella chiquilla caprichosa, y que además manejaba el arte de la manipulación como el mejor.

—Myron, es tu dinero, pero creo que debieras pensarlo bien. Dale un poco más de tiempo de reflexión. Hay demasiada gente que depende de la manera como se administra tu fortuna. Algunos tienen contratos vinculantes. Son poderosos. Si hay algo que no necesitamos actualmente son querellas legales.

—Bueno —dijo Myron—, este es un estudio legal, ¿o no? Si no quieres litigar, ocuparé a Burt.

Evans tuvo que reprimir una carcajada ante la mención del yerno. Sinceramente consideraba que era un incompetente de marca mayor y que si no fuera porque estaba casado con la hija del dueño, andaría por las calles persiguiendo ambulancias para iniciar juicios por seguros.

—¿Burt? —dijo Evans—. Por favor, seamos serios.

Myron, que en cierto modo compartía la baja opinión del abogado respecto a su hijo político en cuanto a sus capacidades fuera del terreno corporativo, salió con una justificación poco creíble:

—Cualquier abogado puede alegar un caso ante un jurado.

—Pero Burt no es un abogado litigante —dijo Evans—. Ponlo a alegar un caso y el propio jurado lo abucheará.

Evans volvió a tomar los papeles y agregó con seguridad:

—Te diré lo que podemos hacer. Hagamos las modificaciones que propones pero las mantenemos en secreto. Nadie se entera y no cunde el pánico. Después veremos la mejor manera de hacerlo público. ¿Te parece?

—Eres un cagón, Evans —le soltó Myron.

Evans sabía que lo decía con cierta simpatía aunque con su estilo algo basto. Sus precauciones y su cautela habían significado mucho para la empresa y le habían hecho ganar suficientes puntos en la estima de su empleador.

—Alguien tiene que serlo —dijo Evans.

—Tienes razón —dijo Myron—. No necesitamos decírselo a nadie por ahora. Prepara los documentos.

—Mientras tanto yo actuaré como custodio hasta que se complete el acto de transferencia —dijo Evans.

Myron asintió con la cabeza mientras observaba que su abogado tomaba el cartapacio y lo guardaba en la caja fuerte.

—Sé que puedo contar contigo, Evans —dijo Myron—, al menos mientras me necesites.


Mientras estaba al volante del coche, Evans sentía que la sangre se le agolpaba en la cabeza y a punto estaba de explotarle. Esa maldita chiquilla había conseguido comerle el coco a su padre y también a él con su ingenioso plan. Pero él no había llegado hasta donde estaba mostrando debilidad. Se lo repetía una y otra vez, día tras día, hasta convencerse una vez más de que era sincero, aunque siempre le quedaban dudas. Especialmente cuando se veía hacer tantas concesiones para mantener su estatus, al punto de comprometer su dignidad.

Esta vez, sin embargo, estaba seguro de que enfrentaba a un enemigo menor, en caso que Alice intentara traicionarlo. Ella podía ser una aliada formidable, pero le faltaba mucho oficio para ser una enemiga digna de ser tomada en cuenta.

Cuando tocó el timbre del departamento, hizo todo lo posible para recobrar la suficiente serenidad como para verse más temible. Con aspavientos no llegaría a ningún sitio ante esa mocosa que sabía perfectamente que bastaba con que le dejara tocarle una teta para desarmarlo. Y la situación era demasiado seria.

Alice vestía una camiseta con un logo de algo, y unos vaqueros ajustados cuando abrió la puerta. No se mostró sorprendida sino solamente divertida al ver a Evans parado delante de ella. Parecía estar esperándolo, lo que todavía le daba una ventaja más ante el abogado.

—Vernon, adelante, por favor —dijo con una sospechosa cortesía.

Era la única persona entre sus relaciones de negocios que lo trataba por su nombre de pila. Los demás le decían Evans, o bien señor Evans, según fuera la confianza que tuvieran.

—¿Me puedes decir qué coño pasa? —dijo Evans, sin mayores introducciones.

Alice cerró la puerta de calle y caminó hacia el salón con a misma calma con que lo había recibido.

—Pasa —dijo— que Leo está a punto de regresar, y si te ve aquí te partirá el cuello y todo el plan se irá a la mierda.

—No volverá hasta al menos dos horas más —dijo Evans—. Ahora dime qué coño pasa.

Alice lo miró y le sonrió.

—¡Bravo! —dijo—. ¿Se supone que tengo que estar impresionada con tu agudeza?

—Estoy esperando —dijo Evans.

Alice se sentó en el brazo del sofá de cuero sin abandonar su tono displicente.

—¿Podrías reformular la pregunta, por favor? «¿Qué coño pasa?» no es demasiado explicativo.

—No intentes pasarte de lista, muchacha —dijo Evans, asibilando como una serpiente—. Hay demasiado en juego como para que te tenga que soportar tus caprichos.

—Pero ¿qué caprichos, Evans, por Dios? —dijo Alice—. Si soy yo la que no hace más que darte el gusto en todo.

La muchacha se puso de pie y comenzó a levantarse la camiseta con la indolencia de un deportista en el vestuario después de un partido.

—¿No te importa que me cambie mientras hablamos? —preguntó—. Es verdad que Leo regresará dentro de poco y quiero estar lista porque saldremos al teatro.

Por si quedara alguna duda de que Alice lo manipulaba con la punta de su dedo meñique, Evans tuvo que tragar saliva y no consideró pertinente dar ninguna respuesta. Nunca había visto desnuda a la muchacha y jamás había esperado hacerlo. Todas las seducciones no pasaban de ser un jugueteo infantil, y ambos lo sabían. Comenzó a temblar ligeramente, no sabía si por los nervios o de anticipación frente a lo que estaba a punto de presentarse ante sus ojos, pero sus esperanzas, una vez más, se revelaron como vanas.

Para añadir más suspenso a la escena, Alice no terminó de quitarse la camiseta hasta que hubo desaparecido detrás de la puerta de su cuarto, por lo que, fuera de una parte de su bella espalda, el abogado no tuvo mucho más que apreciar. Mejor así. Ahora podría concentrarse en el tema de fondo, sin las distracciones que solían aparecer cuando esa putita comenzaba a coquetearle.

—Has arreglado para que Myron te diera toda su fortuna —dijo Evans, tomando asiento en uno de los sillones.

—Por supuesto —dijo Alice desde su cuarto—. Ese era el plan.

—No, tesoro —corrigió Evans—, ese no era el plan. Nunca se acordó que fueras tú la que tomara todas las decisiones por tu cuenta, sin consultarle a nadie. Mi plan era…

Alice interrumpió el diálogo asomándose por el costado de la puerta, dejando ver todo el contorno de su cuerpo desnudo hasta el mismo nacimiento de las partes que usualmente no se exhiben en público. La visión era todavía más turbadora que si estuviera en cueros directamente delante de él.

—Espera un momento, «tesoro» —dijo Alice—. Nunca fue «tu» plan, y si está marchando tan bien es gracias a mí. Por otra parte, la idea del poder general nació de él y ni siquiera me dijo cuándo la llevaría a cabo.

Evans dejó pasar un segundo y decidió que era el momento de dar un golpe de fuerza. Nada dramático pero sí una manifestación de temple, para dejar en claro que con él no se jugaba y que hablaba muy en serio. Se puso de pie y se dispuso a salir.

La voz de Alice le llegó a sus oídos, retumbando como la trompeta de Gedeón:

—¡No te muevas!

Evans se paralogizó por unos segundos, hasta que una voz mucho más suave agregó:

—Estaré contigo enseguida.

Evans se giró nuevamente con la esperanza de verla todavía exponiendo parte de su figura en el dintel de la puerta, pero ya había desaparecido. Solamente su voz surgía desde el interior de la habitación.

—Yo no sé por qué te enfadas tanto, Vernon, mi vida. La idea es que tú te hagas cargo de todo el patrimonio en calidad de custodio, o algo así, hasta que llegue a mis manos, y entonces yo misma te contrato como abogado. ¿Qué tiene de malo la idea? Yo la encuentro perfectamente razonable.

Evans no contestó. Efectivamente esa era la idea original, pero no contenía la parte del poder general.

De hecho se trataba de que él fuera el que quedara administrando la fortuna, y una vez que el viejo hubiera salido del mapa, la repartiera con la chica. Pero por lo visto ella no se lo tragó y arregló las cosas para recibirlo todo ahora y ya vería si lo compartiría después. Evans, desgraciadamente, no tenía más remedio que comprenderlo, y no tenía argumento alguno para tomárselo a mal.

—¿Evans? —dijo Alice, desde la habitación.

—Sí —dijo el abogado—, te entiendo.

Alice reapareció vistiendo solamente lo elemental en ropa interior, sostén y bragas, y se paró delante de la puerta adoptando una foto de modelo de Vogue. No tenía la figura ideal para el puesto pero era lo suficientemente buena como para dejar al abogado en estado de shock por algunos momentos.

—Entonces todo está bien —dijo Alice, luciendo su mejor sonrisa y aproximándose a Evans para sentarse en sus rodillas.

A pesar de lo acostumbrado que estaba Evans a ese tipo de maniobras de la chica, esta vez estaba llegando más lejos que nunca, y precisamente en el momento en que necesitaba toda su frialdad. Sentir ese cuerpo, casi sin ropas, tan cerca, y tener que cuidarse de no rozar siquiera esa piel con sus manos si no quería espantarla como a un gato desconocido, era una prueba de contención que no sabía si sería capaz de salvar.

—Todavía no confías en mí —dijo Alice al oído del abogado.

—No es eso —dijo Evans—. Solamente estaba reaccionando a las evidencias.

Alice se alejó levemente, casi obligando a Evans la mirara, cosa que era lo último que quería hacer.

—¿Evidencias? —dijo— ¿Qué evidencias?

—Myron estuvo en mi oficina esta mañana. Me dijo que te había transferido toda su fortuna.

—¿Y? —preguntó Alice.

—Yo tuve que decirle que sería una buena idea nombrarme a mí como custodio —dijo Evans.

—¿Lo ves? Tanto mejor —dijo Alice.

Evans pensó alguna frase para insistir en el hecho de que las cosas no habían ido por el camino acordado, pero desistió. En realidad, al final las cosas estaban casi en el punto en que debían estar y con eso ya podía darse por satisfecho.

Alice captó la claudicación con la velocidad que le permitía su agudeza mental, y aprovechó el momento para bajarle todavía más la guardia a su antagonista.

Depositándole un tierno beso en la mejilla, y adoptando la voz más seductora, aunque en tono de reconvención, dijo:

—Se supone que tú no conoces esta dirección. ¿Qué pasa si alguien te ve? Y todavía para encontrarte conmigo secretamente.

Evans dejó escapar una sonrisilla de turbación, mientras Alice le daba vuelta la cara para que no siguiera evitando sus ojos.

—Ya llegará el momento en que podamos vernos cuanto queramos y, ¿quién sabe...?

Sus labios encontraron suavemente los del abogado por un momento que él le pareció una eternidad pero que, en realidad, no fue más que un segundo. Otra barrera que se había roto, y quedaban varias.

Evans podía irse tranquilo y con ánimos renovados. Efectivamente las cosas estaban marchando a pedir de boca.

—Y ahora vete —dijo Alice—, antes que llegue Leo y te parta la cara.

Alice se puso de pie y volvió a su habitación para terminar de vestirse. Como servicio añadido para el ya estupefacto Evans, agregó a su paso un meneo extra de caderas que le hacían verse aún más sexy.

El abogado abandonó el apartamento y tomó el ascensor que lo llevaría al subterráneo donde había dejado su coche. Efectivamente había sido poco prudente el encontrarse con la muchacha allí habiendo tantas cosas en juego. Bastaba con atar algunos cabos para darse cuenta de que algo se estaba tramando entre esos dos, y quizás varias personas más, y nada podía ser menos aconsejable que alimentar esas dudas con actos poco pensados como este.

La puerta del ascensor se abrió y Evans dirigió sus pasos hacia el Mercedes negro que lo esperaba en uno de los estacionamientos. No era el único coche de esa marca, y los otros eran bastante más modernos, dando una idea del nivel económico de los habitantes del edificio.

Sacó la llave de su bolsillo y desconectó la alarma. El ruido retumbó en todo el recinto y Evans lo percibió como una clarinada que marcaba la partida de una nueva vida. La carcajada que había estado aguantando durante tanto tiempo, surgió estentórea provocando un eco casi tenebroso. Era el despertar hacia la libertad. Una libertad que ya se había olvidado de cómo era, o quizás no la había vivido nunca realmente.

Ahora tenía dinero y un buen estatus profesional, pero todavía le faltaba la liberación real; la de la fortuna y la independencia. Y también, ¿por qué no decirlo?, la enorme satisfacción de la venganza. Odiaba a Myron Santuzzi con todas las fibras de su cuerpo, como Petronio habrá debido odiar a Nerón, mientras estaba obligado a adular su mediocridad y a justificar sus crueldades. No lo habría podido haber odiado más si hubiera sido una víctima de sus fechorías en lugar de ser su cómplice. Era precisamente ese desprecio que había despertado en sí mismo el ser un esbirro, el que hacía que su animadversión se reconcentrara todavía más.

Ahora había llegado el momento de la carcajada. Ahora en su futuro estaba el hacerse cargo de todo, mientras Myron se pudría en una cárcel o en un hospital siquiátrico. Y como si algo faltara, ahora se había abierto la puerta para follarse a esa buscona de alcurnia, que se había reído de él durante tanto tiempo, y que ahora prácticamente se le estaba ofreciendo, con tal de llevar a cabo el plan para hundir a ese ser que, por lo visto, ambos aborrecían por igual.

Acercó la llave electrónica y escuchó el clic de la puerta. Agarró la manilla para abrirla, pero todavía estaba con llave. Se extrañó. Era primera vez que le pasaba, y el automóvil era prácticamente nuevo. Primero dudaría de su capacidad de audición antes que de la competencia de los mecánicos alemanes, pero estaba seguro de haber escuchado un clic.

No tuvo que esperar demasiado tiempo para saber lo que ocurría. No era la cerradura la que había provocado el clic. Cuando quiso girar apresuradamente la cabeza, alarmado por un ruido inesperado a sus espaldas, la bala ya le había atravesado la nuca, y un cuajarón de sangre había manchado casi toda la superficie de la ventanilla recién lavada.

# 13

Cuando Alice entró al edificio de su padre, el conserje la recibió con una gélida sonrisa, muy distinta a la que solía dedicarle habitualmente. La muchacha pensó que quizás tendría un mal día y pasó por alto el gesto. Sus pensamientos comenzaron a ordenarse en el momento en que el ascensor se detuvo en el apartamento de Myron y, al abrirse la puerta, lo primero que encontró fue a un desconocido de color, vestido con modesta formalidad, que parecía venir saliendo del servicio. El hombre la miró sin demasiada curiosidad.

—Buenas tardes.

—¿Usted quién es? —dijo Alice con aspereza.

El hombre sacó su placa que lo acreditaba como miembro de la policía de Nueva York y se presentó:

—Detective Roberts. ¿Y usted es…?

—¿Qué hace usted en esta casa? —dijo Alice sin ver la necesidad de identificarse.

—Estamos investigando un crimen —dijo el detective.

Alice dio un salto, y apartando el oficial de un empujón, se dirigió hacia el salón. Su premura hizo que, a pesar de su cuerpo frágil, fuera capaz de lanzar contra la pared a un negro de un metro noventa, de contextura atlética y fuertemente armado.

Al entrar vio a su padre acomodado en el sillón con su pipa en la mano, a su marido Burt sentado en el sofá y, junto a él, a otro desconocido, rubio, corpulento y de mediana edad, tomando notas en su libreta. El hombre se puso de pie al ver a Alice, pero ella no estaba en disposición de intercambiar gestos de buena crianza.

—¿Qué ocurrió? —dijo mirando a Myron.

—Evans ha sido asesinado —respondió Myron.

Alice no pudo reprimir un grito de consternación.

—¿Lo conocía usted, señora? —preguntó el detective rubio, pero el otro, que se había vuelto a incorporar al grupo, lo interrumpió discretamente con un gesto.

Seguramente notó que chica estaba demasiado impresionada como para reanudar el interrogatorio enseguida. Por cierto que, para los policías, el tenerla con la guardia baja era una buena oportunidad para sacarle lo más posible, pero eso quizás hubiera servido en otras circunstancias. Ahora no era sospechosa de nada y lo único que tal vez podría aportar eran unos pocos antecedentes sobre la víctima.

Burt se había acercado a su mujer y le había pasado la mano por sobre el hombro estrechándola contra sí. Se extrañó de verla tan afectada y consideró su responsabilidad de marido el tratar de darle su apoyo.

—Mi hija lo conocía a través de mí —intervino Myron—. No creo que les pueda decir nada más de lo que les he dicho yo.

—Entiendo —dijo el policía rubio—. Se trata solamente de atar la mayor cantidad de cabos posibles. Cualquier detalle nos puede ayudar. Es lo que estamos haciendo con todas personas relacionadas con el señor Evans.

Myron hizo un gesto de indiferencia y se resignó a que los oficiales siguieran insistiendo. Al fin y al cabo, era su trabajo.

Con la voz más amable que pudo, el oficial rubio se dirigió a Alice:

—Señora, ¿sabía usted de algunas de las actividades del señor Evans fuera de su trabajo?

—Solamente algunas de las que estaban relacionadas con mi padre. El golf, el club…

—Pero nada más personal —dijo el policía.

—No, por supuesto que no —dijo Alice.

—¿Estuvo alguna vez en su oficina?

Alice reprimió el respingo. Se veía súbitamente en el dilema de decidir en una fracción de segundo si mentir, para no quedar en evidencia ante su padre, o decir la verdad. Ambas opciones eran nefastas. Myron no tenía ninguna razón para sospechar siquiera que se había visto con Evans alguna vez y mucho menos en su oficina. La noticia seguramente le causaría una sorpresa, y no necesariamente muy agradable. Por otra parte, si decía que no, y la policía encontraba un solo indicio para demostrar que sí había estado, las cosas se podían poner realmente feas.

No atinaba a entender qué podría sospechar la policía que hiciera que sus encuentros con el abogado pudieran ser significativos, pero se imaginaba que, tratándose de un asesinato, la búsqueda de sospechosos y de motivos debía ser lo suficientemente intensa y amplia como para que cualquier detalle fuera relevante.

—Sí —dijo Alice—, estuve en su oficina.

Intentó detectar la reacción de su padre con el rabillo del ojo y notó que no se había sorprendido en lo más mínimo. Myron continuó dando chupadas a su pipa con la misma displicencia con que había llevado toda la conversación. Por su parte el detective tampoco pareció demasiado interesado, pero cumpliendo con el protocolo, preguntó:

—¿Recuerda en qué circunstancia fue?

—No —respondió Alice, fingiendo hacer memoria—, tiene que haber sido algo muy banal. Sinceramente no lo recuerdo.

El detective asintió y guardó su libreta, mientras se ponía de pie. Hizo el ademán de dirigirse a Myron, pero este se adelantó:

—Cualquier cosa en la que le podamos servir, detective, cuente con nosotros. Permaneceremos en Nueva York, y en caso de ausentarnos se lo haremos saber.

—Gracias señor Santuzzi —dijo el policía—. Lo mantendremos informado.

Una vez que los detectives salieron, Alice no quería mostrarse demasiado ansiosa por sonsacar alguna información sobre lo ocurrido, aunque tampoco sería raro, dado lo inusual del incidente. El núcleo de su preocupación se basaba en el hecho de que Evans había sido asesinado después de haberla visitado clandestinamente, y quería saber hasta qué punto los indicios podían traerle problemas.

—¿Donde lo encontraron? —preguntó.

—En Hunts Point.

Alice respiró aliviada al escuchar que el cuerpo del abogado había sido hallado tan lejos de su apartamento, aunque no podía creer que Evans hubiera sido asesinado en un lugar como ese.

—¿Hunts Point? —repitió con incredulidad.

—Sí —dijo Burt—. ¿Quién lo hubiera imaginado?

La voz de Myron emergió con una tranquilidad incompatible con la situación. Y lo que dijo sonaba como la explicación menos plausible.

—El hombre tenía derecho a su vida privada.

Un escalofrío recorrió el cuerpo de Alice ante la frialdad con que tomaban un hecho tan grave y lo inverosímil de las explicaciones. Vernon Evans era un abogado corporativo de élite, con ingresos anuales millonarios y una reputación que defender. Si hubiera tenido necesidades sexuales especiales, habría podido satisfacerlas perfectamente al más alto nivel, y no en el barrio de prostitución barata más notorio del Bronx.

Alice no era una persona demasiado familiarizada con las historias de misterio, pero le resultaba difícil creer que detrás de la muerte de Evans no hubiera algún tipo de conspiración, y temía que ella también tenía un rol que desempeñar en esa trama.

Por el momento, lo que correspondía era adoptar la misma actitud distante y no dejarse llevar por emociones. Si ni a su padre ni a su marido les importaba que hubieran asesinado al abogado, no sería ella la que daría la nota original.

Por otra parte, Myron no había hecho ningún comentario todavía acerca de la supuesta visita de Alice a la oficina de Evans, y se trataba de que la olvidara lo más pronto posible.

—Ahora ya no tienes abogado —dijo Alice.

—Por supuesto —dijo Myron—. El estudio sigue funcionando. Evans era solamente uno de los socios.

La falta de sentimientos con que su padre se lo tomaba, terminó por tocarle la fibra.

—Es terrible —dijo Alice, con sinceridad.

—Lo es —dijo Myron—, pero así es la vida.

—¿Realmente no te importa que haya muerto así? —preguntó Alice.

Myron dejó violentamente el periódico en la mesilla y pareció como si le hubieran puesto electricidad.

—Evans era un cabrón —exclamó—. Si lo mataron habrá sido por algo. No seré yo el que llore por él.

Para ser alguien que había estado a su servicio por más de una década, y con quien había compartido más allá de las tareas de oficina, la forma como Myron había tomado el asesinato de Evans era, por decir lo menos, bastante liviana.

—¿Qué hay con tu amigo el adivino? —dijo Myron, cambiando de tema.

—¿Qué hay con él? —preguntó Alice.

—¿Lo has vuelto a ver?

—No —dijo Alice—. ¿Por qué?

—Por nada —dijo Myron, volviendo a coger el diario—. Parece ser bastante bueno en lo suyo.

Alice volvió a prestar atención.

—Sería interesante volver a consultarlo —agregó Myron—. ¿No te parece?

—Puedo llamarlo cuando tú me lo digas —se apresuró a decir Alice.

Myron la miró fijamente con una sonrisa que le conocía de otras situaciones que ella prefería olvidar, y dijo:

—Ya te lo haré saber.


Mandy preparó a Porter nuevamente para salir a su trabajo y lo llevó hasta la puerta. Eran las nueve de la noche y Douglas todavía no había vuelto. A Porter no parecía preocuparle, pero Mandy era una *yiddishe mama* de mucho cuidado, y cualquier cosa que saliera de los parámetros de seguridad elementales, era motivo para un ataque de angustia.

—¿No le habrá pasado algo? —preguntó.

—Si es así, ya nos enteraremos —respondió Porter sin inmutarse demasiado.

—Ay, Dios —exclamó Mandy.

Bien es verdad que Mandy era enfermizamente sobreprotectora de todo el mundo, pero también había que considerar que Douglas estaba metido en demasiados líos como para no preocuparse si no llegaba a tiempo a casa sin avisar. Hasta el momento las cosas habían marchado bien y esperaba que siguieran así hasta que hubiera concluido el plan y hubieran podido largarse a un sitio seguro, fuera del país.

Mandy escuchó ruidos en la puerta e instintivamente corrió hacia el armario con vitrina, abrió una de las gavetas y extrajo una pequeña pistola que la pareja mantenía en ese sitio por seguridad.

El sonido de una llave en la cerradura la tranquilizó. Por lo visto era Douglas el que llegaba y la precaución había sido innecesaria. Cuando lo vio entrar, Mandy tuvo que reprimir el impulso de abalanzarse contra él y besarlo o darle un bofetón.

—Coño, si vas a llegar a esta hora, por lo menos avisa —gritó Mandy, saliéndose de su estilo habitual—. ¿Dónde has estado?

—En ningún sitio comprometido —respondió Douglas—. No te preocupes.

—Nos tenías con el alma en un hilo —dijo Mandy—. Las cosas no están para andar corriendo riesgos.

Douglas comprendió que Mandy exageraba. Sabía que el utilizar el plural en «nos tenías» era inexacto, y que Porter no había manifestado ninguna preocupación. Así era su carácter.

Douglas sonrió y le dio un suave beso en los labios, como de costumbre.

—Ya queda poco —dijo Mandy—. Procura no exponerte.

—Lo haré —dijo Douglas.

En su rostro se notaba la satisfacción. Había estado deambulando por el Central Park hasta llegar al sitio que llevaba marcado a fuego en su memoria. Aquel donde había tenido la última conversación con Patricia, antes que la hicieran desaparecer. No se dejó llevar por la emoción, sino por el optimismo. Un optimismo medido pero razonable, que lo hacía pensar que el momento estaba a punto de llegar en el que podría volver a encontrase con el amor de su vida. Tendría el dinero, el poder y la cólera suficiente para hacer que los captores le besaran los pies, ante el temor de ser aniquilados. ¡Cómo se la pagarían todas juntas esos hijos de puta!

—¿En qué piensas? —preguntó Mandy.

—En nada —sonrió Douglas.

—Seguro —dijo Mandy—. En nada. ¿No habrás encontrado una chica?

—No —dijo Douglas—, no te preocupes.

—¿Has cenado?

—Sí —mintió Douglas—. He comido algo en el camino. Por eso me he atrasado.

—Te prepararé algo —dijo Mandy.

Douglas la tomó del brazo, impidiéndole que se alejara y la hizo girarse hacia él.

—No —dijo con decisión—, no quiero nada. Solamente quiero irme a la cama. Contigo.

Mandy tragó saliva y lo miró con ojos llenos de dolor. Había rogado para no escuchar nunca más una frase así, y por otra parte era lo que más deseaba en el mundo.

—¿Sabes lo que nos jugamos? —dijo Mandy.

—Lo sé —dijo Douglas—. Conozco todos los riesgos y no me importan. Ahora te necesito. Y tú a mí también. Si llegamos a necesitarnos después, ya se verá.

Douglas acercó sus labios a los de Mandy y esta dejó que sus lenguas se encontraran y que sus bocas se fundieran en un beso profundo y sin trabas. Estaba todo claro.

En el dormitorio las cosas se sucedieron de forma natural y prolija. Douglas hizo correr la bata a lo largo del cuerpo de Mandy y sus sospechas de que debajo estaba desnuda se confirmaron. Mandy lo desvistió con esmero, recorriendo su cuerpo con besos tenues, hasta que ambos rodaron abrazados sobre la cama.

La primera vez, o la segunda en el cómputo general, había sido un viaje a lo inexplorado en medio de una situación enrarecida, donde nadie sabía muy bien qué estaba haciendo y por qué. Ahora, cuando las cosas se estaban aclarando y la salida de esa vida miserable que compartían estaba cada vez más cercana, la intimidad era mucho más desenvuelta. Se conocían, y solo faltaba sacar partido de esa ventaja. Sus besos eran mucho menos temerosos, sus miradas más francas, se sonreían reconociéndose mutuamente, se amaban en posiciones no experimentadas antes. Era como si estuvieran cerrando un acuerdo definitivo de convivencia, sin trabas y sin temores. El mundo, súbitamente, se había vuelto en favor de ellos y lo menos que podían hacer era celebrarlo con una buena sesión de sexo. Mañana, ya se vería.

## 14

El aire acondicionado dentro del Pontiac de los noventa que conducía Conner por las calles de Brooklyn hacia el norte, había claudicado estrepitosamente y el coche era una verdadera sauna. Bull sudaba como un marrano y las ventanillas abiertas no hacían más que aportar más humedad al ambiente. Por otro lado, la velocidad a la que transitaban no era como para originar demasiado viento.

Nadie hablaba, y no era por el calor. Cada vez que les tocaba cumplir con una misión delicada, se solían concentrar exclusivamente en llevarla a buen fin y salir indemnes del intento. Hace dos días atrás todo había andado bien, y no esperaban que hoy hubiera demasiados contratiempos. Lo importante era una buena planificación y una ejecución expeditiva. Cumplidos esos primeros requisitos, lo demás solía ser rutina.

Conner miró el reloj y decidió que todavía era algo temprano. Habían iniciado el seguimiento hacía pocos minutos y nada podía asegurar que las cosas estarían listas para actuar todavía. Decidió aparcar el coche antes de continuar hacia Manhattan y darse un poco de tiempo. Al fin y al cabo, ya sabía hacia dónde debían ir y estaba todo preparado para una retirada rápida y limpia.

Bull miró a su jefe con cara de pregunta, pero Conner lo ignoró. Solamente echó mano a su paquete de cigarrillos y encendió uno, como si el aire todavía no estuviera suficientemente viciado.

El lacayo palpó su bolsillo maquinalmente, como solía hacer cada vez que tenía alguna misión por delante. Era un reflejo que le quedaba después de una bronca monumental que le dirigió su jefe una vez que olvidó llevar su implemento de trabajo a una tarea, y hubieron de volverse sin haber conseguido su propósito con el aseo al que estaban acostumbrados.

—Vaya mierda de tiempo —se atrevió a decir Bull, a pesar que sabía que Conner no aceptaba la locuacidad cuando tenía algo gordo por delante.

Conner asintió levemente, en una muestra de comedimiento que delataba que estaba pensando en otra cosa. A veces utilizaba la presencia de Bull para hablar consigo mismo y esta era una buena ocasión.

—Las cosas nunca llegan solas o porque sí —dijo—. Si eres tonto, eres tonto y lo serás toda tu vida. Por mucho que vivas de aprovecharte de la estupidez de los demás. Vaya embaucador el que cae en las trampas más simples y no se da cuenta.

—Yo creo que debiéramos pegarle un tiro —dijo Bull, repitiendo una de sus frases favoritas.

—Este no es nuestro negocio —dijo Conner mandándole callar con un gesto—. Cuando sea yo el que decida, bien, pero ahora a hacer lo que nos pagan por hacer.

FRANCIS MOLEHORN

Bull masculló los gruñidos que solía soltar después que le negaran uno de sus pasatiempos predilectos y volvió a guardar silencio.

—Debemos darnos por afortunados por haber estado en el lugar adecuado en el momento adecuado, y haber podido establecer los contactos con nuestro amigo millonario —dijo Conner—. Quién nos iba a decir que ese imbécil se iba a meter en algo tan grande, que el solo hecho de que lo conociéramos y supiéramos que hacía, nos hubiera reportado un trabajo tan bueno como éste. Yo diría que ha sido como ganarse la lotería. Y no podemos defraudarlo.

Conner miró la hora y volvió a encender el motor. El cigarrillo ya se había extinguido y el calor seguía entrando como la antesala del crematorio. Era el momento de seguir viaje.

Cualquiera que hubiera visto a Mandy deambular por Manhattan la hubiera tomado por una ejecutiva de alguna de las firmas que tenían oficina en la zona más cara de la ciudad. Su porte señorial, su belleza madura y su atuendo, no dejaban dudas de que se trataba de una mujer distinguida y de buen pasar económico.

Cuando entró a la agencia de viajes, una suave frescura del termostato la invadió de una sensación grata que vino a reforzar su estado de ánimo. No había demasiado público y era lógico. Eran pocos los que saldrían a la calle a realizar una gestión de ese tipo con el calor infernal que hacía. Por otra parte, internet permitía arreglar todos los asuntos de viajes cómodamente desde el hogar y con una oferta mucho más amplia de la que podría ofrecer una sola instancia. En este caso, sin embargo, prefería hacerlo en persona.

La oficina era simple, llena de catálogos, folletos y carteles con ofertas de vuelos. En el centro del recinto, un joven de cabello oscuro, de facciones delicadas y ojos intensamente verdes, de largas pestañas, revisaba cosas en su ordenador. En el bolsillo de su pulcra camisa blanca llevaba una identificación con el nombre de «Jack». Al verla entrar, el joven se puso de pie instintivamente y le dio la bienvenida con una agradable sonrisa.

—Buenas tardes —dijo Mandy, devolviéndole la cortesía.

El muchacho la invitó a tomar asiento y se instaló frente a su computador dispuesto a atender sus deseos.

Seguramente la agencia funcionaba más que nada a través de la red, porque estando en un sitio bastante exclusivo no parecía tener más personal que Jack para la atención a público. «Tanto mejor», pensó Mandy.

—¿En qué puedo ayudarla? —preguntó Jack con voz cantarina.

—Estoy interesada en un vuelo —dijo Mandy, dando cuenta de la parte más obvia del diálogo.

—¿Destino? —preguntó Jack.

—México —respondió Mandy.

—Perfecto —dijo Jack, poniendo manos a la obra—. ¿Para qué fecha lo desea?

—Para relativamente pronto —dijo Mandy.

Jack la miró, a la espera de que completara la respuesta.

—Comienzos de la próxima semana.

—Bueno, eso es bastante pronto —dijo el empleado mientras comenzaba a teclear en su ordenador—. Ocho a nueve días. En esta época hay muchas reservaciones para huir de Nueva York por el clima. A ver, veamos.

Jack comenzó a teclear y su semblante no parecía indicar que estaba teniendo mucho éxito en la búsqueda. Mientras trabajaba profería unos ruidos difícilmente catalogables, pero que Mandy interpretó como de concentración.

—Mnnnf... mnnnf... Por ahora, tengo solamente uno. ¿Cuántos billetes necesita?

—Dos —respondió Mandy.

El hombre siguió en la tarea con ese gesto de ensimismamiento que proyectan los funcionarios meticulosos, para los que parece que el cliente hubiera desaparecido mientras están concentrados en su trabajo. Después de haber gastado un número considerable de mnnnfs... Jack murmuró, como hablando para sí:

—Tengo para dentro de tres semanas, mnnnf...

Siguió buscando alternativas, consciente de que le habían pedido billetes para una fecha más próxima y que no necesitaba preguntar si le servían o no.

—Aquí tengo dos para dentro de siete días —dijo de pronto con un brillo triunfal en los ojos, pero su entusiasmo se esfumó casi de inmediato—. No, son de primera clase.

—No hay problema —dijo Mandy con frialdad.

Jack recibió la respuesta con una mezcla de sorpresa y satisfacción. Efectivamente Mandy se veía como una mujer de recursos, pero no necesariamente para gastar miles de dólares en dos pasajes de avión. Pero él estaba allí para conseguir que la gente gastara miles de dólares en pasajes de avión, y si la señora quería de primera clase, pues tendría de primera clase. Quizás fuera la secretaria ejecutiva de algunos de los magnates que tenían oficina por los alrededores y aprovechó de ir personalmente a buscar los billetes durante su pausa de almuerzo. O quizás ella misma lo iba a acompañar secretamente, a espaldas de su esposa para pasar unos días en…

—¿Jack?

La voz de Mandy lo sacó de sus pensamientos.

—Sí —dijo, dando un salto—. Ahora mismo le hago la reservación. ¿Cómo quiere pagar?

—En efectivo —respondió Mandy.

Jack volvió a asentir con una expresión de complacencia.

—Veamos —dijo el empleado—, vuelo directo a Ciudad de México para dos personas, ida y vuelta…

—Solamente ida —interrumpió Mandy.

Jack quitó fugazmente los ojos de la pantalla y dijo:

—No sé si le interesará, pero si compra ida y vuelta con fecha abierta, le saldrá algo más barato si desea volver.

—No hace falta —dijo Mandy.

—Muy bien —dijo Jack—, solamente de ida.

Bien es verdad que se le había esfumado una tajada de la comisión, pero por otra parte tampoco esperaba encontrarse con una clienta tan desprendida, de modo que tomó el cambio con filosofía.

Completó el proceso de llenar los respectivos formularios con los nombres de los pasajeros y sus datos personales y, en un rapto de familiaridad, comentó con una sonrisa:

—Estoy seguro que en México hará menos calor que aquí.

—Eso espero —dijo Mandy—. Hacía años que no teníamos algo así.

—Es verdad —dijo Jack, montándose afablemente en la conversación—. ¿Van por vacaciones?

Mandy lo miró con simpatía.

—Uy —rectificó Jack, dándose una palmadita en la mejilla—, qué bobo soy. Es un pasaje de ida solamente. ¿Necesita algún servicio extra? ¿Dieta especial o algo similar?

—¿En primera clase? —dijo Mandy— No lo creo.

—Sí —dijo Jack—, tiene razón. En todo caso si se le ocurre algo, estaremos para servirla.


Bull cuidó de cerrar la portezuela lo más suavemente posible. Sabía que su jefe era muy susceptible en el cuidado de su coche de colección que, si bien no era necesariamente un clásico, lo mantenía como un tesoro porque lo había acompañado en muchas etapas de su vida y había sido testigo de su ascenso en la escala jerárquica de los bajos fondos.

La corpulencia de Bull lo hacía a veces ser incapaz de medir sus fuerzas y ya había recibido suficientes reprimendas de Conner como para caer de nuevo en el mismo error. El hecho de ser tan descontrolado lo había llevado incluso a cometer errores graves, como no saber cuándo cesar con el castigo de algún moroso hasta que no se podía mover más. Sin embargo, ese frenesí también le venía bien a veces, cuando se trataba de completar un trabajo hasta los últimos detalles. Por otra parte, su fidelidad era a toda prueba.

Habían estacionado el coche en una entrada trasera del edificio y todo estaba calculado para que la retirada fuera expedita y sin testigos. Por otra parte, su pericia para abrir puertas ajenas le permitiría entrar sin tener que encontrarse con el conserje o el portero de librea y chistera.

Caminaron parsimoniosamente sin intercambiar palabra, hasta que estuvieron en la entrada de servicio. El enorme corpachón de Bull sirvió como biombo para las actividades de su jefe, aunque el patio trasero daba a un callejón que comunicaba con la calle, y no había una vista directa de ésta. Sin embargo, nunca está de más tomar precauciones cuando se trata de un encargo de tanta responsabilidad y de consecuencias tan serias.

Las tareas se interrumpieron súbitamente con la llegada de un automóvil. Ambos hombres permanecieron hieráticos ante la posible complicación y esperaron a ver qué ocurría. Un lujoso Lexus aparcó a pocos metros de donde estaban y Conner respiró aliviado. Había llegado el momento poner manos a la obra.

Mandy guardó los dos billetes en su cartera y le extendió el dinero a Jack. El empleado lo contó esmeradamente por dos veces.

—Es el procedimiento habitual —dijo—. Cualquiera de los dos podría haber cometido un error y lo mejor es asegurarnos.

—Entiendo —dijo Mandy.

—Podría pasar incluso que me hubiera dado dinero de más —agregó Jack con una risilla atiplada.

Mandy se la correspondió con una venia y dejó que siguiera contando.

Una vez concluido el proceso, Mandy se puso de pie y se aprestó a salir. El empleado se levantó ceremoniosamente y le tendió la mano.

—Muchas gracias, señora —dijo—. Ha sido un placer hacer negocios con usted.

—Igualmente —dijo Mandy, mientras se dirigía hacia la puerta.

Al salir del ambiente acondicionado, sintió la ola de calor húmedo que la invadía, pero no alcanzó a aplacarle el entusiasmo que llevaba adentro. Las cosas estaban tomando un camino que esa flaca chica judía del coro del hotel-casino jamás hubiera imaginado. Todo lo que había invertido en su vida, todos los sacrificios, todas las privaciones, todas las concesiones que tuvo que hacer, estaban a punto de dar sus frutos. No se arrepentía de nada porque todo lo había hecho por amor. Y aquí estaba finalmente el premio.

# 15

Douglas recibió el sobre con una sonrisa que a duras penas alcanzaba a disimular la excitación que sentía por dentro. En ese momento se le volvieron a pasar por la cabeza todas las cosas con las que había venido fantaseando desde que comenzó esta aventura, y que finalmente se habían hecho realidad. Por una vez se congratuló de haber sido el obseso libidinoso de siempre y haber sucumbido a la tentación de quedarse a averiguar qué podría querer de él esa muchacha de las prodigiosas tetas. Por cierto, ni en los sueños más antojadizos podría haberse imaginado que, lo que pensó como una gratificación efímera para los ojos, se transformaría en un billete a la felicidad. No era exactamente la felicidad con la que dejó correr la imaginación en el momento del primer encuentro con Alice, pero sí una mucho más fuerte y más duradera.

Después de cumplido el sobrio ceremonial de la entrega de los billetes, Alice tomó asiento al lado de Leo, y Douglas ocupo el sofá frente a ellos. La primera visita a ese apartamento, hacía varios días, había sido un salto al vacío y una concatenación de confusiones y sorpresas que amenazaban con dar al traste con cualquier plan que se pudiera elaborar a partir de allí. Ahora, con las cosas claras y el dinero en el bolsillo, todo se veía tan prístino y brillante como el diamante más costoso del mundo.

A todo eso se había sumado en el balance de Douglas, el hecho de haber aprendido un oficio —el de médium—, el haber colaborado en un acto de caridad humana timando a un cabrón como Myron, y el haber comenzado una bella relación con Mandy, que más allá de lo que ocurriera con el resto de sus expectativas, contaba con que persistiera por mucho tiempo.

Leo estiró la mano para coger el vaso de wiski que reposaba en la mesilla.

—Jeff —dijo, después de dar un sorbo—, ha sido un auténtico placer hacer negocios contigo.

Douglas sonrió con la suficiencia que ya le había dado el haber sido tan exitoso en una tarea para la cual no tenía la más remota preparación y que debió ir construyendo sobre la marcha.

—Gracias. Para mí ha sido muy grato también.

—Ahora, cuéntanos —intervino Alice— ¿cómo pudiste saber tantas cosas sobre mi padre? El viejo estaba impresionadísimo con tus poderes.

Douglas respiró hondo, haciéndose el remolón para su respuesta.

—Porque —insistió Alice— ¿cómo pudiste saber sobre esa mujer en Canadá? Nosotros no te dijimos nada de eso. Yo no tenía idea de eso, pero mi padre se quedó helado cuando la mencionaste. ¿De dónde la sacaste?

Douglas sonrió, mientras seguía acariciando el voluminoso sobre que sostenía en sus manos.

—Hay cosas que no puedo explicar —dijo—, cosas que están más allá de mi capacidad de razonamiento.

Las caras de escepticismo de la pareja lo convencieron instantáneamente de que por ese camino no llegaría a ningún sitio.

—En realidad —aclaró Douglas—, es un secreto profesional.

Leo asintió casi con simpatía ante un timador que todavía tenía la desvergüenza de reconocerlo, aunque fuera solapadamente.

—Pero esa información tienes que haberla sacado de alguna parte —dijo Alice, totalmente indiferente a los manifiestos deseos de Douglas de no seguir tocando el tema.

—Me temo que esa también es información confidencial —dijo Douglas.

—Bien —dijo Leo—, dejémoslo. Has hecho un trabajo espectacular y da igual cómo lo has conseguido. Tus honorarios te los has ganado con creces.

El timbre de la puerta vino a interrumpir la conversación. Alice y Leo se miraron extrañados. Al parecer no esperaban a nadie y en un edificio tan exclusivo y tan celosamente custodiado, era difícil que alguien llegara hasta su departamento sin que antes hubiera pasado por el cedazo del conserje, y éste les hubiera avisado que tenían visita.

Leo se levantó y se dirigió a la puerta.

Pasaron pocos segundos antes de que se oyera el seco chasquido que hizo que el cuerpo de Leo saliera despedido como un muñeco de trapo, con su frente chorreando sangre a borbotones desde el agujero por donde entró la bala. El silenciador había opacado el sonido casi en su totalidad y eso hizo que la reacción del cuerpo, ya sin vida antes de tocar el suelo, fuera todavía más impresionante para quienes la presenciaban.

Douglas vio llegado su último momento, sin saber exactamente por qué. No tenía tiempo para pensar y le daba igual qué podía haber llevado a ese orangután al servicio de Conner a asesinar a sangre fría a ese pobre desgraciado, pero obviamente si se ponía a buscar razones, encontraría muchas más para temer su propia ejecución.

Alice no había conseguido sofocar un grito de horror, y miraba el cadáver, sin poder creer lo que estaba viviendo. Se había arrodillado al lado de Leo y le acariciaba el rostro, sollozando incontrolablemente.

—Conner, espera —gritó Douglas, en un arranque de audacia—. Aquí tengo tu dinero.

Cogió el sobre y se lo extendió al hombre.

—Además puedes tener mucho más todavía. Créeme, es el golpe del siglo. Te puedo conseguir el doble… el triple de lo que hay aquí, te lo aseguro.

—No te canses, muchacho, que no te va a resultar —dijo Conner, con esa semisonrisa de superioridad de aquel que sabe que tiene su vida en tus manos.

Más allá de la horrenda impresión de ver asesinar a un ser humano delante de él, Douglas enfrentaba su destino con la conciencia de que todas sus perspectivas se derrumbaban. Que los sueños no habían sido más que eso y que su vida estaba pasando ante sus ojos a una velocidad vertiginosa, aunque no lo suficientemente rápido como para no darse cuenta que la había despilfarrado. Y ahora que creía que podría haber llegado a sentar cabeza, tenía la seria sospecha de que esa cabeza estaba a punto de ser perforada también por la bala de una Beretta 92.

En un acto de desesperación, intentó jugar su última y única carta.

—Si me matas —dijo— estarás matando la gallina de los huevos de oro, Conner. Yo soy el único que te puede conseguir más dinero de este.

Una voz conocida sonó desde la puerta:

—¿No cree que está siendo algo derrochador con mi dinero, joven?

La desagradable voz de Myron se elevaba ante el ruido de fondo de los sollozos de Alice, que se repetían monótonamente, como una letanía.

—Sí —dijo Myron, dirigiéndose a su hija—, ahora llora —y poniendo voz de predicador citando la Biblia, agregó—: «Pues tú eres una ramera con muchos amantes, y sin embargo, vuelves a Mí -declara el SEÑOR. Alza tus ojos a las alturas desoladas y mira: ¿dónde no te has prostituido?»

Las palabras no eran desconocidas para Alice. Las había escuchado con frecuencia hacía mucho tiempo, siendo una niña, y recordaba a su madre, llorando desconsolada al oírlas. La cita del Libro de Jeremías increpando a las mujeres que habían buscado otros amores luego de divorciarse de sus maridos, retumbaban como el preludio de la tragedia que se avecinaba. El resto del discurso tampoco se diferenciaba demasiado de aquel que debió soportar la madre de Alice pocos días antes de su trágica muerte.

179

Myron continuó con su odioso discurso mientras Alice se secaba las lágrimas con el revés de su mano.

—Ahora lloras. Primero me rompes el corazón solamente para quedarte con mi dinero. ¿Qué pretendías con el poder general? ¿Declararme insano? ¿Internarme en un asilo hasta que me fuera al Infierno? ¿Y mientras tanto tirarte a todo lo que se moviera? ¿A cuanto cabrón encontraras en tu camino, como éste?

Myron señaló a Douglas. Su voz no se había alzado durante toda su perorata hasta el momento en que llegó a referirse a él, por lo que presumió que una de las cosas que más le molestaba era la posibilidad de que se hubiera acostado con su hija. Teniendo en cuenta que esa era una de las poquísimas cosas de las cuales no se le podía acusar, Douglas decidió intervenir.

—Myron —dijo—, le aseguro que…

—¡Señor Santuzzi para ti, hijo de puta! —interrumpió Myron.

Bull, acostumbrado tal vez a reaccionar con violencia cada vez que su jefe o su empleador circunstancial levantaban la voz, le depositó un puñetazo en el plexo a Douglas que le quitó el aliento y las ganas de seguir hundiéndose todavía más en el despeñadero en que se encontraba. Rodó como una pelota, luchando por llevar algo de aire de sus pulmones.

Alice se levantó con sus ropas ensangrentadas y los ojos llenos de lágrimas para intentar evitar más tragedias.

—Papá —dijo entre sollozos—, él no tiene nada que ver con esto. Solamente es un adivino. No sabía lo que estábamos haciendo.

El rostro de Myron se transformó en una mueca sarcástica.

—¿No? —dijo— ¿Un adivino, y no sabía lo que estabais haciendo? Tiene que ser muy bueno en la cama para que estés arriesgándote a defenderlo.

Entre toses e hipidos de desesperación, Alice consiguió responder a la acusación:

—Nunca tuve nada que ver con él.

Douglas, luego de haber recuperado el aliento, se vio obligado a responder a la lealtad de Alice con su propio aporte:

—Es verdad, señor Santuzzi, nunca tuvimos nada que ver en lo personal. Ella es simplemente una clienta.

Y después de haber aclarado esa parte, Douglas vio llegado el momento de destapar toda la charada.

—No soy adivino —dijo—. No tengo poderes extrasensoriales.

—Por supuesto que eso lo sabía —dijo Myron.

Douglas había comenzado a hablar con toda la humildad a lo que lo obligaba su predicamento, pero con el correr de la conversación, en su cabeza se fueron acumulando datos que abrían la posibilidad para otra línea de defensa. Por cierto que su situación era extremadamente precaria, pero Myron era susceptible de ser presionado y Douglas tenía, o creía tener, las herramientas precisas para llevarlo a cabo. Armándose de las últimas gotas de presencia de ánimo que le quedaban, dijo en tono decidido:

—Y, por supuesto, usted sabía también cómo podía yo saber del asesinato en Pasadena si no soy vidente.

El rostro de Myron no manifestó ninguna emoción, ni siquiera curiosidad.

—Tiene que haber sabido —continuó Douglas— que tiene que haber alguien detrás que sabe acerca de eso y todavía no ha hablado.

La ausencia de reacción por parte de Myron, envalentonó a Douglas a seguir adelante con su poco disimulada amenaza, el último recurso que encontró para salvar la vida.

—Y si esa persona —dijo Douglas— fue capaz de compartir su secreto conmigo, seguramente estará muy molesta si algo me llegara a pasar.

El silencio que se produjo no auguraba nada bueno. Era más que evidente que las bravatas de Douglas no impresionaban en absoluto Myron, y si había sido capaz de ordenar la muerte a sangre fría de un hombre, no dudaría en volverlo a hacer. Y el servil Conner y su todavía más servil Bull parecían más que deseosos de cumplir con las órdenes correspondientes.

Los gemidos de Alice se habían atenuado y convertido en sollozos roncos, con suspiros cortos y rápidos, como si le faltara el aire. El cuerpo de Leo se desangraba a su lado, y Conner, más acostumbrado a ese tipo de escenas que el resto de los presentes, y sin tener más que un compromiso laboral con el asesinato, creyó prudente dirigirle una mirada de pregunta a su empleador.

—¿Señor Santuzzi? —dijo.

—Sí —respondió Myron—, llévatelos.

# 16

Cuando Douglas recobró la conciencia, sentía la boca como si hubiera estado masticando tiza. Los golpes de Bull eran devastadores y en algún momento temió que le hubiera quebrado la mandíbula. Lo que sí podía dar por seguro es que había perdido algunos dientes y a eso se debía la extraña sensación.

Cuando lo sacaron del apartamento, junto con Alice y lo metieron a ese vejestorio que Conner trataba con el mimo de quien tiene un Maserati que además es un recuerdo de familia, Bull lo mantenía encañonado, y así permaneció durante todo el camino. No tomaron ninguna precaución para evitar que se diera cuenta hacia dónde iban, y ese detalle se sumó al resto de sus preocupaciones. Según su experiencia indirecta de las reglas del hampa, eso podía significar perfectamente que el viaje era sin retorno y que no valía la pena preocuparse de tomar providencias para que Douglas no los pudiera delatar en el futuro.

Otra cosa que le llamó la atención fue la de ver a Alice sentada al lado de Conner, todavía consternada por lo que había dejado atrás en el apartamento. Pensó que lo lógico era que se fuera con su padre y no que acompañara a esos maleantes a un destino desconocido, y más aún cuando tenían la tarea de llevarlo al lugar donde, presumiblemente, se llevaría a cabo otro asesinato: el suyo. Douglas ya tenía suficientes cosas en qué pensar, de modo que concluyó sus elucubraciones aceptando la razonable teoría de que Myron no quiso llevarse a la chica en el Lexus para que no le manchara el tapiz con sangre. Posiblemente la irían a dejar una vez que lo hubieran dejado en su lugar de reclusión. O de ejecución.

Por lo que se refería a su propio futuro, temía que estaba a punto de llevarse un escarmiento, aunque no le fueran a dar demasiado tiempo para arrepentirse o para sacar algún provecho de la experiencia. El hecho de que no lo hubieran liquidado en el sitio mismo, como hicieron con Leo, no significaba en absoluto que su destino fuera a ser muy diferente. Y lo que temía es que fuera todavía peor.

Llegaron a un sitio en los extramuros de la ciudad, que quedaba en la parte trasera de algo que podría haber sido un garaje pero que había dejado de cumplir esas funciones hacía bastante tiempo. En el fondo de la habitación principal había una viga de madera que iba desde el techo hasta el piso. Del cielo colgaban unos ganchos que parecían ser de una carnicería más que de una reparadora de automóviles. El mobiliario era casi inexistente, y estaba compuesto solo de algunas sillas astrosas y una tosca mesa de carpintería en la que había algunas herramientas y una pequeña caja de metal, con un dial y una rueda, conectada a un transformador enchufado a la pared.

Douglas había mantenido las manos libres durante todo el trayecto. Sus captores confiaban en que fuera lo suficientemente razonable como para no intentar nada con una Beretta con silenciador pegada a sus costillas. Al entrar al garaje, sus opciones no habían aumentado demasiado, y estaba claro que cualquier movimiento no haría más que adelantar su muerte.

Cuando salió de su estado inconsciente, producto de los golpes, pensó que el haber adelantado su muerte tal vez no hubiera sido una mala alternativa, después de todo. Al llegar, lo habían desnudado y amarrado de pies y manos a la viga, con las muñecas detrás de su nuca y los pies sujetos en posición de crucifixión. No parecían tener la intención de preguntarle nada. No esperaba respuestas de ninguna clase. Solamente lo golpeaban, especialmente Bull con los puños, aunque Conner intervenía también de vez en cuando azotándolo con una porra que parecía de caucho pero debía tener un interior muy sólido por el efecto que causaba.

Douglas supuso que era una primera fase de ablandamiento para tenerlo más dispuesto a cooperar cuando comenzara el interrogatorio. De hecho no esperaba otra cosa con más ansias que comenzaran a preguntarle cosas para poder contarlo todo, pero el momento no llegaba.

El puñetazo de Bull que lo hizo temer por su quijada fue, paradójicamente, el que lo liberó temporalmente del martirio. Perdió el conocimiento y recordaba haber soñado, o quizás esa haya sido una alucinación posterior.

Rememoraba el encuentro en Central Park con Patricia, esa imagen que tantas veces lo había salvado de la depresión y le había devuelto la esperanza de mejorar su existencia y comenzar a vivir de verdad. La voz de su novia perdida le llegaba como el susurro de su ángel salvador. La conversación era la misma que recordaba, palabra por palabra, pero las circunstancias hacían que la viera con ojos totalmente nuevos.

—¿Doug? —decía Patricia.

—¿Sí? —decía Douglas.

Patricia guardaba silencio como buscando las palabras para continuar.

—¿Qué? —insistía Douglas.

—¿Cuál es la cualidad que más admiras en una persona? —decía Patricia.

Douglas tenía que pensarlo, aunque no demasiado. Su vida le había enseñado a reconocer y apreciar valores para poder llevar la vida de riesgo que llevaba.

—¿Lo que más admiro en una persona? La lealtad.

Patricia lo miraba algo confusa.

—¿La lealtad? ¿Por qué lo dices?

—Porque tú me lo preguntaste —respondía Douglas con una sonrisa sarcástica.

Los recuerdos de esa conversación eran invariables y le llegaban cada vez que su alma no podía más con el peso. Ahora no solamente era su alma sino también su cuerpo, y los términos del diálogo, por alguna razón que no alcanzaba a comprender, tomaban connotaciones que antes no había considerado. Douglas seguía soñando, o recordando.

—¿Y qué es lo que tú más admiras de una persona? —decía Douglas.

En ese momento, Patricia ya no se mostraba tan interesada en seguir el juego, pero al parecer consideraba que no era honesto el no completarlo.

—No lo sé —decía—. Personalidad, ingenio, belleza...

Douglas recordaba la risa chispeante de su novia cuando le daba su respuesta:

—No sabía yo que era tan bueno.

—Realmente no lo eres —respondía Patricia, siguiendo la broma.

Las articulaciones de todo el cuerpo de Douglas le volvían a doler hasta resultar insoportable. Su única escapatoria era seguir pensando en la escena aunque cada vez conseguía concentrarse menos. Aún así no quería perderse la escena del beso. El final al que cada vez que evocaba la anécdota quería llegar. No había sido un beso completo pero sí muy tierno. Patricia jamás hubiera aceptado besos franceses y menos en la vía pública hasta que su relación se hubiera regularizado, y tanto Dios como la sociedad no tuvieran ninguna objeción para sus efusiones.

Un fétido olor a aceite de máquina, mezclado con carne quemada, lo trajo de vuelta a la realidad y temió que se le descompusiera el estómago. El dolor era horrendo y cualquier movimiento lo incrementaba todavía más.

Cuando recobró la conciencia estaba tendido en un camastro, y el contacto de su machacado cuerpo con la tosca estera que cubría el catre a modo de colchoneta le causaba un padecimiento difícilmente soportable. Sintió cómo un pañuelo le pasaba por la frente suavemente, intentando quitarle el líquido que la inundaba, que en un principio pensó que era transpiración, pero en realidad era sangre.

Con el único ojo que fue capaz de entreabrir por la hinchazón, reconoció la figura de Alice. Estaba frente a él, sentada en el camastro y mirándolo con angustia. Sus labios se movían y su boca emitía sonidos parecidos a palabras, pero Douglas no fue capaz de entender qué decía. Tampoco le interesaba demasiado. Sus esfuerzos se concentraban exclusivamente en sobrevivir el tormento. Si bien lo que interpretaba como un gesto de ternura por parte de Alice, era bienvenido en medio de todo ese horror, tampoco podía darle demasiado crédito a esa muchacha manipuladora y ambiciosa que, al fin y al cabo, era la que lo había puesto en esta situación.

Después de varios intentos, y a medida que la somnolencia de Douglas se iba disipando, comenzó a percibir lo que Alice decía:

—¿Me escuchas?

Douglas solamente atinó a asentir con un movimiento de cabeza lo suficientemente tenue como para no causarle más dolor de cuello. Fijó la mirada en el compungido rostro de la muchacha y vio que todavía seguía llorando. Esta vez, sin embargo, presumió que no era por su asesinado marido sino por él.

—Douglas —dijo Alice con un hilo de voz—, tienes que hablar con ellos, tienes que decírselo todo. Por favor. Ya todo acabó. Detén el sufrimiento. Por favor.

La voz de Alice sonaba tan sincera para Douglas como la primera vez que la escuchó decir que quería tomar contacto con Leo. No había que esforzarse demasiado para despertar las suspicacias de un granuja como Douglas, que conocía todos los métodos de engaño existentes, y varios por inventar, y ahora no podía haber más razones para pensar que se trataba de una encerrona más.

Lo que lo hacía dudar, sin embargo, era que la chica ignorara que no había habido interrogatorio alguno, sino que se habían dedicado a golpearlo salvajemente sin pronunciar palabra. Obviamente no había estado presente en el momento de la tortura, pero eso no quería decir que no hubiera un plan conjunto para tirarle la lengua por algo, aunque no hubieran hablado de los métodos exactos para lograrlo.

—¿Quién te dijo lo de esa mujer? —continuó Alice— ¿Esa mujer en Canadá? ¿Era alguien a quien conocías? A mí puedes decírmelo.

Douglas creyó comprender. De eso se trataba. Estaban ablandándolo para lograr sacarle algo sobre esa misteriosa muerta en Pasadena, y ahora que lo habían zurrado hasta casi matarlo, ese misericordioso ángel de compasión venía a tratar de liberarlo del martirio.

La única reacción de Douglas fue la de soltar un grito donde mezclaba el dolor con la ira que sentía. Tenía ganas de matar a alguien cuanto antes, y si tenía que ser esa mujer, lo haría. No podía decir que lo había decepcionado porque jamás esperó nada de ella, ni ese fue nunca el trato, pero que lo tomaran por retardado mental después de todo lo que había pasado, estaba demasiado más allá de lo que podía soportar.

La reacción de Alice no fue de temor ni de sorpresa. Solamente se quedó quieta, mirándolo, y volvió a pasar su pañuelo por su frente, esperando que se calmara. Parecía no atreverse a tocar el resto de su cuerpo para no causarle más dolor, pero en el fondo de sus ojos, Douglas intuía que eso era lo que deseaba. «Vaya vidente», pensó. Le resultaba imposible ponerse de acuerdo consigo mismo sobre qué pensar de aquella sospechosa samaritana que se apiadaba de él en medio de la barbarie.

El timbre de una desagradable vocecilla vino a ratificarle algunas cosas.

—No te cree, cariño —dijo Myron desde la puerta.

Estaba acompañado de Conner y de Bull, y su semblante reflejaba una arrogante satisfacción. Alice dio vuelta la cabeza hacia su padre con expresión de desprecio.

—No te cree, y tiene toda la razón —continuó Myron—. Tiene todo el derecho a pensar que te hemos enviado para sacarle una confesión.

La voz de Myron se tornó más áspera cuando agregó:

—Él sabe que eres una puta ambiciosa y traicionera. Nunca te dirá nada.

Douglas lamentó no haber disfrutado de ese breve momento de calor humano por sospechar de quien se lo brindaba, y comprendió que sus recelos habían sido infundados. Alice realmente pensaba que lo habían interrogado, y quería ahorrarle más dolor.

Sin moverse de su sitio, la muchacha se dirigió a Myron con todo el odio que parecía venir guardando dentro de su ser, desde siempre.

—Seguro —dijo—, yo soy una puta. Y mi madre también lo era ¿verdad? Y esa es la razón por la que tuvo que morir ¿verdad? Porque asesinar está bien cuando se violan los sagrados vínculos del matrimonio. En caso que la transgresora se la mujer, por cierto. Pero tú eres un hombre. Un hombre lo puede hacer todo. Tú puedes follar chicas más jóvenes que tu propia hija, pero yo soy una puta ¿verdad?

Myron no mostró emoción alguna ante las palabras de su hija. Con toda la frialdad del mundo, sonrió ligeramente y dijo:

—¿Has terminado?

Alice estaba lejos de haber terminado y parecía dispuesta a echar fuera todo lo que le tenía guardado a su progenitor desde hacía mucho tiempo. Por su parte, Myron claramente contaba con que Douglas no saldría vivo de ese lugar y no parecía preocuparse por que oyera la diatriba de su hija.

—Mi madre nunca te engañó —continuó Alice—. La hiciste matar por nada, igual como estás matando a este hombre por nada. Solamente para sentirte poderoso, ahora que tu hombría no es suficiente para satisfacer a nadie. Ni a Helen…

La expresión de Alice se desencajó y su voz sonó como el último estertor de un león moribundo cuando dijo:

—¡Ni siquiera a mí! ¡Vaya un violador patético incapaz de que se le ponga dura!

Su instinto de primate hizo que Bull mirara a Myron a la espera de la orden para hacer callar a esa jovenzuela insolente, pero esta no llegó. Mirando a su hija con desdén, el magnate dijo:

—Pierdes tu tiempo. Nadie escucha tu mierda. Además, tus esfuerzos desesperados por salvar a tu amante son inútiles. Ya sé quién le dio la información.

Él no sabe nada que yo no sepa. Lo único que estoy haciendo es darle una lección de ética.

Myron se dio vuelta hacia Bull y le ordenó:

—Llévatela de aquí.

Y con tono de reproche, agregó:

—Y procura que no se te pierda de vista de nuevo.

El gigantón se acercó a Alice y la cogió del brazo con más delicadeza de la que se podía esperar de un orangután. La muchacha no opuso resistencia, consciente de que estaba a merced de bestias que podían decidir entre su vida o su muerte, y de que, por otra parte, cualquier intento por tratar de evitar ser arrastrada hacia afuera por la fuerza era infructuoso.

Douglas recibió la revelación de la verdadera intención de Alice con sentimientos contradictorios. Por una parte, se alegró de terminar sus días habiendo encontrado un alma honesta, aunque lamentó tener que hacerlo precisamente antes de terminar sus puñeteros días.

## 17

Alice caminó por un estrecho corredor, acompañada por el gigantón, hasta que llegaron a una puerta que daba a un cuarto igual de sucio que el resto de las instalaciones, que parecía ser el lugar de esparcimiento de los mecánicos que alguna vez cumplieron funciones en ese recinto. Olía a encierro y estaba claro que no habían hecho el aseo en mucho tiempo. La pared tenía como ornato solamente un calendario y algunas fotos de chicas desnudas, sacadas de Hustlers de hace varios años atrás. Había un escritorio con toda clase de papelería y uno que otro utensilio de uso en mecánica de automóviles, un sillón de oficina y un camastro.

Bull le indicó a Alice que se sentara en la precaria cama, mientras él hacía rodar el sillón y se instalaba enfrente. Al parecer su tarea era la de mantenerla controlada hasta recibir una nueva orden. Con ello, cualquier posibilidad de salir de allí quedaba totalmente descartada. El orangután ni siquiera había tomado la precaución de cerrar la puerta.

Allí se quedó Alice, quieta y muda. Eran demasiadas las cosas que habían ocurrido en las últimas horas:

la muerte de Leo, el secuestro, el futuro incierto. Y además las torturas infligidas al médium, ese pobre granuja al que ella había involucrado en su trama y que ahora estaba a punto de terminar su vida sin haber podido gozar de ninguna de las recompensas prometidas. Se sorprendió de estar pensando en los demás con tanta empatía, en circunstancias que la identificación con sus semejantes nunca había sido una de sus características más notables. Había vivido para aprovecharse de lo que tenía y hacer que los demás le sirvieran para sus propósitos, cualesquiera que fueran.

Ahora veía delante de ella la versión exacerbada de su egoísmo y de su falta de escrúpulos, representada por su padre, al que toleró mientras fuera en su beneficio, y especialmente en ese delincuente que éste había tomado a su servicio. Antes de comenzar a sentir desprecio por sí misma, y echando mano a ese lado más pragmático de su personalidad, que la había llevado tan lejos, Alice se sacudió los malos pensamientos y comenzó a carburar la manera de salir de donde estaba y, de ser posible, de ayudar a otros, aunque esta no fuera normalmente la primera prioridad.

Por cierto que era solamente una idea. Las cosas se veían muy difíciles. Bastaba una mirada al antropoide que tenía delante para hacerla perder toda esperanza. En todo caso, su actitud había cambiado, porque se había forzado a hacerlo. Ya no servía llorar ni lamentarse. Las lágrimas habían dejado paso a una angustia de otro tipo. Tenía que pensar rápido para, al menos, dejar este mundo con la conciencia de haber hecho algo bueno en medio de tantos despropósitos.

Miró a Bull, que la observaba con una sonrisilla bobalicona, pero sin un propósito definible. Era como ese idiota que te clava la vista en el metro, simplemente porque no te la puede quitar de encima y concentrarse en otra cosa, totalmente inconsciente de la imagen de capullo que está dando. Solamente una guasa de la naturaleza hacía que de las comisuras de Bull no corriera una línea de baba, pero la expresión era exactamente la apropiada para que eso sucediera.

—¿Puedo tener un poco de agua, por favor? —dijo Alice.

—No —respondió Bull, sin cambiar la sonrisa—. Lo siento.

Estaba claro que cumplía órdenes y que ya había cometido un serio error como para poder permitirse muchos más. Cuando quedó a cargo de Alice después que Douglas fue conducido al cuarto para que se repusiera de la golpiza, Alice consiguió escabullirse y entrar a la habitación del joven a secarle el sudor y rogarle que hiciera todo para salvar la vida. Seguramente Bull se ganó una buena regañina por haberla perdido de vista, y ahora no quería dar lugar a ningún problema más.

Algo en el semblante de Bull, semejante al del cachorro que acaba de cagarse en la alfombra y no se atreve a decir palabra hasta que el amo tome alguna decisión, le dijo a Alice que había una compuerta abierta para una posible estrategia.

La sonrisa que Alice dirigió al mocetón fue tan inesperada como si le hubiera lanzado un martillo. Bull la devolvió con timidez y la chica comprendió que lo estaba llevando a su terreno.

—¿Cómo te llamas? —preguntó Alice.

—Bull —respondió el hombre—. Es decir, me dicen Bull, pero mi nombre es Isidoro. Pero me dicen Bull.

El nivel del diálogo era el previsto y Alice recibió la respuesta con optimismo. Para continuar la conversación en términos similares, preguntó:

—¿Y por qué te dicen Bull?

—Porque soy fuerte —respondió Bull, sonriendo orgullosamente y sin intuir siquiera que la pregunta era totalmente obvia—. Fuerte como un toro. Por eso me dicen Bull.

Alice volvió a sonreír y comenzó a examinar el estado en que había quedado su ropa después de todo lo pasado. Se alegró de que en la habitación no hubiera un espejo, pero confiaba en que incluso en el estado lamentable en que se encontraba podría ser capaz de ganar la atención de una persona tan simple como el mocetón.

Cogió la falda de su blusa y la estiró para ver en qué condición estaba. El movimiento le permitió también hacer descender el escote de la prenda hasta mostrar el nacimiento de aquello por lo que cualquier hombre hubiera dado más de algo. Al parecer Bull no, porque su reacción fue mucho más sensible de lo que se podría esperar en un hombre de las cavernas.

—Está llena de sangre —dijo.

—No es mía —dijo Alice— consciente de lo innecesario de la aclaración.

Mal que mal, Bull había sido el autor del disparo que había acabado con la vida del que derramó la sangre en su ropa, pero Alice lo tomó como excusa para seguir jugueteando con su camisa y ver hasta dónde llegaba el poder de concentración de su captor.

—¿Hay un lavabo por aquí? —preguntó Alice.

—No lo sé —dijo Bull—, no vengo a menudo.

Alice continuó reflexionando mientras examinaba su ropa.

—Creo que tendría que dejar que se secara, ¿no crees?

Bull asintió con la misma expresión de estupefacción que habría tenido si hubiera abierto un libro de mecánica cuántica en rumano, pero su atención se concentró rápidamente en otras cosas. Alice se desabotonó cuidadosamente la blusa, dejando ver su sujetador negro y su pecho marcado por las manchas de la sangre de Leo, o quizás de Douglas.

Dejó que su dedo recorriera su pecho, e incluso lo aventuró brevemente hacia los interiores de su sostén, con la excusa de investigar hasta dónde se habían extendido las manchas.

—¿Tú crees que esto saldrá? —preguntó a Bull.

El hombre sacudió la cabeza manifestando su ignorancia en el tema con la mayor de las sinceridades, pero Alice aprovechó para malentenderlo y acercarse a él.

—¿Crees que no? —dijo, casi sentándose en sus rodillas para permitirle una mejor visión.

Aquella mole de músculo y grasa obviamente no estaba acostumbrada a este tipo de acercamiento, y su reacción fue la de un imberbe incapaz de tomar una decisión. Alice pensó que Conner lo debió haber amaestrado para convertirlo en una máquina de cometer crueldades a su servicio, pero sin dejarlo salir de su vera a tomar contacto con el mundo. Al menos no lo suficiente como para enfrentar una situación como ésta.

—Ya está seca, mira —dijo Alice.

Cogió la mano del mastodonte y tomando uno de sus rugosos dedos lo guio por su pecho, haciéndole recorrer los coágulos que ya se habían pegado a su carne.

—Tendré que frotar bastante para limpiarlo —dijo Alice, como pensando en voz alta—. Lástima que no haya un lavabo por aquí porque me podrías ayudar. Con tu fuerza lo podrías quitar fácilmente.

Bull estaba capeando un bombardeo de nuevas experiencias todo lo bien que su precario intelecto se lo permitía. No es que no supiera lo que era una mujer, un acto sexual o una seducción, pero su experiencia se basaba exclusivamente en encuentros fugaces con algunas de las damas de alterne de los locales donde Conner llevaba sus negocios, y nada más.

Esto, sin embargo, era totalmente nuevo. Una chica de buena familia, de la que lo único que podía esperar era indiferencia o desprecio, aún cuando su vida estuviera en sus manos, se le estaba insinuando descaradamente, y para eso no encontraba respuesta, más que su sonrisa bobalicona congelada en su cara.

Bull pensó —si aquello que le deambulaba por el cerebro se podía calificar de pensamiento—, que quizás la coquetería no era tal y que la gente de las clases altas era lo suficientemente pragmática como para solicitar su asistencia con toda naturalidad y sin segundas intenciones. Pero el sentir en la punta de su índice la suavidad de ese busto majestuoso, hacía que toda consideración pasara a segundo plano.

Alice sentía claramente para dónde estaban yendo las cosas, y cada vez más estaba convencida de que estaba ganando poder ante ese individuo que tenía la fuerza y la frialdad para matarla de un solo golpe, si así le fuera ordenado. La muchacha sintió cómo Bull empezaba a rugir sordamente, y comenzó a concentrarse en pensar una manera de sacar provecho de ese momento.

Desde el otro lado de la puerta llegaban sonidos que delataban sin dejar lugar a dudas la tragedia que se estaba viviendo. Los gritos de Douglas, proferidos con una voz irreconocible, que no era humana, le causaron un escalofrío de terror y un sollozo que no pudo reprimir. Bull no entendía bien a qué se podía deber y no lo interpretó como una reacción que tuviera que ver con algo distinto a lo que se estaba llevando a cabo en ese cuarto. Alice hizo un esfuerzo por controlarse para no estropear lo ya conseguido, a pesar de lo que le costaba ignorar esos gemidos desesperados de un hombre que estaba a punto de morir.

Las lágrimas no cesaban de fluir, y no había manera de contenerlas, pero Alice conseguía seguir sonriendo y eso era suficiente para mantener a Bull interesado. Recorrió la habitación con la mirada, como si estuviera examinando los riesgos de ser sorprendidos en una situación indecorosa, y el mocetón se tragó esa opción limpiamente. Ya estaba comenzando a hacer cálculos para pasar un momento agradable con su prisionera, y esa curiosidad que la chica demostraba por su alrededor, la interpretó como un preparativo para conseguir la máxima privacidad.

Alice se alejó de Bull y se sentó en el borde del escritorio. Su inspección había dado resultado. El hombre se puso de pie y la siguió a suficiente distancia para prevenir que a la muchacha se le ocurriera alguna tontería e intentara escapar. Después de todo, el escritorio estaba cerca de la puerta, y la puerta estaba abierta. Aunque no lo estuvo por mucho tiempo. Alice estiró el pie y la cerró de un golpe. Ella misma estaba cerrando la jaula en la que la tenían prisionera, y eso llevó a que a Bull ya no le cupiera duda alguna de que las cosas iban por el buen camino.

Se quitó la blusa ensangrentada y la lanzó sobre el camastro. Bull tragó saliva y se acercó a su presa, ya confiado en que lo que suponía era cierto y que no le traería mayores problemas con su jefe, si la chica, como parecía, estaba tan interesada como él.

—Espera —ordenó Alice—. No te acerques. Mírame.

Bull se detuvo y se quedó esperando con los ojos fijos en la muchacha y con una sumisión canina.

Alice echó las manos a su espalda y se soltó el broche del sujetador. Su mano izquierda se deshizo parsimoniosamente del sostén, dejando al descubierto esos pechos memorables para regocijo y distracción de su captor, mientras la otra mano palpaba disimuladamente la superficie de la mesa que ejercía de escritorio, llena de papelería inservible y de herramientas de mecánica de automóviles.

# 18

Douglas sintió como si mil puñales se hubieran clavado en su cuerpo y ni siquiera atinó a ponerse tenso. Un alarido salió de sus labios y su desesperación duró hasta que Conner decidió volver a girar la perilla hasta el cero y el golpe eléctrico cesó.

Tenía cables adheridos a los pezones y a los genitales, y cada azote de corriente era una forma de morir de nuevo. Aunque en este caso no tenía esa suerte. Seguía vivo y el tormento se reproducía una y otra vez. Pensó en el Infierno y en aquella leyenda en la que tanto dudaba, de la gente sufriendo el castigo eterno, quemándose sin pausa a pesar de que era humanamente imposible que eso sucediera sin que el cuerpo se terminara carbonizando. Sin embargo, quienes inventaron el horrendo castigo no conocían todavía las propiedades de la electricidad y Douglas estaba comenzando a experimentar en carne propia la posibilidad de que existiera un tormento eterno para pecadores.

Su primera reacción, como la de muchos desesperados, fue la de encomendarse a Dios, a ver si, por lo menos, el suplicio no se seguía reproduciendo después de muerto y esta vez sí por toda una eternidad. Méritos suficientes había hecho en vida como para temer que Dios lo relegara a los dominios del maligno. Sin embargo, a pesar de que el dolor no le permitía demasiadas reflexiones, alcanzó a recordar lo que alguna vez leyó sobre la "apuesta de Pascal", la de declararse creyente en Dios aunque no estuviera convencido de su existencia. Si Dios no existe, todo sigue igual, pero si existe y uno se ha declarado creyente, entonces se va al cielo. Una apuesta que no se puede perder.

Douglas comprendía que, si Dios existiese, seguro que sería lo suficientemente listo como para darse cuenta del oportunismo del que se declaró creyente solamente por si acaso, pero la desesperación ante el dolor insoportable que sufría, hacía que se quisiera aferrar a cualquier balsa de salvación, por muy precaria que fuera.

Conner dejó pasar algunos segundos antes de volver a accionar la manilla. Douglas sentía que su cara estaba húmeda de su transpiración y sus lágrimas, y habría dado cualquier cosa porque Alice hubiera estado allí, cual Santa Verónica, con su pañuelo para secársela.

Cuando el golpe eléctrico se detuvo y la voz ya afónica de Douglas cesó de proferir esos sonidos desesperados, escuchó el susurro del correr de agua que venía desde fuera. Parecía lluvia, pero en ese día veraniego totalmente libre de nubes, no parecía ser la posibilidad más razonable. Lo más probable era que fuera una ducha, aunque no podía llegar a imaginarse quién podría estar tomándola en un sitio directamente adyacente a un lugar de tortura.

Su cabeza cayó sobre su pecho. Su vida había pasado por delante de sus ojos ya varias veces y ahora volvía a rememorar su niñez jugando en esas cascadas de agua que provenían de cañerías defectuosas en el barrio donde se había criado, y que le refrescaba tan gratamente después del agotamiento de sus juegos infantiles.

La odiada voz de Conner, con su tono de arrogante condescendencia, le llegó como una nueva puya añadida a su calvario.

—Douglas —dijo el maleante—, yo te respeto. Eres un hijo de puta duro, y eso es de admirar. Además eres leal, y eso también es bueno.

Consciente de que no esperaba ninguna reacción del joven, Conner volvió a accionar la rueda de la máquina que generaba la corriente. Douglas volvió a gritar aunque lo que salió de su garganta no fue más que un bufido horrorizado, uno de los tantos que había proferido durante la sesión.

—Bien —dijo Conner, interrumpiendo el castigo—, solamente quería estar seguro de que me estabas escuchando. La lealtad es una gran virtud. Yo admiro a la gente leal. Pero, Douglas, la gente aprende más de la experiencia que de los libros, y en mi experiencia hay muy poca gente que merece esa clase de lealtad. Y es muy amargo enterarse de que tú estuviste jodido para salvarle el culo a alguien, y esa persona te estaba traicionando.

A pesar de lo hueco de los lugares comunes que Conner estaba soltando, Douglas prestó atención casi sin proponérselo. Escuchar hablar gilipolleces a ese miserable era un suplicio, pero menor al de los golpes de corriente. Y como mientras seguía hablando, la tortura no continuaba, empezó a apreciar la voz de su verdugo como una tabla de salvación temporal.

—Otra cosa —continuó Conner— es creer que alguien te aprecia y te es leal, cuando en realidad te está clavando un puñal por la espalda. Todo esto en sentido figurado, desde luego.

Conner miró a Douglas fijamente mientras su mano se volvía a dirigir lentamente a la perilla del generador.

—Y al final te preguntas, ¿valió la pena?

El siguiente mazazo terminó de destrozarle las entrañas. Sintió que se quemaba por dentro y que todos los nervios de su cuerpo habían llegado al punto extremo de absorción de dolor. Quizás el ver que la reacción de Douglas ya no podía ser tan estentórea porque su voz, ya ronca de gritar, y su fatiga mostraban que el castigo ya no era lo suficientemente eficaz, Conner decidió hacer una pausa. El sonido del agua corriente que llegaba desde fuera cesó, y el recinto se llenó de silencio.

Conner pareció reaccionar también ante la interrupción de la ducha y se dirigió a Conner con una sonrisa cínica.

—Por cierto, hablando de lealtad, te han venido a visitar. Llegó cuando estabas dormido y no quisimos molestarte, pero pienso que te alegrará ver a tu visitante.

Douglas no supo qué pensar. No era capaz de compaginar lo que Conner decía con su situación, y temía que, una vez más su subconsciente estaba tomando las riendas de sus reacciones y que lo que escuchaba y veía no era exactamente lo que estaba ocurriendo. Su situación era tan angustiosa que de lo único que podía estar seguro era de su dolor.

La puerta del fondo de la sala, que daba a un patio interior ampliamente iluminado por la luz del sol, se abrió y Douglas agradeció a su imaginación el ver emerger una figura que lo haría echar a volar sus pensamientos y concentrarse en una realidad inexistente, y que le había ayudado tanto en momentos difíciles.

La alucinación se interrumpió por la voz de Conner:

—¿Estás presentable?

La voz inconfundible de una mujer, una voz que Douglas reconocería entre miles, surgió desde fuera como un trino celestial:

—¿Douglas? Douglas, ¿estás ahí?

Por primera vez en mucho tiempo, Douglas reaccionó emocionalmente, sus ojos se volvieron a humedecer, sus labios resecos se contrajeron en un puchero espontáneo y su corazón comenzó a latir a borbotones, esta vez no por el dolor físico sino por la exaltación que invadía su alma.

—Patricia... —murmuró.

La figura femenina se dibujó a contraluz y caminó parsimoniosamente mientras el reflejo la comenzaba a hacer reconocible.

—Ven aquí, Patricia —dijo Conner, sonriendo—, no seas tímida.

Los ojos del delincuente brillaban de anticipación mientras observaban cómo la mujer ondulaba en medio de ese tugurio, como una aparición divina entre la carroña.

Douglas no podía dar crédito a sus ojos y el dolor no le dejaba aventurar ninguna teoría. Y tenía demasiada pena para esforzarse demasiado.

Estaba viendo a Patricia como nunca la había visto antes y como no esperaba verla hasta que estuvieran casados. Vestía una camisa blanca desabotonada, al parecer de hombre. Debajo llevaba solamente un tanga diminuto. Obviamente venía de ducharse y su pelo rubio, todavía empapado, se pegaba a su cabeza. No parecía preocuparle el hecho de mostrar su figura a los presentes y actuaba con la naturalidad de quien está sirviendo té para los invitados a una sesión de canasta.

Por su parte Conner continuaba con sus disquisiciones seudofilosóficas mientras observaba el cuerpo de Patricia con sincera satisfacción. Luego de haberla recorrido a placer con su mirada, se volvió a dirigir a Douglas, saboreando su victoria. No solamente había conseguido quebrarlo físicamente, y vaya si lo había hecho, sino que ahora lo estaba destrozando en sus sentimientos. Si su corazón aguantó la electricidad, estaba seguro que sucumbiría ante esta decepción.

—¿Qué, Douglas? —dijo Conner— ¿No puedes entender lo que pasa? ¿No calza en tus valores del bien y el mal?

Conner no esperaba respuesta de un moribundo, pero aguardó unos momentos antes de continuar.

—Tienes que entender que la lealtad es una cosa relativa —dijo. Y dirigiéndose a Patricia, que deambulaba por el recinto en busca de algo, preguntó—: ¿Cómo se llamaba ese de la relatividad? ¿Te acuerdas?

Patricia no podía mostrar menos interés en el tema.

—¿Quieres que le vaya a preguntar a Bull? —dijo.

—Bueno —dijo Conner—, da igual. Douglas, tú debes saber a qué me refiero.

Douglas se seguía sintiendo como el perrillo que se ve obligado a escuchar las interminables peroratas de sus adoradoras amas, que extienden hasta lo insoportable, aunque están perfectamente conscientes de que el bicho no entiende un carajo de lo que le están diciendo. En este caso, Douglas envidiaba esa posibilidad de los animales. Ahora hubiera preferido no escuchar ni entender.

—No puedes juzgar la lealtad en todos los casos por igual —siguió Douglas—. Un espía es leal a su país y no a la gente con la que se hace amigo para recoger información en un país extranjero.

Por lo visto, Conner parecía creer que su discurso era trascendental, por la delectación con que se escuchaba a sí mismo. Seguro que, fuera de Bull, que no pescaba nada de todas maneras, no había demasiada gente en el mundo interesada en su pensamiento. Eso hacía que disfrutara cada frase que pronunciaba sin que nadie lo interrumpiera.

Por su parte Patricia, la muchacha que Douglas había jurado rescatar de las garras de quienes se la habían robado y la habían mantenido lejos de él por tanto tiempo, no parecía interesada en chorradas. Con una total indiferencia se dirigió a la mesa, desconectó el enchufe del generador de la máquina de tormentos, y enchufó su secador de pelo. Parecía haber olvidado la presencia de Douglas por completo, y esa frialdad no difería demasiado de la que demostró durante toda su relación con el muchacho. La única diferencia ahora eran las circunstancias.

Conner siguió con su horrendo sermón:

—En este caso, esta muchacha fue perfectamente leal a nosotros. Te presionó para que pidieras un importante préstamo y después te dejó, tal como estaba planeado.

Douglas tragó saliva mientras sus músculos se contraían dolorosamente.

—Por supuesto que no sospechaba todo lo demás —continuó Conner—, y estoy seguro que siente algo por ti, pero no traicionó tu confianza porque nunca pretendió ser leal.

La chica no escuchaba. Seguía secándose el cabello, contradiciendo manifiestamente la afirmación de que todavía podría sentir algo por Douglas. A estas alturas ya todo daba igual. Lo único que el muchacho esperaba era que las cosas llegaran a su fin y de la forma más rápida.

—Conner —dijo sorpresivamente Patricia—, ya has atormentado al muchacho suficiente. ¿Por qué coño no te callas?

Conner rio mirando a Douglas.

—Supongo que no la habrás escuchado nunca antes decir la palabra «coño» —dijo—. Estaba fuera de su personaje. Y vaya si fue convincente

Conner se giró hacia Patricia y le preguntó:

—¿Verdad, baby?

Patricia le devolvió la mirada con una mezcla de desprecio y hastío, y respondió afectando la voz en un remedo infantil:

—Verdad, baby.

—Pobrecita —dijo Conner—, está enfadada porque tengo trabajo que hacer y no me puedo dedicar a ella. Es una buena actriz ¿verdad?

Seguro que lo era, y la justificación de Conner no dejaba de ser razonable. En ese negocio se podía ser leal solamente hacia una de las partes y ella lo fue con sus empleadores. El que le haya podido romper el corazón era un daño colateral que estaba contemplado en cualquier trabajo y no había por qué recriminárselo.

El pelo de Patricia se secó y comenzó a retomar su forma, que Douglas reconoció, después de haberla soñado tantas veces. Con toda la naturalidad del mundo, la muchacha desenchufó el secador y volvió a meter el enchufe del generador de electricidad, para luego dirigirse hacia Conner. El maleante la cogió por la cintura y la atrajo hacia sí antes de que pudiera evadírsele.

—Seguro que tampoco la has visto vestida así antes —dijo Conner a Douglas—. ¿La viste alguna vez desnuda? Ella me dijo que nunca habíais tenido sexo. ¿Es verdad? ¿Quiere decir que esta es la primera vez que ves esto?

Conner acompañó su última pregunta con un movimiento de su mano tratando de abrir la camisa de Patricia para mostrar lo poco que quedaba por enseñar, pero la muchacha repelió el intento de un manotazo y se volvió a cubrir apresuradamente.

—¡Conner! —gritó con una risilla nerviosa.

El hombre volvió a rodearla por la cintura y a acercarla a su cuerpo.

—¿Qué pasa? Si estuviste a punto de casarte con él —rio.

Patricia se giró hacia Conner y extendió sus labios para que el hombre se los besara.

—¡Qué mojigata eres! —dijo Conner, devolviéndole el beso.

Douglas ya hacía tiempo que no necesitaba comprobaciones, pero el ver como aquel ángel que por tanto tiempo alimentó su esperanza de volver a verla para rehacer su vida, acariciaba la lengua de su torturador con la suya, y sonreía como si estuviera haciendo una diablura, le terminó de cerrar la puerta para dejar atrás toda esperanza, como el letrero del Infierno de Dante. Efectivamente existía, y lo estaba viviendo ahora mismo.

—Ve a vestirte —dijo Conner, interrumpiendo el jugueteo erótico—, tenemos que irnos en un minuto.

Y dirigiéndose a Douglas, agregó:

—¿No te importa que te dejemos solo?

—Yo creo que tampoco le importa verme así —agregó Patricia, con una sonrisa, mientras abría levemente la camisa para dejar ver un pronunciado escote hasta las rodillas.

—Yo tampoco —se apresuró a afirmar Conner.

—Pero tú ya me has visto bastante —dijo Patricia.

—Nunca es suficiente —respondió Conner.

Ambos se fundieron en un beso que de amor no tenía nada, pero que rezumaba deseo por todos los costados.

Douglas le había visto la cara a la muerte varias veces y ahora se alegraba de que por fin estuviese llegando de verdad.

Por su parte, Patricia, desoyendo las instrucciones de Conner, se sentó junto al mesón para terminar de arreglarse las uñas.

## 19

Alice decidió que era el momento de entrar en acción. Había pasado algún tiempo desde que se había despojado de su blusa y su sostén, y se mostraba en toda su belleza ante el hombre que la miraba con los ojos vidriosos y la respiración trabajosa. La escena lo había tomado tan de sorpresa que no atinaba a otra cosa que a esperar. Pero toda paciencia tiene su límite y Alice sabía que no se podía permitir que la de Bull lo alcanzara.

El mocetón ya se había hecho a la idea de poseerla porque el mensaje no podía ser más claro, y no había vuelta atrás. Cualquier cosa que traicionara sus expectativas era un llamado a la violación o quizás a algo peor. El único que podría haber hecho algo por ella en ese edificio, estaba desnudo, atado de pies y manos a un pilar de madera, siendo martirizado por los mismos que seguramente estaban esperando para también librarse de ella para siempre. Alice ya tenía claro que su padre la había repudiado, y no contaba con su solidaridad para nada.

Enfrentada a una situación así de evidente, todos los reparos morales y los reproches humanos que Alice se pudiera hacer, habían dejado paso inexorablemente a un pragmatismo que la impulsaba a tener que seguir adelante, por mucha repugnancia que le causara.

Bull, al parecer saliendo de su catatonia lujuriosa, hizo el amago de levantarse, pero Alice empleando la última opción de hacer valer su ventaja, volvió a detenerlo.

—Espera —dijo—, todavía falta algo.

Incorporándose del mesón, se desabotonó los pantalones, hizo correr la cremallera, y con un movimiento de ambas manos hizo que tanto los vaqueros como las bragas corrieran por sus piernas hasta dejarla totalmente desnuda, indefensa, a merced del orangután.

—Ahora —dijo Alice—, ven.

Con una sonrisa bobalicona que le llenaba la cara, Bull se levantó y se acercó hacia esa muchacha que se le ofrecía con tal desparpajo y que parecía estar tanto o más interesada que él en embarcarse en un intercambio sexual. Y si no lo estaba, pues mala suerte. Ya lo había calentado bastante como para echarse atrás.

Llegó hasta el borde del mesón y Alice cruzó sus piernas alrededor del corpachón. Bull todavía no atinaba a hacer nada, tanto por ignorancia como por estupidez, y Alice aprovechó la circunstancia una vez más para hacerse cargo de la situación.

Acercó su cara a la de Bull, y al ver que el primate la seguía mirando fijamente, dijo:

—Oye, ¿tú besas con los ojos abiertos y la boca cerrada?

—No lo sé —dijo Bull, sin entender muy bien.

—Pues es exactamente al revés —lo instruyó Alice—. Tienes que cerrar los ojos, abrir la boca y dejar que yo busque tu lengua con la mía. ¿Entiendes?

—Sí —dijo Bull.

Ese era terreno inexplorado para él. Sus encuentros eróticos con las chicas del bar eran muy distintos. No solían incluir besos ni ninguna forma de preparativo previo, y concluían bastante rápidamente después de algunos minutos de bombeo continuo. Ninguna se había tomado el trabajo de instruirlo acerca de otras maneras de tener sexo, y él tampoco se había preocupado demasiado por averiguarlo. Estaba claro que en ese tipo de coitos urgentes, ambas partes estaban más interesadas en desahogarse lo más pronto posible: Bull, para no ocupar tanto tiempo en la tarea, corriendo el riesgo de que su jefe lo precisara, y las damas de alterne, para superar lo más pronto posible el asco de haber tenido que follar a ese simio maloliente.

Bull aceptó un poco a regañadientes la parte didáctica del intercambio, intuyendo que seguramente le reportaría placeres nuevos. Cerró los ojos, abrió la boca y dejó ver una lengua que a Alice le produjo otro de los muchos escalofríos que había tenido que ocultar durante el día. Aunque todavía le faltaba el último, pero éste ya no habría necesidad de disimularlo.

Mientras acariciaba con la punta de sus labios la mejilla de Bull alrededor de la bocaza, como preludio del beso, la mano derecha de Alice se aferró a la descomunal llave inglesa que yacía junto a una montaña de papeles. De ahí en adelante, toda reserva pasó a segundo plano, todos los principios dejaron lugar a la supervivencia y todas las emociones fueron reemplazadas por la ira.

Alice, siendo una mujer frágil, relativamente baja de estatura y con un peso que llegaba a menos de la mitad del hombre que tenía enfrente, concentró toda la cólera en un solo golpe. Ni siquiera sintió algo en el estómago cuando la herramienta perforó el cráneo de Bull produciendo un ruido de madera quebrada. Con todo lo que había tenido que presenciar ese día de muerte y tortura, no había nada en su conciencia que pudiera convencerla de que lo que había hecho estaba mal.

Su cuerpo, sin embargo, no respondió enseguida a su determinación, y permaneció temblando convulsivamente mientras observaba cómo Bull yacía en el suelo, sangrando profusamente y con los ojos muy abiertos por la sorpresa. El hombre había pasado toda su vida teniendo que dejar correr mucho tiempo antes de ser capaz de enterarse de algo de lo que le decían o de lo que ocurría a su alrededor, y ahora sencillamente había muerto sin entender.

Alice intentó infructuosamente reprimir las sacudidas de su cuerpo desnudo, y comprendió que debía dejar pasar algunos momentos antes de poder volver a pensar normalmente. Dejó caer la llave inglesa y se fue a sentar al camastro a esperar hasta que se pudiera calmar un poco. Temblaba como una hoja y sus ojos seguían inundados de lágrimas aunque ahora no llegaba a reconocer su origen. No eran de pena, ni de indignación, ni de desesperación pero seguían fluyendo.

Recogió sus bragas y sus vaqueros y comenzó a vestirse. Se calzó el sostén y desistió de volver a ponerse la blusa ensangrentada. La prenda ya había ganado la connotación de un pabellón de una batalla perdida, y ahora se trataba de comenzar a volver a ganarlas.

Volvió a mirar a Bull, tendido en el suelo. No sintió lástima. Era demasiado lo que le debía como para desperdiciar un sentimiento en él. Se acercó sigilosamente a lo que, razonablemente, ya tenía por un cadáver, y se aventuró a meter la mano hacia el interior de la chaqueta. Efectivamente la protuberancia que había percibido a la altura del corazón, aunque la referencia en el caso de Bull no fuera la más adecuada, era producida por la Beretta 92, el arma con la que había asesinado a Leo, todavía con su silenciador puesto.

La retiró cuidadosamente de la cartuchera, la depositó a su costado en la cama y esperó hasta conseguir tranquilizarse algo más.


Los salvajes tormentos a los que Conner había sometido a Douglas, habían logrado doblegar su carácter, pero el maleante no se daba por satisfecho. Ya que el muchacho ya no respondía al dolor todo lo que su torturador hubiera deseado, el siguiente paso había sido martirizarlo sicológicamente, mostrándole la verdad acerca de su tan glorificada novia y enseñándole una faceta de la vida y de la condición humana que le habría sido de mucha utilidad si hubiera tenido el tiempo suficiente para asimilar la experiencia.

Ahora que estaba a punto de morir ya le serviría de poco más que de darle otra satisfacción perversa a su verdugo.

—Douglas —dijo Conner—, creo que te has ganado el derecho a saber la verdad. Y a la vez a aprender otra lección, prácticamente póstuma, por desgracia, sobre lo que es la lealtad.

Douglas no estaba interesado, pero Conner consiguió atraer algo de su atención.

—¿Cómo crees que yo tomé contacto con el señor Santuzzi? —preguntó Conner—. ¿Y por qué crees que estás atado aquí a un palo en estos momentos, a la espera de tu muerte?

El muchacho ni siquiera se esforzó por alzar la cabeza.

—Bueno, pues pregúntaselo a tu amigo Porter.

A pesar del insoportable dolor, Douglas consiguió torcer el cuello hasta poder ver la expresión en la cara de Conner, aunque no supiera qué sacaría con eso.

—Sí —siguió Conner—, ese es el hombre por el que te has dejado matar. Hizo un trato con el señor Santuzzi. Recibirá una fortuna, se dio el gusto de deshacerse del cabrón de Evans y se ganará un viaje en primera clase hacia el extranjero con su mujer, para iniciar una nueva vida de riqueza y felicidad. Por alguna razón sabía mi nombre y me recomendó para el trabajo.

Conner hizo una pausa para ver si podía captar alguna reacción, pero ninguna llegó.

—Y tú no fuiste capaz de delatarlo, despreciable hijo de puta —dijo Conner—. Te trajeron aquí para matarte porque sabes demasiado, porque te burlaste del señor Santuzzi y también para medir la capacidad de resistencia humana. No siempre la ciencia tiene la posibilidad de llevar a cabo ese tipo de experimentos.

Escuchar hablar al analfabeto de Conner de ciencia y de experimentos podría haber sido considerado como el colmo de la crueldad, si no fuera porque ese campo ya había sido cubierto suficientemente.

—Experimentos para medir la resistencia y la estupidez —concluyó Conner.

Si Douglas hubiera tenido algo de energía sobrante, la habría empleado en escupirle la cara, pero no la tenía. Solamente tuvo que resignarse a verlo, exultante y triunfal, saboreando su victoria sobre alguien en una situación de indefensión tal, que se podía dar el lujo de considerarlo como inferior.

Desde el corredor se escuchó un grito desgarrador de mujer. Parecía como si una fuerza descomunal la hubiera cogido y estuviera a punto de matarla.

—¿Qué coño…? —exclamó Conner.

El maleante dio un salto. Se dio vuelta y salió apresuradamente de la habitación, cruzó el lúgubre pasadizo y entró al cuarto donde Bull mantenía cautiva a la hija del señor Santuzzi.

Abrió la puerta de un golpe, y lo primero que vio fue a su fiel sirviente tendido en el suelo con el cráneo partido como un melón. De Alice no había rastro alguno y la primera señal de su paradero fue también la última para Conner. Cuando se puso de cuclillas para observar de cerca el estado de Bull, un tiro en la nuca terminó con su vida. Y al igual como ocurriera con su cómplice, murió sin enterarse de nada.

Habiéndose deshecho de los dos potenciales peligros inmediatos, Alice pudo haber comenzado a tranquilizarse y a respirar tranquila, pero nada estaba más lejos de su pensamiento. Tenía mucho por delante y no era capaz de imaginar siquiera qué peligros todavía le esperaban.

Por otra parte, los dos cuerpos sin vida tirados en el suelo eran la prueba irrefutable del acto brutal que había cometido y temió que su conciencia le impidiera razonar, tomar decisiones o incluso vivir en paz consigo misma después de todo eso. Por lo menos eso era lo que decía el libro. Pero, para su sorpresa, aquella pesada carga de culpa no parecía convencerla. Incluso sin haberse dado el trabajo de justificarse ante sí misma por lo que había hecho, ya su cabeza comenzaba a ocuparse de otras cosas más prácticas y más apremiantes. Tenía que salir de ahí y llevarse a Douglas, y el hecho de haber eliminado a esos dos excrementos humanos le parecía un precio perfectamente razonable para evitar males mayores.

Ahora, el camino a seguir lo tenía claro. Para empezar, la policía era el único recurso que no entraba dentro de sus consideraciones. Habría demasiado que explicar y no estaba de humor para hacerlo. Por otra parte, era el momento de actuar con rapidez. Había un hombre en el cuarto contiguo al que estaban matando de dolor y la primera prioridad era ayudarlo. No sabía si, aparte de los dos miserables de los que había dado cuenta, había más gente involucrada, y no sabía con qué tipo de resistencia se encontraría. Pensando en términos lógicos, era perfectamente explicable que para llevar a cabo un crimen como el que se estaba perpetrando, era necesario contar con más gente, igual de cruel y desprovista de ética como la que ya había visto.

Respiró profundamente y cogió el arma. Su sistema de pensamiento había cambiado radicalmente en las últimas horas y ya se había adaptado a su nuevo papel en el mundo y en la sociedad. Esa muchacha rica, criada entre algodones, tendría que comenzar a aprender a dormir en toscos edredones hasta que la situación cambiara y estuviera fuera de peligro. Si es que eso ocurría alguna vez.

Salió del cuarto y echó una rápida mirada al pasadizo que conducía hacia el garaje. Caminó con sigilo, intentando no hacer ruido y llegó hasta la puerta. El hedor que emanaba del cuarto estuvo a punto de revolverle el estómago pero se repuso, comprendiendo que de aquí en adelante tendría que acostumbrarse a más de una situación inconfortable.

Al asomar la cabeza por detrás de la puerta, Alice vio a Douglas, atado al poste, con su cuerpo cubierto de sangre y su rostro hinchado. Al parecer estaba inconsciente. Lejos de permitir que la visión minara su entereza, decidió seguir adelante todavía con mayor determinación, aunque tuvo que contener un inoportuno gemido. Antes de entrar, Alice hizo correr la mirada por el recinto para constatar si había alguien. Efectivamente vio algo que no esperaba. Una muchacha rubia, ligera de ropas, estaba sentada frente a Douglas sin prestarle mayor atención, mientras se ocupaba de aplicarse esmalte. Ninguna otra visión podría haberle parecido más delirante que esa, pero lo bueno de todo era que, fuera de la joven, no había nadie más.

Alice aferró firmemente la pistola en su mano y entró dando una patada a la puerta.

Patricia se sobresaltó, pero su expresión fue más de sorpresa que de temor. Giró la cabeza a la espera de una explicación.

—¡De rodillas! —ordenó Alice.

—¿Qué? —preguntó Patricia.

—¡Ponte de rodillas con las manos detrás de la cabeza! —gritó Alice.

Por su actitud y por el tono en que daba sus instrucciones, Patricia pudo perfectamente haber pensado que se trataba de una mujer policía, si no hubiera sido porque la muchacha no llevaba más que un sujetador y vaqueros.

—Y no te muevas —dijo Alice.

Patricia, que a la vista del arma no tenía mayor intención de buscar más explicaciones ni esperanza de conseguirlas, hizo lo que le ordenaban.

Alice cogió una da las tantas cajas de madera esparcidas por el lugar y la puso debajo de los pies de Douglas.

—¿Puedes oírme? —preguntó, temiendo lo peor.

Un susurro ininteligible y un leve movimiento de cabeza, la convenció de que Douglas estaba con vida y relativamente consciente.

—Te desataré los pies —dijo Alice—. Apóyalos en la caja para que pueda desatarte las manos.

Patricia observaba la operación con curiosidad, pero sin otra intención que cumplir lo que le habían mandado y no tentar a la suerte.

Al quitarle las cuerdas de los tobillos, Douglas emitió un leve grito que, a pesar de lo cruel de la circunstancia, al menos venía a comprobar que el joven todavía reaccionaba. Tenía las pantorrillas hinchadas y las marcas de las sogas habían dejado un surco amoratado alrededor. Alice temió que no pudiera afirmar las piernas o caminar, y para ella sacarlo de allí sin su colaboración era totalmente impensable.

Dejó que se acostumbrara algo al peso mientras recostaba su espalda en la columna de madera y le desató las manos. Al verse libre de las ataduras, e incapaz de sostenerse por sí mismo, Douglas estuvo a punto de colapsar, pero Alice lo contuvo lo suficiente como para que fuera capaz de controlar sus músculos y permanecer erguido.

—¿Podrás caminar?

—Espero —dijo Douglas.

—Seguro que podrás —dijo Alice—. Vamos a salir de aquí, tú y yo.

Alice vio en el fondo de la sala una frazada que cubría un objeto que parecía ser una motocicleta y la cogió. Estaba sucia y polvorienta, pero no tenía otra alternativa. Era preferible correr el riesgo de que algún microbio contaminara las heridas abiertas, a tener que quedarse por no tener con qué cubrir su desnudez.

Se acercó a Douglas y le colgó la frazada en los hombros. El joven temblaba, nadie sabía si de frío, de temor o de emoción. Cualquiera que hubiera sido el caso, Alice encontró un medio común para aliviarle el sufrimiento. Subida precariamente en la caja de madera, le depositó un breve beso en el hombro antes de bajarse para organizar su propio vestuario.

—¡Quítate la camisa! —ordenó a Patricia.

—¿Qué? —preguntó la rubia.

—¡Que me des tu puta camisa! —gritó Alice apuntándola con la pistola.

Patricia se deshizo de la prenda apresuradamente y se la extendió a Alice, quedando expuesta a la mirada de aquel a quien había negado ese placer durante todo su corto noviazgo. Douglas, sin embargo, no estaba en condiciones de disfrutar convenientemente de la visión, en medio de tantas cosas ocurridas y por ocurrir.

Alice se puso la blusa y se acercó a Douglas, para tomarlo por la cintura y hacer que se afirmara en su hombro. Al pasar junto a Patricia, Alice la miró con ira y le lanzó una admonición que la rubia tuvo que tomar muy en serio:

—Tú no te muevas hasta que yo te diga, o mueres.

Patricia no planteó objeciones y la pareja se dirigió hacia la salida a través del estrecho corredor. Douglas avanzaba trabajosamente pero ganando terreno. Alice sentía su peso, y la adrenalina que le había dado una fuerza descomunal para dar cuenta de sus enemigos, estaba comenzando a disiparse un poco, por lo que el empeño se hacía algo más difícil.

—Todo andará bien —dijo Alice— Vamos a hacer el último esfuerzo.

Al ver que la muchacha caminaba sin tomar precaución alguna, Douglas creyó necesario hacérselo ver.

—¿Estás segura de que no hay nadie? —preguntó.

—Segura —respondió Alice—. No te preocupes.

—Pero Bull... —insistió Douglas.

—No te preocupes de Bull. Conserva tus energías para salir de aquí y no te preocupes de nada más.

Douglas aceptó la condición y se abocó a caminar todo lo firmemente que pudiera, aunque al pasar por el cuarto que hacía las veces de oficina, instintivamente echó una mirada a su interior. La puerta todavía estaba entreabierta y lo que alcanzó a vislumbrar fueron dos figuras humanas tendidas en el suelo que creyó reconocer por su ropa, aunque todavía no era capaz de comprender cómo habían llegado a ese estado.

Echó una mirada de reojo a Alice, pero esta estaba demasiado concentrada en llegar a un sitio seguro y dejó las explicaciones para más tarde.

Al costado de una puerta de acero en la que terminaba el corredor, había una silla, quizás destinada al vigilante en tiempos en que el garaje funcionaba como tal, y allí dejaría Alice a Douglas hasta que volviera de sus gestiones.

—Espérame aquí —dijo—. Tengo que llevarte al hospital.

—No —exclamó Douglas—. No es necesario. No tengo huesos quebrados y las heridas ya sanarán solas. Llévame a mi piso.

—¿Estás loco? —dijo Alice— ¿Es que no entiendes lo que está pasando aquí? Tenemos que desaparecer, querido. Antes que nos hagan desaparecer ellos.

—Mayor razón para no ir al hospital —dijo Douglas, temiendo que Alice no accediera a sus deseos.

—Sí —dijo la muchacha—, tienes razón. Espera aquí.

Y tendiéndole la Beretta 92 agregó:

—Ten esto. Volveré enseguida.

## 20

—¡Dios mío! —exclamó Alice— No sé dónde tengo la cabeza.

El elegante señor cuarentón que escuchó a la bella muchacha hablar consigo misma, se detuvo. No preguntó nada pero sonrió y Alice le devolvió la sonrisa en el momento en que notó que sus palabras habían sido escuchadas por un extraño. O al menos eso simuló con la destreza de la más consumada de las actrices.

—¿La puedo ayudar en algo? —preguntó el hombre.

—No, gracias —respondió Alice—. Me he quedado sin el móvil y no sé dónde encontrar un teléfono.

—Hay un teléfono público a cien metros de aquí —dijo el hombre con tono triunfal—. En esta mismísima calle.

—Gracias —respondió Alice con su mirada más subyugante—, pero me he dejado el celular en el bolso, junto con las monedas. No tengo cómo llamar.

—Espero que no me tome a mal si le ofrezco un apoyo económico también —dijo el desconocido—. ¿Le bastará con un par de dólares?

—No lo puedo aceptar —dijo Alice—. Usted es demasiado amable, pero no puedo abusar de su gentileza.

—Por favor —dijo el hombre, metiendo su mano en el bolsillo—, hágame feliz.

Le tendió varias monedas y Alice las recibió con un gesto de genuino alivio. La maniobra había resultado y ahora ya podía volver a abrocharse los primeros botones de la camisa y buscar la caseta telefónica.

La vida había llevado en pocas horas a esa chica a aprender a utilizar todos sus recursos, pero esta vez no desde su posición de consentida a la cual solamente le valía un gesto de penita para conseguir lo que quería, sino en una confrontación a vida o muerte con un mundo hostil y ajeno.

El teléfono estaba donde el hombre le había dicho y Alice marcó un número. La reacción se dejaba esperar.

—¡Burt, contesta, coño!

Para su gran alivio, al cabo de un momento interminable se escuchó una voz al otro lado de la línea.

—¿Aló?

—Burt, soy Alice. Por favor, escucha. Trae mi coche a la esquina de Avenida Park con la calle 175 y estaciónalo allí.

—¿Qué? —dijo Burt.

—Por favor, haz lo que te digo y no preguntes nada. Es importante.

—¿Ahora? —preguntó Burt.

—Ahora mismo. Y deja las llaves en la guantera.

—¿Y yo cómo vuelvo?

—Estás a dos cuadras de Tremont, y si no toma un taxi —dijo Alicia.

—¿Y tú cómo cojones fuiste a dar ahí? —preguntó Burt.

—Olvídate —dijo Alice—, haz lo que te he dicho y date prisa. Te lo ruego. Ya te explicaré después. ¿Lo harás, amor?

—Alice —dijo Burt cambiando el tono de voz a uno todavía más serio—, ¿cómo sabes que no le contaré a Myron sobre esto?

Alice hizo una breve pausa a pesar de la urgencia de la situación y respondió:

—Tú no. No eres el tipo.

La muchacha colgó y dejó a un perplejo Burt al otro lado de la línea sin saber qué camión lo había atropellado. Pero su lealtad por la que figuraba como su mujer en los registros iba más allá de la simple obligación marital. Burt apagó el celular y volvió a reunirse con su jefe y suegro, al que había dejado en la biblioteca para tomar la llamada.

—Tengo que salir, Myron —dijo—. Me ha surgido algo imprevisto. Nos vemos mañana.


Alice regresó al garaje y encontró a Douglas en la misma posición en que lo había dejado, pero su expresión había cambiado. Su mirada se había tornado más serena y parecía como si los dolores se hubieran calmado algo.

Alice lo miró con una sonrisa y se reclinó ante él para comprobar cómo estaba. Douglas le devolvió el gesto con una mirada que denotaba toda la gratitud del mundo. No podía sonreír muy bien porque tenía el labio hinchado como un pepino, pero la intención estaba clara. Alice le rozó la frente con los labios y notó que hervía. Estaba en un estado febril que podía llegar a causarle la muerte o un daño cerebral si no se le combatía rápidamente.

Burt demoraba un siglo en llegar, aún cuando había pasado un tiempo perfectamente razonable, contando con la distancia y la cantidad de cosas que había que hacer para ir a recoger el coche de Alice, buscar la puñetera llave que siempre dejaba en un sitio distinto y llevarlo hasta el lugar donde debía ser aparcado. Pero para la muchacha, cada segundo era una eternidad. Ya había comenzado a caer la noche y las luces de la calle no llegaban a alumbrar lo suficiente, por lo que Alice oteaba incesantemente para que no se le fuera a pasar el momento de la llegada de Burt, y perdiera un tiempo precioso.

Al cabo de largos minutos vio llegar su automóvil y detenerse en la intersección acordada. Burt, vistiendo ropa deportiva, descendió y cerró la puerta sin echarle llave. Después miró brevemente a su alrededor y se dirigió a la más próxima estación del metro.

Ahora se trataba de actuar con rapidez pero sin dejar de prestar atención a los detalles. Aunque la paranoia todavía no se había apoderado de ella, Alice tenía suficientes razones para ser precavida. Miró hacia todos lados y la calle parecía vacía. Nadie había seguido a su marido y el coche ya podía ser abordado sin peligro.

Caminó hacia el vehículo apurando inconscientemente el paso a cada trancada, hasta que montó. Las llaves estaban en la guantera, y al lado había un sobre, pero Alice no tenía tiempo para revisarlo. Echó a andar el motor y de una sola maniobra colocó el auto directamente frente a la puerta de fierro. Luego descendió a la carrera y ayudó a levantarse a Douglas y a caminar hasta que lo acomodó en el asiento trasero. El muchacho todavía tenía cierta movilidad, aunque seguía adolorido y la fiebre lo consumía.

Ahora había que encontrar un lugar donde pasar la noche. Si bien Alice estaba manejando las cosas con una inesperada capacidad de reflexión, hubo una que se le había pasado. No tenía dinero. No era de extrañarse que no hubiera reparado en esa circunstancia, estando como estaba acostumbrada a tenerlo todo sin esfuerzo, pero esta vez estaba al otro lado de esa sociedad en la que las cosas eran tan fáciles.

Mientras pensaba en una posible solución aprovechó para abrir el sobre. Adentro había unos dos mil dólares en efectivo y una de las tarjetas de crédito de la cuenta común a la que tanto Burt como ella tenían acceso. Alice sonrió. Tenía razón. Burt no era el tipo como para traicionarla.

La primera pocilga que encontró estaba en una calle perpendicular y las luces de neón de la entrada alumbraban el desproporcionado título de «Motel Imperial». Alice entró al estacionamiento y aparcó el coche, dejando a Douglas tendido en el asiento posterior para evitar posibles preguntas inoportunas.

El trámite fue rápido y, más allá del hecho de que el recepcionista se sorprendiera ligeramente por el hecho de que Alice hubiera solicitado una habitación con dos camas y para toda la noche, el resto marchó sin contratiempos. Para sorpresa de la muchacha, el precio por noche no era tan alto para ser un motel de parejas que, usualmente alquilaba habitaciones por horas, de modo que decidió reservar el cuarto para varios días.

Alice se cercioró de que no la vieran desde la oficina, mientras llevaba a Douglas a la habitación, y lo instaló en la cama matrimonial. Junto a ella había otra cama pequeña, nadie sabía muy bien para qué, pero que ahora les venía de perillas. Douglas se desplomó y casi instantáneamente cayó en un profundo sueño, todavía manteniendo firmemente sujeta la pistola en su mano derecha. Alice se la retiró suavemente y la guardón en la gaveta de la mesa de noche, al lado de la Santa Biblia.

Uno de los detalles que caracterizaba al pequeño motel pecaminoso era una gran profusión de toallas. Alice cogió una de ellas y la utilizó para aplicársela con agua fresca en la frente a Douglas, para intentar que la fiebre fuera bajando paulatinamente. El muchacho casi no reaccionó, pero dejó claro que no estaba inconsciente con un leve suspiro y un movimiento de su cabeza.

Estuvo a su lado por largos minutos, hasta que notó que la temperatura descendía. Al día siguiente iría a una farmacia a comprar ibuprofeno y alguna crema que le recomendara el farmacéutico para curar heridas y evitar infecciones. Por ahora, el primer escollo del comienzo de su nueva vida, llena de dudas y cosas por resolver, estaba superado. Sentía que, por fin, había llegado el momento de llorar a gusto, no por intervención de terceros sino por voluntad propia, pero las lágrimas no llegaron.

Se dio una larga ducha en la que mantuvo una acerba batalla con las manchas de sangre que se resistían a salir, y después se acostó en el camastro a dormir, con una sensación de seguridad que no había necesitado conocer todavía.

# 21

—¿No tienes trabajo hoy? —preguntó Mandy.

Iban a ser las diez de la noche y Porter todavía no se aprestaba para salir. Su mujer ya le había preparado su bocadillo y su frasco de jugo de naranja, y se disponía a llevarlo al ascensor, pero Porter no reaccionaba. Seguía con los ojos pegados al televisor mientras daban las noticias de las nueve y media.

—¿Porter? —insistió Mandy.

—No —dijo Porter—, no tengo trabajo hoy.

—No habrás renunciado ¿no? —dijo Mandy—. Lo que saques del golpe con Douglas no te alcanzará para toda la vida.

—Tengo mucho más —dijo Porter—. No te preocupes.

—Por cierto ¿dónde está el muchacho? —preguntó Mandy.

Porter se giró, y mirándola fijamente a los ojos respondió:

—Se ha ido.

—¿Se ha ido? —dijo Mandy— ¿Cómo que se ha ido?

—Se ha ido —dijo Porter, volviéndose hacia el televisor sin agregar nada más.

Mandy no terminaba de entender, pero ya se lo aclararían. Haciendo un gesto de resignación con la cabeza, volvió a desaparecer en la cocina.

La locutora de la tele informaba sobre una inundación que había tenido lugar en una fábrica de helados en algún sitio sin importancia, y luego de repetitivos detalles concluyó el reportaje para recapitular los titulares del noticiero.

«El cadáver del hombre encontrado en Hunts Point con una bala en la cabeza, ha sido identificado», decía la locutora. «Se trata de Vernon Evans, de cuarenta y siete años, un conocido abogado corporativo residente de Los Ángeles, California. Según la policía, el móvil del crimen fue el robo.»

Porter sonrió.

—Myron, eres un cabronazo —dijo para sí.

—¿Por qué? —preguntó Mandy desde la cocina. Una vez más su oído desafiaba todas las leyes de la física y de la medicina.

—Yo me entiendo —dijo Porter.

—Pero yo no —dijo Mandy—. ¿Qué pasa con Myron?

Porter miró a su esposa entrando al salón y por una vez comprendió cuánto le debía a esa mujer, que lo había sacrificado todo por amor hacia él. Todas las cargas de conciencia que pudiera haber tenido, desaparecían cuando las justificaba con el querer darle todo lo que no le había podido dar en los años en que estaban juntos.

—Myron descubrió la treta del médium y se enteró de que Evans estaba detrás —dijo Porter.

—¿Quién es Evans? —dijo Mandy, sentándose a su lado.

—Es ese abogado que apareció muerto, con una bala en el coco en el barrio de las putas del Bronx. Era su principal consejero jurídico.

—¿Y tú crees que él...? —comenzó a decir Mandy.

—No lo creo, lo sé —respondió Porter con frialdad.

Mandy se levantó sobresaltada.

—Entonces estás en peligro —exclamó—. Si le hizo eso a su propio abogado ¿qué no te haría a ti por haber urdido la trampa?

—No me hará nada —aseguró Porter.

—¿Y qué pasa si se llega a enterar que tú estás detrás de todo? —dijo Mandy.

—Ya lo sabe —dijo Porter.

—¡¿Lo sabe?! —gritó Mandy—. Entonces tenemos que salir de aquí cuanto antes. Prepararé las maletas.

Casi de un salto se dirigió hacia el dormitorio, pero antes de que alcanzara a salir, Porter la detuvo de un grito.

—¡Mandy!

La mujer se giró, extrañada por la firmeza en la voz de su marido.

—Ven, siéntate a mi lado —dijo Porter—. Todo está bajo control. Conozco a Myron y no hará nada que me pueda perjudicar.

234

—También lo conocías cuando ordenó que te despeñaran desde un precipicio, y sí que te perjudicó —dijo Mandy.

—Entonces era distinto —dijo Porter—. En esa época éramos iguales. De mí podía temerlo todo. Ahora ya estoy muerto, no existo.

—Mayor razón para que no dude en hacerte liquidar —alegó Mandy.

—No —dijo Porter—. Él sabe que si me da lo que convinimos no pasará nada más. Y tiene claro que si no lo hace puede pasarlo muy mal.

—¿Lo que conviniste? —preguntó Mandy— ¿Es que lo viste recientemente?

—Hace unos días —reconoció Porter—, y llegamos a un buen acuerdo para ambos.

Mandy no podía creer lo que estaba escuchando. Se sentó junto a su marido y le tomó la mano. Lo tenía por una persona sensata y siempre confió en su buen juicio. La manera como había llevado su vida después de que cambiara tan radicalmente en cuestión de segundos y de cien metros en caída libre, había sido un ejemplo de racionalidad y de saber organizar la vida. Por eso ahora no podía entender cómo se volvía a arriesgar una vez más, cuando estaba más indefenso que nunca.

—Porter —dijo Mandy—, Dios te regaló la vida una vez, pero no abuses de su generosidad. El que hubiera árboles entre las rocas y tú que amortiguaran la caída fue un milagro que debes agradecer como tal y no seguir tentando al destino.

—Los árboles estaban ahí desde hacía siglos —dijo Porter—. Solamente los imbéciles que me quisieron matar no se dieron cuenta.

Mandy no quiso opinar porque habría llevado a una discusión y se trataba de solucionar un problema inmediato.

—No entiendo cómo puedes estar tan seguro y te exijo que me lo expliques —dijo Mandy, sin dejar lugar a evasivas.

Le había entregado su vida a ese hombre porque lo amaba. No le estaba cobrando nada porque su amor era honesto, pero su relación se había sustentado en la confianza y en la sinceridad, y estaba en posición de exigir que siguiera siendo así. Porter lo comprendió y besó suavemente la mano que apretaba la suya.

—Dejé un sobre a su abogado, que contiene toda la información que podría llevar a la cárcel a Myron de por vida, con la advertencia de que la información sería hecha pública si llegara a pasarme algo—dijo Porter.

—¿A su abogado? —gritó Mandy— ¿Quieres decir al que apareció en la calle con una bala en la cabeza? ¡Coño! Entonces ya podemos quedarnos tranquilos.

Porter rio abiertamente. No solía ocurrir, pero tampoco era frecuente que su mujer empleara ese tipo de ironía, especialmente cuando estaba tan genuinamente preocupada. Sus reacciones eran siempre exageradas y el mundo solía venírsele encima por cualquier motivo, pero esta vez tenía toda la razón para caer en pánico. Lo único que la tranquilizaba algo era ver a su marido tan impasible ante un riesgo tan evidente.

—Lo que le dejé a Evans fue una copia de los documentos con una carta informándole lo que había hecho, con la aclaración de que los originales los tiene otro abogado —explicó Porter—. Por supuesto que no habría confiado jamás en ese hijo de puta. Solamente lo utilicé como niño de los mandados de Myron. Y no parece haberle ido muy bien en ese puesto.

Mandy suspiró profundamente. Veía una contradicción en todo lo que estaba escuchando, pero casi no se atrevía a indagar más, aunque su sentido de la lógica la obligaba a buscar respuestas.

—¿Y cómo es que no usaste toda esa información antes? —preguntó—. No te lo digo como reproche, todo lo contrario. Mientras menos te arriesgaras, mejor, pero tengo curiosidad por saber.

Porter la miró con una sonrisa comprensiva.

—Antes lo que quería era mi tranquilidad y la tuya. —dijo Porter— Ahora tampoco lo hubiera hecho si no se me hubiera presentado la oportunidad en bandeja. Ya sabes, cuando tienes la posibilidad de conseguir algo, quieres más, y eso es lo que ocurrió. Se me abrió la puerta para arruinarlo y la tentación fue demasiado grande.

—Pero ¿crees realmente que lo vas a poder arruinar? —preguntó Mandy.

—No —dijo Porter—, pero ahora ya no es necesario. Tengo todo lo que quería.

Mandy se puso de pie y le hizo una última caricia en el pelo. La conversación había terminado y no veía el objeto de escarbar más en el tema—. Ven. Vamos a dormir. Aprovechemos la libertad.

Porter asintió con la cabeza pero sin convicción. No era libertad la que tenía. Lo que había ganado había sido a lo sumo una suerte de venganza pequeña contra todo lo que odiaba, más allá de lo recuperable con dinero. Él seguía lisiado y moriría sin haber vuelto a caminar. No, no era libertad lo que tenía. Era cadena perpetua, encerrado en su cuerpo.

Mandy condujo la silla de ruedas hasta el dormitorio y ayudó a Porter a sentarse en la cama. Lo miraba con la indiferencia de una enfermera mientras le desabotonaba la camisa. Conocía a su marido demasiado bien, y cualquier expresión de simpatía o de comprensión podía ser confundida con piedad, y eso era algo que Porter no podría soportar. Ni siquiera en estos momentos, cuando su vida estaba cambiando de rumbo.

Porter la dejaba hacer sin exteriorizar nada.

—¿Estás bien? —dijo Mandy, por decir algo.

Su marido no respondió. Temblaba ligeramente y sus ojos estaban fijos en la cintura de Mandy mientras esta lo desvestía. Si bien era una situación que se daba con poca frecuencia, tampoco era totalmente inusual, especialmente cuando Porter llegaba de su turno de noche, demasiado cansado y sin ganas de nada.

Mandy lo recostó suavemente en la cama y le quitó los pantalones. El procedimiento seguía normalmente con ella ayudándole a incorporarse, pero Porter se le adelantó apoyándose en sus manos y abrazándose desesperadamente a su cintura. Hundió su cabeza entre sus senos mientras su cuerpo se convulsionaba como si estuviera sollozando, y sus manos se aferraban al delgado satén de la bata. Mandy le acariciaba los lacios cabellos rubios mientras esperaba que todo pasara.

—Estoy cansado —dijo Porter finalmente, con una voz constipada por el lagrimeo—. Estoy cansado.

Continuó repitiendo la frase en un tono alterado pero sin alzar la voz. Estaba cansado. Estaba cansado de la vida, estaba cansado de ser un tullido, estaba cansado de todo. El discurso no era demasiado elocuente pero sí muy sincero y Mandy, que alguna vez lo había escuchado y lo entendía mejor que nadie, dejó pasar el tiempo para que su marido se desahogara, con la paciencia de una madre siendo rociada por completo de comida por su bebé.

—Estoy cansado —repetía Porter—. Estoy jodidamente cansado.

A pesar de sus esfuerzos, Mandy no era capaz de mirarlo sin revelar una gran tristeza en el rostro, pero a Porter ya no le importaba. Con movimientos torpes comenzó a tratar de desnudarla y Mandy lo dejó hacer, a pesar que sabía que todo eso no iba a llevar a ninguna parte. Para facilitar las cosas, se separó de él unos centímetros y dejó que siguiera desatando el cinturón de su salto de cama.

Porter la recorría con la mirada mientras descubría su cuerpo marcado por los años que no había poseído jamás, pero que había amado desde siempre, incluso hasta sin saberlo. Se imaginaba la lozanía de esa figura que pudo haber gozado en Las Vegas si no hubiera sido tan caballero y renunciado al maná de los dioses por un sentido del respeto que con el tiempo aprendió a despreciar como virtud.

Por su parte, Mandy hubiera dado la vida porque la poseyera y por poder hacerlo gozar en sus brazos. Hubiera querido darle todo lo que compartió con amantes fugaces y utilitarios, mientras pensaba en él, mientras satisfacía sus instintos, nunca sus sentimientos; mientras buscaba en el sexo el reemplazo de lo irremplazable.

Desnuda e impoluta para Douglas, Mandy se acostó sobre él, llenándolo de caricias y besos mientras él, tenso y lívido, lleno de dudas, alimentadas por sus certidumbres, intentaba sacar algo del encuentro, y mientras más se esforzaba más se convencía de que estaba muerto, que la caída había sido fatal y que Mandy era solamente el adelanto de un cielo en el que no creía.

No pudo controlar un estremecimiento y Mandy intentó neutralizarlo con toda la premura que pudo.

—Está bien. Tranquilo. Está bien —musitó a su oído.

Porter cerró los ojos y se relajó. Continuó acariciando la superficie marchita de ese cuerpo inalcanzable hasta que recuperó el habla.

—Tengo sueño —dijo—. Vete a tu cama. Yo estaré bien.

## 22

La noche fue un martirio. Cuando Alice conseguía conciliar el sueño, una imagen atroz en su cabeza, de entre las muchas que había recopilado en las últimas horas, la obligaba a incorporarse, con los ojos desorbitados y el corazón latiéndole como si se le quisiera salir del pecho. Y si llegaba a calmarse y dar dos cabezadas más profundas, cualquier reacción de Douglas a su lado, la hacía saltar de la cama a ver qué tenía. La fiebre había remitido y transpiraba mucho menos, pero parecía no encontrar la manera de yacer sin que le doliera todo, y eso hacía que sus quejidos fueran frecuentes.

Después de algunos momentos de vigilia que no la llegaron a satisfacer del todo, Alice vio amanecer mientras esperaba a que Douglas despertara. El joven durmió hasta bien entrada la mañana y cuando despertó parecía haberse repuesto algo de sus dolores.

—¿Cómo te sientes? —preguntó Alice.

—Vivo —dijo Douglas, con algo que se podía interpretar como una sonrisa, a pesar que con los hematomas y las hinchazones era difícil de reconocer.

—Te ves como el culo —dijo Alice con una sonrisa llena de tristeza, mientras le acariciaba el rostro.

—Ya ves —respondió Douglas asintiendo con la cabeza.

—¿Crees que estás en condiciones de caminar? —preguntó Alice.

—En algún momento tendré que hacerlo —respondió Douglas—. Será cosa de intentarlo.

—Será bueno que lo hagas —dijo Alice—. Necesitas una ducha para limpiarte las heridas por el momento. Más tarde iré a buscar algo a la farmacia para evitar posibles infecciones.

Alice se levantó de la cama e hizo ademán de remover la frazada.

—Oye —dijo Douglas, volviendo a cubrirse—, que no llevo nada encima.

—Ya lo he visto todo —dijo Alice—. No tienes secretos para mí.

Douglas pareció sonreír de nuevo. Efectivamente no era el momento de remilgos después de una experiencia tan extrema como la que ambos habían tenido. Él soportando la tortura y ella cargándose a los dos truhanes que la habían perpetrado. Pero de todos modos, Douglas no podía dejar de sentir cierto pudor de mostrar su desnudez ante la muchacha en otra circunstancia que no fuera la de la intimidad carnal. «Una curiosa paradoja del cerebro humano», pensó.

Alice se dirigió al baño a echar a correr la ducha para no obligar al joven a estar de pie más de lo necesario. Como buen motel de parejas que se precie, el cuarto de baño era el más moderno y confortable de todos, con un amplio jacuzzi que invitaba a la relajación. A Alice se le pasó por la mente utilizarlo, pero corría el riesgo de no ser capaz de volver a levantar a Douglas de la enorme tina para secarlo y llevarlo de vuelta a la cama. Por otra parte, la ducha era moderna y tenía varias opciones de chorro, de las cuales Alice eligió una de las más suaves.

Cuando volvió a la habitación, Douglas estaba sentado, con una almohada cubriendo sus partes pudendas, y dispuesto a ahorrarle toda molestia a la chica.

Ven —dijo Alice—, déjame que te ayude.

Estaba claro que no iba a aceptar negativas y, por otra parte, Douglas se sentía demasiado débil y todavía adolorido como para poder obrar por sí mismo, de modo que se resignó a pasar su brazo por el hombro de Alice y dejarse guiar hacia la ducha.

El camino se le hizo largo, pero poco a poco iba ganando energía y contaba con que en algunos días todo se normalizara. Entraron al baño y se miró al espejo. En otras circunstancias, quizás, se hubiera asustado de verse en ese estado, pero teniendo en cuenta que era lo único que le había quedado de una golpiza que estaba destinada a ser mortal, lo tomó con filosofía.

Alice cogió la almohada y la puso en el piso de las toallas, y guio a Douglas hasta el sitio donde lo esperaba la primera sensación corporal refrescante en mucho tiempo. La segunda vino casi inmediatamente después. Douglas se había dado vuelta hacia las llaves de la ducha para no exponer sus genitales y, por lo tanto, no pudo ser testigo de que Alice se había desvestido para poder ingresar a la amplia cabina sin mojar la única ropa que tenía.

Cuando Douglas la notó tras de sí, y sintió la suave superficie de una esponja enjabonada recorrer su espalda, no podía imaginar la escena que transcurría fuera de su ángulo de visión. La sensación era indescriptible, y el placer hizo que su cuerpo se revitalizara instantáneamente y se cargara de una energía inesperada.

Desgraciadamente, los hechos lo trajeron de nuevo a la realidad. En el momento en que intentó reclinar su mentón en su pecho, para dejarle espacio a su imprevista masajista, el dolor que sintió hizo que casi se desplomara y lo obligó a sujetarse contra los azulejos.

—Cuidado —dijo Alice—, no hagas movimientos bruscos. ¿Te duele mucho?

—Nada comparado con lo que dolía ayer —respondió Douglas.

—Date vuelta —ordenó Alice.

Douglas ya estaba entregado a su suerte y nada de lo que ocurriera podía ser más embarazoso, de manera que obedeció sin replicar.

Al girarse la vio frente a él, menuda y fascinante, actuando como si no fuera nada del otro mundo. Estaba desnuda, con el pelo tomado en un moño para no mojárselo demasiado y manejando la esponja con la frialdad de quien está lavando el coche. La hacía correr por el pecho de Douglas con suavidad, sin causarle ningún dolor, refrescándole las heridas, dándole esa sensación de delectación que el pobre muchacho no creía posible después de tanto padecimiento.

Pero no era ese bienestar el que le había causado una excitación descomunal, que Alice obviamente notó, y habría tenido que ser no vidente para no hacerlo, sino el hecho de verla desnuda y sin denotar la menor turbación por estarlo. La muchacha comprendió lo explicable de la reacción y la ignoró, considerando que en ese momento las prioridades eran otras.

Terminó de lavarle las heridas y comenzó a secarlo, teniendo cuidado de no hacerle daño. Douglas la había dejado hacer sin tomar ninguna iniciativa para no estropear el momento con una intervención desatinada. Su pasividad había sido la mejor demostración de respeto y de gratitud por estar volviendo a la vida de manera tan reconfortante. Pero su mano cobró vida propia cuando le tomó de la cintura, ayudándose para mantenerse en pie por algunos momentos, pero sin dejar de acariciarla sutilmente con el pulgar.

La muchacha no se extrañó. Simplemente siguió en lo suyo, sin preocuparse de que la cercanía fuera tomando otro cariz. Ya habían llegado suficientemente lejos como para andarse con demasiados remilgos. Por otra parte, Douglas estaba tan maltrecho que difícilmente se podía temer que las cosas pasaran a mayores.

—Afírmate en mí —dijo Alice—. Te llevaré a la cama.

Douglas volvió a pasar su mano por sobre el hombro de la muchacha, y sus costados desnudos se encontraron de lleno mientras lo conducía al lecho. Alice todavía no se había secado completamente y su humedad se traspasó a un Douglas que estaba sufriendo de nuevo, aunque de una forma tan distinta que lo hizo sonreír.

Lo tendió en la cama y sus achaques recrudecieron, aunque ahora no le importaba nada. Si tener que seguir soportando las secuelas de la golpiza era una condición para que lo siguieran tratando así, entonces que el dolor no se fuera nunca.

Se tendió en la cama, buscando la posición menos incómoda, y Alice lo cubrió con la sábana.

—Iré a comprar algunas cosas —dijo Alice mientras se vestía—. Tú quédate como estás y no le abras a nadie.

—No te preocupes —dijo Douglas—. No tengo ni el deseo ni la energía para moverme.

—Vuelvo enseguida —dijo Alice inclinándose sobre Douglas para darle un beso en la frente.

Douglas levantó las cejas como pidiendo una explicación. Alice lo devolvió la mirada, y con el tono más distante que tenía, le dijo:

—Quería ver si te había bajado la fiebre.


Cuando al día siguiente de la llamada de Alice, Burt entró al escritorio de Myron, lo encontró hablando por teléfono. Estaba sentado de espaldas a la puerta y parecía muy contrariado, de modo que Burt prefirió esperar hasta que colgara para dejarse ver. El parlante del teléfono de manos libres estaba conectado, por lo que el abogado pudo captar toda la conversación.

—¡Vaya panda de inútiles hijos de puta! —bramaba Myron— ¡Cómo pueden dejar a solamente dos personas!

—Tres —respondió una voz masculina desde el otro lado de la línea—. La rubia también.

—¿La rubia? ¿Qué rubia? —preguntó Myron.

—Una chica rubia que salió corriendo a medio vestir cuando llegamos. Estaba en pánico y no creo que debamos preocuparnos por ella.

—¡Mierda! —dijo Myron—. ¡Si es para cargárselos a todos! ¿Y qué pasó con el apartamento? ¿Lo habéis limpiado?

—Sí —dijo la voz—, ya está todo arreglado.

—¿El cuerpo también? —preguntó Myron.

—También —dijo el hombre.

—Ahora se trata de encontrar a los que huyeron. Mantenme informado.

Sin agregar nada más, Myron estrelló el auricular en el aparato y echó la cabeza hacia atrás. Parecía agobiado e impotente, señal de que representaba un peligro incalculable para cualquiera que se cruzara en su camino. Por lo tanto, Burt decidió volver al salón principal y coger una revista hasta que las cosas se hubieran calmado y fuera el propio Myron el que lo buscara.

Pasaron varios minutos hasta que el magnate apareció por la entrada de la sala. Parecía menos excitado, pero esa no necesariamente era una señal tranquilizadora. Las órdenes para las peores putadas las había dado cuando estaba perfectamente calmado.

Al ver a Burt, dijo:

—Ah, ya estabas aquí. ¿Sabes algo del paradero de tu mujer?

—Sí —respondió Burt—. Ayer me llamó por teléfono.

—¿Y? —dijo Myron, sin poder disimular la sorpresa.

—Me dijo que iba a estar fuera por algunos días

247

—¿Fuera? ¿Dónde? —dijo Myron con impaciencia.

—No me dijo —respondió Burt.

—¿Tu mujer se larga y no te dice dónde va? —preguntó Myron.

Burt guardó silencio y lo miró, como buscando las palabras.

—Myron —dijo—, tengo que confesarte una cosa.

—¿Qué? —preguntó Myron con súbito interés.

—Alice tiene un amante. Yo ya lo sabía desde hacía tiempo y no se lo quise comentar, pero ayer me lo dijo. Se trata de un tal Leo, con el cual convive una parte del tiempo. Me dijo que lo amaba y que también me amaba a mí, de manera que si quería que siguiéramos juntos no habría problema. Le dije que no sería capaz de soportarlo y me dejó.

—Todo esto después de una conversación —dijo Myron.

—Así es —dijo Burt—, una larga conversación.

—¿Esa fue la llamada que recibiste ayer?

—Sí. Esa fue —dijo Burt—. Me dijo que nos viéramos en un restaurante de Greenwich Village donde solíamos ir cuando estábamos de novios.

—Qué romántico —comentó Myron—. Y no te dijo dónde iría.

—No —dijo Burt—, espero que se ponga de acuerdo conmigo cuando regrese. Por el momento mudaré mis cosas a mi otro piso en Brooklyn.

Myron lo miraba con desdén. No podía ser que ese tipo fuera tan rematadamente ingenuo, pero en este caso le venía bien. Obviamente era demasiado indocumentado como para saber algo, y demasiado lelo para sospechar algo.

—Tómate unos días libres —dijo Myron—, hasta que hayas normalizado un poco las cosas. Y si Alice te llama, infórmame de inmediato.

Burt puso su mejor cara de reconocimiento por la delicadeza de su suegro de dejarlo llevar esos momentos difíciles sin cargarlo con el lastre del trabajo. Por lo que a él concernía, no podía estar más de acuerdo con que lo marginara de toda esa porquería y no lo relacionara con sus manejos. Para eso ya había tenido a Evans, y mira cómo terminó.

—Gracias, Myron —dijo—. Te lo agradezco de verdad.

—Leo —dijo Myron como pensando en voz alta—, no me había hablado de él tampoco, pero no me extraña. Ella sabía que yo no lo aprobaría. ¿Tú lo conociste?

—No —dijo Burt—, nunca lo he visto. Tampoco sé lo que hace, pero debe ser alguien con recursos. Alice no es alguien que se metería con un pobre tipo.

—Mmm… —dijo Myron observando a Burt. Si alguien le hubiera preguntado por la quintaesencia de lo que entendía por un pobre tipo, el primero que se le hubiera pasado por la mente hubiera sido su yerno. Un hombre con escrúpulos, exento de vileza y malo para los negocios, no podía ser otra cosa que un pobre tipo. Y ahora se demostraba todavía más.

Era obvio que Burt no sabía un carajo de lo que había pasado y que se había tragado limpiamente la historia de «Leo», aunque Myron mejor que nadie tenía claro que a estas alturas éste ya había desaparecido en medio de la chatarra de algún desguace de automóviles. Y más aún, que su hija había decidido borrarse para tramar quizás qué en su contra. Era urgente encontrarla cuanto antes, y al hijo de puta que la acompañaba también, para terminar la chapuza que habían comenzado esos inútiles.

—Burt —dijo Myron—, por curiosidad, ¿Alice te pidió que le dieras dinero o algo?

—¿Dinero? —preguntó Burt— No. ¿Por qué?

—Solamente por curiosidad.

El abogado no mentía. Alice no le había pedido dinero. Él se lo había dado voluntariamente, junto con la tarjeta de la cuenta común que ya tenía una suma importante en el haber. Burt lo sabía perfectamente porque a primeras horas de la mañana había hecho un depósito adelantado de pago de deuda, hasta dejarla en el máximo disponible.

—No puede ser que por una tontería de una mocosa caprichosa, se termine una relación con un hombre con tantos merecimientos —dijo Myron.

Burt asintió con modestia, sabedor de que las palabras de su suegro no eran más que pamplinas de manipulador. El siguiente paso no se hizo esperar.

—Pondré un detective privado para que dé con su paradero. Mientras tanto, como te he dicho, infórmame cuando haya tomado contacto contigo de nuevo, y si es posible haz una cita para que os encontréis en algún sitio.

—¿Qué pasa si consultamos al médium? —dijo Burt en el tono más candoroso—. Ese tío parecía saber mucho.

Myron lo miró, consiguiendo a duras penas disimular su ira, se puso de pie y se marchó sin agregar ningún comentario.

## 23

Cuando Alice regresó al modesto cuarto del «Motel Imperial», venía cargada como una burra, al punto que tuvo que hacer dos viajes hasta el coche para terminar de traer las bolsas y los paquetes. Regresaba de una gira por JCPenney que le significó una merma de más de tres mil dólares en el saldo de su tarjeta de crédito, y además de la farmacia, donde se cargó de antiinflamatorios, desinfectantes y analgésicos, todos por recomendación del dependiente. Alice tuvo que hacer acopio de toda su imaginación para explicar para qué necesitaría alguien tantos medicamentos, y además de todo su encanto para que le vendieran antibióticos sin receta. El crédito de la tarjeta, Platino, afortunadamente, era prácticamente inagotable.

Ahora la pregunta era cuánto duraría la posibilidad de hacer uso de ella. Si bien era una cuenta compartida con su marido, que tenía sus propios ingresos, independientes de su trabajo con Myron, su padre era lo suficientemente poderoso como para forzar una limitación de sus recursos, ya fuera por medios lícitos o ilícitos, si llegaba a enterarse de que la estaba utilizando. Alice contaba con que Burt no fuera a dar la impresión de que todavía había alguna relación entre ellos, y que hubiera inventado algo que lo deslindara de la responsabilidad por su paradero.

Por cierto, era lo mejor que podía hacer en su propio beneficio, y Burt era un experto en buscar ventajas, pero todo eso pasaba porque entendiera cuál era la situación y cuáles eran los peligros a los que se exponía si no manejaba sus cartas con sensatez.

Cuando Alice entró al cuarto, Douglas estaba sentado en la cama. La televisión estaba encendida y, salvo por su cara, que parecía un saco de tomates, se veía bastante mejor de como lo había dejado.

—¡Madre de Dios! —exclamó Douglas al verla tan cargada—. ¿Has dejado algo sin comprar en la tienda?

Alice no respondió y comenzó a desempacar. Además de la elegante combinación de falda y blusa que vestía, que parecía bastante cara y que le quedaba muy bien, extrajo una gran variedad de prendas para ambos que servían para cualquier ocasión. Douglas le había dado sus medidas y Alice se encargó de renovarle el guardarropa hasta el último detalle.

—¿No es peligroso que hayas estado tanto tiempo expuesta a que te vieran? —preguntó Douglas.

—En esta zona no tienen por qué conocerme —dijo Alice—. A menos que se dediquen a buscar por las cámaras de seguridad de las tiendas, pero para eso tendrían que tener una razón para hacerlo. Y contra mí no hay nada.

Douglas la miró, esperando que fuera ella misma la que se corrigiera y viera las cosas de forma algo más realista.

—Nada —repitió Alice—. Nadie más nos vio fuera de los dos maleantes y de la putita rubia, que debe haber quedado muy impresionada, y que no creo que se arriesgue a tomar partido por nadie, si es que tiene una sola célula cerebral.

Douglas suspiró. La «putita rubia» no era otra que la que había sido su esperanza y su consuelo durante tanto tiempo; aquella que lo había impulsado a seguir viviendo y a seguir luchando, ante la posibilidad de volver a verla y tenerla en sus brazos, para no separarse de ella jamás. La «putita rubia» que se había confabulado con su torturador para sacarle el dinero y obligarlo a endeudarse.

Alice creyó observar algo especial en la reacción del muchacho.

—¿La conocías tú de antes? —preguntó.

—Sí —respondió Douglas—. La conocía de antes. Es una larga historia. Ya te la contaré algún día.

—No sé si quiero escucharla —dijo inesperadamente Alice—. Ahora tenemos otras preocupaciones. Primero tienes que ponerte bien, y luego tenemos que buscar la manera de desaparecer.

—No es tan sencillo —dijo Douglas—. Han pasado demasiadas cosas y no las voy a dejar como están. Ya he vivido demasiado quitándole el cuerpo a la vida. Desde ese lado del mundo me encontraba seguro, relativamente. Pero ahora he comprobado que no era así, y no voy a dejar que me vuelvan a derrotar. Tú me has mostrado lo que es posible y no te decepcionaré.

—Si lo vas a hacer por mí, olvídate —dijo Alice—. Yo lo único que busco es vivir en paz y sin follones.

—Yo lo intenté, evitando enfrentar las amenazas —dijo Douglas—, y mira cómo me dejaron. Y si no hubiera sido por ti, estaría muerto.

—Pero estás vivo —insistió Alice—. Eso es mucho. Eso es todo.

—¿Lo es? —dijo Douglas.

Alice no respondió. Habían pasado de una relación enteramente pragmática a una discusión sobre el sentido de ambas existencias, y no podía haber algo que necesitaran menos en esos momentos. Se trataba ahora de cruda supervivencia y lo único que cabía hacer era ver la manera de salvar el pellejo. Ya habría tiempo más tarde de meterse en disquisiciones filosóficas inútiles.

—¿Han dicho algo de nosotros en la tele? —preguntó Alice.

—Se escucha como Bonnie and Clyde —dijo Douglas—. No, no han dicho nada. ¿Crees que dirán algo?

—Hombre, sería lo lógico, ¿no? —dijo Alice—. No es como si hubieran encontrado un gato muerto en un basurero. Tal vez no la den por CNN pero sí en algún canal local.

Douglas tomó el mando a distancia y buscó algún canal de California o, de ser posible, de Los Ángeles. Después de un corto recorrido, encontró CBSLA.

—¿Te sientes mejor? —preguntó Alice.

—Mucho mejor —respondió Douglas—. La ducha fue milagrosa.

Alice lo miró sin hacer comentarios.

—Además fui capaz de dormir un rato —agregó Douglas.

—Eso es lo que me hace falta a mí —dijo Alice—. Un par de horitas me vendrían muy bien.

Abrió uno de los numerosos paquetes y extrajo una caja de cartón con el logo de un restaurante de comida rápida que Douglas no reconoció.

—Te he traído algo de comer —dijo Alice—. No es precisamente alta cocina pero debes estar muerto de hambre, de modo que no te quejes.

Efectivamente, Douglas no había probado bocado desde que lo habían secuestrado, y recibió esta nueva sorpresa con gran satisfacción.

—Mientras tanto me echaré una siesta —concluyó Alice—. Espero que te comportes y me dejes descansar porque suelo despertarme de muy mala leche.

—Descuida —dijo Douglas.

Alice asintió con la cabeza y se marchó al baño para cambiarse de ropa y ponerse algo adecuado para echarse un sueño.

Douglas no acababa de sorprenderse al comprobar que aquella muchacha rica fuera tan eficiente cuando se trataba de arreglar las cosas más prosaicas. No cabía duda de que la vida le había dado suficientes golpes en tan poco tiempo como para convertirla en lo que era ahora, y no pudo haberlo asimilado mejor. Cualquier otra persona, hombre o mujer, se habría quebrado ante tantas adversidades, pero a Alice parecían fortalecerla. Un buen espejo donde mirarse para Douglas, quien demasiadas veces en su vida se había visto tentado a tirar la toalla.

Alice regresó vistiendo un pijama modesto que había comprado por monedillas junto al resto de la ropa, y se tendió en el camastro.

—Si prefieres dormir en la cama, no hay problema —le dijo Douglas.

—No te pases de listo —respondió Alice— y déjame dormir.

—Me refería a que yo puedo ver las noticias desde tu camastro —aclaró Douglas.

—Tú déjame descansar y trata de relajarte. Te hace mucha falta también —dijo Alice dándose vuelta hacia la pared.

Douglas, que por una razón u otra había desarrollado en las últimas horas una gran dosis de comedimiento por sus semejantes más cercanos —en otras palabras, Alice— bajó el volumen del televisor.

La chica no tardó en quedarse profundamente dormida y Douglas se concentró en el noticiero continuo del canal de Los Ángeles.

En medio de una tanda de noticias locales, apareció una foto del frontis del garaje en el que lo habían torturado, con autos policiales y ambulancias ante la entrada, y la locutora comenzó a informar sobre el hallazgo de dos cuerpos sin vida en una de sus dependencias.

Según el informe, ambas víctimas eran conocidas en los ambientes delictuales de la ciudad, y tenían un prontuario policial bastante nutrido, aunque actualmente no se les buscaba por nada. «Se sospecha» dijo la periodista «que se trata de un ajuste de cuentas entre bandas rivales.»

El oficial a cargo del operativo apareció dando declaraciones, aunque sin ser demasiado explícito en su información. Ante la pregunta de cómo se había descubierto el crimen, el policía respondió que a través de una llamada anónima de una persona que no dio más antecedentes.

«¿Hombre o mujer?» preguntó una reportera.

«Mujer» dijo el policía. «Y si está escuchando, le pedimos que se ponga en contacto nuevamente con nosotros para tener una información más completa de lo que ocurrió.»

—Seguro —dijo Douglas—. Patricia irá corriendo a la primera estación de policía a decir todo lo que sabe.

Apagó el televisor y giró el cuello para mirar a Alice dormir. Ya le estaba costando menos hacer los movimientos más simples que hasta hace unas horas le significaban un dolor intenso, pero hubiera hecho el esfuerzo de todas maneras para observar a la chica. Ante la visión de esa imagen de candidez se sintió invadido por un calor reconfortante que pocas veces había sentido. Esa muchacha menuda le había salvado la vida a riesgo de perder la suya. Fue capaz de librarse de las garras del orangután de Bull, cosa que él jamás habría intentado siquiera. Después sacó fuerzas de flaqueza para pegarle un tiro a otro villano, y en lugar de huir como una desesperada, se volvió a buscarlo y a liberarlo de su martirio sin saber con qué se encontraría.

El cabrón de Conner no tenía razón. La lealtad no solamente es serle fiel a aquel con el que te has comprometido primero, sino a los propios principios. Y esa chica preciosa, que dormía con la placidez de un recién nacido, se lo había demostrado a tal punto que también tuvo que repensar sus propios conceptos de lealtad.

258

Si las cosas no se hubieran dado de esta manera, lo más posible es que Douglas también hubiera optado por largarse lo más lejos posible y comenzar de nuevo con su vida, tal como Patricia. Ahora simplemente no podía. Tenía demasiadas cosas que arreglar y demasiado por qué trabajar.

Su situación era relativamente llevadera. Podría irse y adoptar un perfil bajo en algún otro lugar sin demasiado temor a ser encontrado. Además, su desaparición no iba apareada con una cuestión de honor, como en el caso de Alice. Myron debía encontrarla porque era suya, era su propiedad, y porque a pesar de todo lo que le había dado, lo había traicionado. No moriría tranquilo si no la hallaba y la hacía pagar como correspondía por su deslealtad. A Douglas le habían bastado unos pocos indicios para darse cuenta que esa era la situación y ahora tenía que asumirla como un hombre. O como una mujer como Alice, con un par de cojones.

La chica durmió profundamente por algunas horas y Douglas hizo lo posible por no importunarla. Alice había comprado un portátil para conectarse a internet, y un teléfono celular para cada uno. Su lista de mercaderías no había dejado casi nada sin cubrir y todo había sido elegido con gran esmero y excelente criterio. «Es mujer», pensó Douglas, y se resignó.

Un gemido largo y satisfecho volvió a llamar su atención. Alice se estiraba como una gata a su lado y, para su gran sorpresa, su rostro mostraba una amplia sonrisa. Por lo visto realmente estaba necesitando el descanso. Si después de todo lo que pasó, y de todo lo que estaba por pasar, todavía se despertaba sonriendo,

es porque era una optimista terminal o porque el sueño había sido demasiado reparador.

—¿Qué hora es? —preguntó Alice con la lengua
traposa.

Douglas no respondió. Lo habían sacado del garaje
completamente desnudo y sin ningún lugar que no
fuera demasiado inusual donde esconder un reloj.

—En la bolsa azul —dijo Alice—, hay una caja.

Douglas se levantó y caminó hacia la mesa. Dentro
de la bolsa había una caja y dentro de la caja había un
Rolex. Ni más ni menos. Un Rolex. No podía reconocer si era una imitación taiwanesa o parte de un
botín que fue reducido en una casa de empeños, pero
lo concreto es que era un Rolex, y marcaba la hora.

—Las tres y cinco —dijo Douglas.

—Bien —dijo Alice—. Me daré una ducha y después te aplicaré la pomada para las heridas y el antiin-
flamatorio. ¿Has tenido dolor?

—No —dijo Douglas—, muy poco.

—Bueno —repuso Alice—, por lo visto las pócimas están haciendo efecto. El de la farmacia me dijo
que en tu caso era posible que las hinchazones bajaran
pronto. Si un boxeador está uno o dos días hinchado
después de pelear con Mike Tyson, seguro que a ti te
bajará antes. Bull no pegaba tan fuerte.

—Casi —protestó Douglas—, y además sin guantes.

—Deja ya de lloriquear —dijo Alice—, que te
pondrás bien enseguida. Ya verás.

## 24

Habían pasado varios días y los hematomas se habían comenzado a deshinchar aunque Douglas todavía no se había podido reintegrar a la vida. Pero no tenía prisa. El Motel Imperial era un lugar seguro para permanecer, mientras determinaba el camino a seguir, si es que el conserje del establecimiento no se mosqueaba y llamaba a la policía para advertirla de que en la cabaña once había dos que no salían nunca.

A pesar de lo roñoso de las dependencias, el hotel tenía un servicio espléndido y las casi invisibles mucamas entraban todos los días a hacer el aseo y a cambiar las toallas. La última vez debe haber sido cuando se llevaron la camisa que Alice le requisó a la rubia en el garaje, y el momento en que la chica revisó el bolsillo y lo vació antes de echar la prenda a la bolsa para llevarla a la lavandería.

Douglas no podía dar crédito a sus ojos cuando vio en la mesa de centro de la habitación del motel, una tarjeta de identificación del Estado de Nueva York con la foto de Patricia. La cogió para examinarla y se enteró que la muchacha se llamaba Glenda Kubitschek, y que tenía su domicilio en Brooklyn.

—¿Has visto esto? —preguntó Douglas.

—¿Qué? —gritó Alice desde el baño.

—La tarjeta de identificación —dijo Douglas.

—No te oigo —dijo Alice—. Ven más cerca.

Douglas se acercó a la puerta con el documento en la mano.

—Aquí tengo la tarjeta de identidad de la supuesta «Patricia» —dijo Douglas— ¿La has visto?

—No —dijo Alice, cerrando el grifo—. ¿Dónde estaba?

—En la mesa de centro —respondió Douglas.

Alicia apareció por detrás de la puerta y cogió el carné.

—Vaya —dijo—, sí que tiene que haber estado preocupada cuando la amenacé, para entregarme la camisa con documento y todo adentro. Seguro que ni se acordó.

—¿Sabes lo que esto significa? —dijo Douglas—. Significa que este es el punto de partida para cerrar el caso. El comienzo del fin de tu señor padre.

Alice le devolvió la tarjeta y volvió a desaparecer dentro del baño.

—Déjalo —dijo—, no vale la pena. Hasta ahora hemos tenido suerte y prefiero no seguir tentándola. Lo mejor será desaparecer de una vez.

La muchacha tenía razón. Estaban luchando contra un enemigo soberbio que tenía todos los medios para destruirlos, y quedarse a plantarle pelea, no solamente era temerario y absurdo, sino que echaría por tierra todo lo que habían logrado y que era mucho: permanecer vivos.

—Son varias las cuentas que tengo que arreglar con tu padre —dijo Douglas—, y con huir no sacaremos nada. Seguro que nos encuentran.

Douglas terminó la frase y guardó silencio. Era posible que la muchacha tuviera razón, pero lo que no decía era que había muchas más posibilidades de que la hallaran a ella antes que a él. Al fin y al cabo, él nunca dio a conocer su identidad y no tienen más antecedentes que los que les podría haber dado la rata de Porter, pero tampoco estarían demasiado interesados por capturarlo. Al fin y al cabo ¿quién era él? Douglas Zitzky, un raterillo de poca monta; un pobre hombre que lo más probable es que hubiera salido por pies lo antes que pudo para no volver nunca más.

Pero ella era otra cosa. De ella lo sabían todo, sabían que no tenía recursos, que no tendría dónde esconderse y que tarde o temprano la encontrarían y pagaría por todo lo que les hizo.

«Pues tú eres una ramera con muchos amantes, y sin embargo, vuelves a Mí -declara el SEÑOR. Alza tus ojos a las alturas desoladas y mira: ¿dónde no te has prostituido?» recordó Douglas, y la sangre le hirvió. Jamás dejaría a Alice mientras ese criminal estuviera vivo o libre. No había puntos intermedios ni negociaciones posibles.

Se abalanzó hacia el cuarto de baño y, ante la sorpresa de Alice, que todavía se estaba secando, la cogió entre sus brazos y la estrechó contra sí. No decía nada y la muchacha lo dejó hacer, hasta que se hubiera tranquilizado. Posiblemente sería una recaída emocional, después de todo lo que había venido reteniendo en su subconsciente. Un acceso de terror reprimido que ahora veía una ventana para dejarse sentir.

No pasó mucho tiempo para que la chica se diera cuenta que no era eso. Douglas la levantó entre sus brazos y le dio el beso más tierno que le habían dado en su vida, mientras la llevaba a la habitación y la depositaba suavemente en la cama.

Alice lo miraba expectante. Su rostro estaba bellamente iluminado con una mezcla de curiosidad y alegría.

—No te dejaré sola —dijo Douglas—. No te abandonaré nunca, hasta que tú misma me digas que no me quieres a tu lado. En ese momento recogeré los pedazos de mi corazón y me marcharé, pero mi amor se quedará siempre contigo.

La muchacha no podía creer lo que estaba escuchando. Esa hemorragia de romanticismo proveniente de un cateto, aunque grande de corazón, no la hubiera esperado jamás y mucho menos sin razón aparente. Se habían acomodado perfectamente y estaban sobrellevando sus privaciones con gran estoicidad y muy disciplinadamente, como para ahora empezar con sensiblerías que, quién sabe a qué respondían.

—¿Me estás queriendo decir que me amas? —preguntó Alice.

La respuesta de Douglas fue furibunda:

—Joder, claro que te amo. Cómo no te voy a amar, coño.

Alice no pudo reprimir una carcajada. Tenía que llegar el momento en que pudiera ser feliz, a pesar de todo. Estiró los brazos, y Douglas se recostó sobre ella. El beso se reprodujo, pero esta vez todavía más profundo. Sus lenguas se entrecruzaron acariciándose suavemente mientras sus cuerpos se pegaban como si quisieran traspasarse.

Cuando se separaron ligeramente para mirarse a los ojos, Alice dijo:

—Ya estábamos tardando ¿eh?

Se volvieron a besar, mientras Douglas intentaba torpemente deshacerse de lo que llevaba puesto. Alice todavía mostraba preocupación por el estado físico de su compañero y prefería que la primera experiencia carnal entre ellos no terminara en un grito que no fuera de placer.

La sutileza con que la chica manejaba la situación era precisamente lo que Douglas necesitaba. Ya estaba bueno de golpes, ahora quería ternura, y Alice estaba más que dispuesta a dársela.

Lo hizo que se tendiera de espaldas en la cama, y mientras le recorría el pecho con la boca, y acariciaba con su lengua, con especial cuidado, todos aquellos puntos todavía enrojecidos por el recuerdo de los golpes, sus manos terminaron de despojarlo del pantalón del pijama.

Comenzó a acariciar su miembro, ya rígido desde hacía bastante tiempo, mientras lo miraba a los ojos. Douglas la observaba como si hubiera abierto una lámpara maravillosa y hubiera salido de ella este genio indescriptible. Alice respondía con caricias a los mensajes que emanaban de sus ojos. Cuando vio que Douglas se aferraba súbita y desesperadamente a su aparato para sujetarlo con fuerza, la muchacha comprendió que se había evitado una explosión prematura de placer y decidió hacer una pausa. No estaba Douglas para demasiadas luces de colores y había que tomar las cosas con calma.

Alice se acostó sobre su pecho y volvió a besarlo. Douglas la retenía firmemente, como si no quisiera que se le escapara. Sus manos recorrían ese cuerpo sutil con delicia, mientras su boca buscaba la de ella para transmitirle en el beso todo lo que era incapaz de decir en otro idioma.

La muchacha se incorporó y buscó el miembro de Douglas para sentarse en él y sellar el compromiso que, para su sorpresa, al parecer era de amor. Hubiera querido cerrar los ojos y dejarse llevar por lo sensorial pero le resultaba imposible. Ante ella tenía al hombre al que vio cómo torturaban salvajemente hacía pocas horas, y que no había claudicado, no la había traicionado, ni había traicionado a aquellos que lo habían puesto en esa situación.

La imagen la hizo explotar en un sollozo. Douglas se incorporó y la volvió a abrazar. Estuvieron así por momentos interminables, y cuando Alice comenzó a recuperar la serenidad, la erección había disminuido. No era usual en el muchacho y el momento para que ocurriera no era el más de agradecer, pero decidió tomarlo con humor.

—Lo has hecho a propósito —le dijo a Alice.

La chica reaccionó con esas risillas mocosas que interrumpen un llanto y son la primera señal de la recuperación del buen ánimo. Volvió a esconder la cara en el hombro de Douglas a la espera de estar más presentable. Le molestaba demostrar debilidad en un momento en que lo único que se necesitaba era fuerza. Pero no había podido evitarlo. Ahora se trataba de minimizar el daño.

—Lo que pasa es que no te gusto —dijo Alice.

—Pero es lo que hay —dijo Douglas, depositando a la chica a su lado y rodeándola en sus brazos.

—Pues es culpa tuya —dijo Alice—. La chica del garaje estaba buenísima. ¿Lo intentaste alguna vez con ella?

La ironía y el humor negro, parecían ser características que ambos compartían, pero también sabían cuándo tenían que parar y volver a la realidad. Y este era un momento muy apropiado, aunque la primera frase de la explicación sonara como una nueva guasa.

—Estuvimos comprometidos para casarnos —dijo Douglas.

—Pues vaya partido habría sido —dijo Alice, entre risas.

—Es verdad —dijo Douglas—. No estoy bromeando. Fue el anzuelo que me puso Conner, el tipo que me torturó, para que pidiera el préstamo. Luego desapareció y yo estuve meses viviendo con la creencia de que la habían raptado y jurando que la recuperaría.

Douglas suspiró y agregó:

—He aprendido mucho sobre lealtad en estos últimos días.

—Yo también —dijo Alice—, pero en el mejor sentido.

Se abrazó a Douglas y acarició su pecho con sus labios mientras seguía hablando.

—Espero que tu experiencia no te haga dudar de mí. Aunque no te lo podría reprochar.

—De ti no tengo ninguna duda —dijo Douglas—. Eres una mocosa rica, consentida y superficial. Además malísima.

—Bueno —rio Alice—, al menos eso lo tienes claro.

Se besaron lentamente, saboreando cada instante.

—No creas —dijo Alice, haciendo una pausa—, no te falta razón. Yo tenía una cuenta que saldar con la buscona que se casó con mi padre, y con él por haberla elegido. Hasta ese momento yo te estaba utilizando y no sentía ningún remordimiento por hacerlo. Y lo hubiera seguido haciendo si no hubiera sido por el asesinato de Leo.

Douglas comprendía perfectamente que todos habían intentado estafarse mutuamente y las cosas terminaron muy mal. No había motivos para culpar a nadie.

—Mi caso es el mismo —dijo Douglas—. Cuando te vi en la oficina del médium yo había entrado a robar y me hice pasar por él para ver si podía robarte a ti.

—¿Tú no eres el médium de la oficina? —preguntó Alice.

—Qué va —dijo Douglas—. Yo no soy nadie.

—Y ¿cómo te llamas? —dijo Alice.

—Douglas —respondió el muchacho.

Alice reflexionó un momento y dijo:

—Me gusta más que Jeff.

Se volvieron a estrechar con fuerza. Faltaban muchas cosas por aclarar, por arreglar y por conocer, pero aunque fuera por una cuestión de contraste, todo lo que pudiera venir se veía tanto más grato que lo que había pasado, que no dejaba espacio para la desesperanza.

—Todo es culpa tuya —dijo Douglas—. Si no tuvieras esas tetas perfectas que tienes, no se me habría pasado por la mente tratar de embaucarte.

Alice lo miró, se incorporó, y sujetando con la mano uno de sus senos se lo acercó a la cara del muchacho.

—Bueno —dijo—, al menos algo has conseguido

Douglas depositó un beso en el pezón de Alice, con la castidad y el respeto del que le está besando el anillo al Papa.

—Para empezar, sí —dijo Douglas.

—No te pongas demasiado ambicioso, que así hemos empezado todos y hemos terminado mal.

—¿Llamas a esto terminar mal? —preguntó Douglas.

La respuesta fue un beso. Un beso y el miembro de Douglas que ya estaba presto para la batalla y no tardó en llegar a su destino.

Hicieron el amor por varias horas hasta quedar extenuados. Yacían, uno al lado de otro, en un estado de somnolencia que asemejaba un viaje de LSD, hasta que después de una merecida pausa comenzaron a desperezarse.

—Si la vida va a ser así —dijo Douglas—, no dan ganas de moverse de aquí.

—Tenemos que hacerlo —dijo Alice—. No hay alternativa. Myron Santuzzi es un criminal y nos perseguirá hasta encontrarnos. No debemos ponérselo tan fácil.

—Es tu padre —dijo Alice—, ¿tú crees que será capaz de hacerte algo?

—Es lo que ha hecho con toda la gente cercana —dijo Alice—. Con mi madre, con su socio al que se dice que hizo desaparecer…

—Lo sé —dijo Douglas—. Pero está vivo. Intentaron matarlo arrojándolo por un precipicio, pero sobrevivió. Ha quedado inválido de por vida. Ese fue el que me traicionó a mí. Todo esto se lo debo a él. Aunque ahora me pregunto si no debiera estarle agradecido.

Alice pensó un momento, como tratando de poner a foco una idea.

—¿No será un hombre rubio, de unos cuarenta y cinco años? ¿Se mueve en silla de ruedas?

—Sí —respondió Douglas—. ¿Lo conoces?

—Estuvo en la oficina de mi padre hace poco. Yo lo vi por accidente —dijo Alice.

—Pues habrán estado discutiendo mi futuro —dijo Douglas—. Y el tuyo.

## 25

Douglas se miró al espejo y vio con satisfacción que las marcas de la cara ya habían desaparecido en su gran mayoría. Quedaban algunas pero que solamente notaba él y no llamarían demasiado la atención. Por otra parte, si bien se estaba moviendo en una zona en la que esperaba que no lo reconocieran, tampoco tenía interés en mostrarse demasiado y correr un riesgo innecesario, por lo que esperaba que nadie se fijara en sus imperfecciones.

La experiencia, sin embargo, le indicó que no había ningún lugar en el mundo en el que podía sentirse totalmente seguro.

Había salido a comprar un desodorante —lo único que no estaba en la acuciosa lista de Alice— y volvió, inesperadamente, con una grabadora portátil de veinte dólares para teléfonos de Radio Shack. Al regresar se abocó a buscar por internet en el laptop hasta conseguir el teléfono de Glenda Kubitschek, y se sorprendió que hubiera sido posible. La muchacha se movía en ambientes de reputación tan dudosa que lo menos que podía hacer era mantener el anonimato todo lo que pudiera. Pero, al parecer, su talento se manifestaba más que nada en hacer trabajos sucios para maleantes de poca monta, y no precisamente para tomar las decisiones más razonables respecto a su seguridad.

Exactamente dos minutos le tomó el descubrir el número, pero no se entusiasmó demasiado antes de haber comprobado si efectivamente era el correcto o no. El teléfono de Patricia que él tenía era otro, pero eso no era de extrañarse, porque formaba parte del decorado del fraude en el que él era la víctima. Seguro que ese número ya había desaparecido del mapa, después de haber sido utilizado.

Alice ni siquiera se dio cuenta de que se había ausentado, y cuando salió de la ducha se sorprendió de ver el aparato en la mesa de centro.

—¿Y eso? —preguntó.

—Lo acabo de comprar —dijo Douglas—. Con tu dinero, claro. Espero que no me lo tomes a mal.

—No te lo tomo a mal, pero cuando salgas, avísame. La situación no está como para que nos andemos perdiendo de vista.

Douglas tomó la admonición muy en serio.

—Tienes toda la razón —dijo—. Ha sido torpe de mi parte.

—¿Para qué quieres eso? —dijo Alice.

—Para sostener una conversación con mi amiga rubia.

—¿Qué pasa? —dijo Alice— ¿ya te aburrieron las morenas?

—Sí —respondió Douglas—. Además le voy a preguntar si quiere que le devuelvas la camisa que le robaste. Por cierto, su verdadero nombre es Glenda.

Alice se fue a hacer un café bien cargado, condición indispensable para continuar con la conversación. Cuando regresó, Douglas estaba instalando el entramado para hacer la llamada.

—¿Tú crees que podrás encontrar su número? —preguntó Alice.

—Ya lo he encontrado —respondió Douglas.

—¿Y la vas a llamar desde aquí? —preguntó Alice.

—Sí —dijo Douglas—. ¿Por qué?

—¿No podrán rastrear la llamada hasta aquí?

—Lo podrían hacer si alguno de los teléfonos estuviera intervenido. Pero este no lo está, y no me imagino que el de Patricia lo esté —dijo Douglas—. No creo que haya ido a la policía después de llamarlos para denunciar el crimen. Es boba pero no se querrá meter en líos.

—Todavía la sigues llamando Patricia —reflexionó Alice.

—Tú puedes seguir llamándome Jeff, si quieres —dijo Douglas.

—No —dijo Alice—. No quiero.

Douglas concluyó sus preparativos. El aparato grabador era exageradamente simple. Consistía en un micrófono conectado a la entrada del celular, capaz de captar ambas voces.

Le echó una última mirada a Alice, y marcó el número. Ella no tenía idea de qué se trataba la llamada y esperaba con expectación el resultado.

—¿Hola? —respondió una mujer al otro lado de la línea.

—No cuelgues —dijo Douglas—. Te conviene escucharme.

No hubo reacción. Douglas podía imaginarse todo lo que estaba pasando por la cabeza de «Patricia» mientras decidía qué hacer. Seguro que, después de lo ocurrido, su vida habría perdido una buena parte de su sustento y estaba en un punto donde no podía saber cuál iba a ser su futuro. Su amigo Conner estaba en la morgue, junto con el asesino a su servicio, y era perfectamente probable que de su círculo de amistades hubiera muy pocos que quisieran mezclarse en una historia tan espinosa como esta.

—¿Estás ahí? —preguntó Douglas tratando de imprimir una calma amenazante al tono de su voz.

—Sí —dijo la mujer.

—No habrás ido a la policía —dijo Douglas.

—No —respondió «Patricia».

—Bien —dijo Douglas—. No lo hagas. No te podrán ayudar. Ya hiciste mal en llamarlos, ahora ya sabrán quién eres y te buscarán.

—No saben quién soy —dijo «Patricia»—. No les di ningún dato. Y no pienso volver a llamarlos. ¿Dónde estás?

—No importa dónde estoy —dijo Douglas—. Por el momento estoy a salvo de Myron, pero no pasará mucho tiempo antes que me empiecen a buscar.

Alice todavía no entendía, pero el tono de voz y el discurso de Douglas denotaban que tenía muy claro su plan, y lo estaba llevando a cabo con la misma destreza con la que se había hecho pasar por vidente y engañado a todo el mundo.

—¿Myron? —preguntó «Patricia».

—Sí, Myron —dijo Douglas—. Myron Santuzzi. El jefe de tu novio, el que me mandó secuestrar y torturar.

—Conner no era mi novio —protestó «Patricia», como si a alguien le pudiera interesar.

—Pues lo que no sabía el tal Conner —prosiguió Douglas—, es que él también estaba en la lista de ejecutados de Myron, y que no pasaría mucho tiempo antes que le pegaran un tiro. A él y a su guardaespaldas.

«Patricia» se encontraba cada vez más incómoda con la conversación, a pesar de lo cual hablaba como si se tratara de un cotilleo entre amigas, con la sola salvedad de que estaba tratando de gente para la que una vida no valía nada, y la suya menos.

—¿Quieres decir que ese Myron mandó matar a Conner y a Bull? —preguntó.

—Y no solamente a ellos —dijo Douglas—, sino también al amante de su hija. Lo hizo asesinar en su apartamento por Conner y el orangután, y eso significó también la sentencia de muerte para ellos. Myron no puede dejar que existan demasiados testigos de sus crímenes.

—¿Y tú dónde estás? —repitió «Patricia», completamente impermeable a las respuestas de Douglas.

—Te he dicho que no importa. Lo que importa es dónde estés tú. Me has hecho una gran putada pero no quiero que te maten. Tienes que desaparecer cuanto antes.

—Pero ese Myron ni siquiera sabe que existo —alegó «Patricia».

—Myron Santuzzi tiene mucho poder —dijo Douglas.

—Pero no más que el Gobierno —argumentó «Patricia», en un súbito rapto de conciencia cívica.

—Con dos mil millones de dólares en su cuenta, sí —dijo Douglas—. Pero ya le llegará su momento. Hay documentos en manos de un abogado, donde está detallado todo lo que ha hecho en delitos económicos y además los crímenes de su pasado. La muerte de su esposa, la muerte de una amante en Canadá que nunca se aclaró, el asesinato de su socio. Todo está detalladamente descrito. Solamente falta que el abogado acuda a la policía y lo destape todo.

«Patricia» hizo una breve pausa tratando de poner en orden sus pensamientos.

—¿Quieres decir que fue su gente la que mató a Conner y a Bull? —preguntó.

—Sí —respondió Douglas.

—O sea, la chica...

Douglas la interrumpió con vehemencia.

—No digas nada más —dijo—. Mientras menos sepas, mejor. Tú no viste cómo los mataron ¿no?

—No —dijo «Patricia»—, solamente los vi cuando estaban muertos.

—Pues muy bien. Ahora tienes que desaparecer cuanto antes —Y para darle todavía más emoción a la conversación, Douglas agregó—: Espera, debo irme, no puedo hablar más.

Y colgó.

Alice lo miraba con curiosidad.

276

—Pues parece que es verdad que prefieres a las rubias —comentó—. A mí no me habías contado nada de lo que le dijiste a tu novia. ¿O es todo mentira?

—No lo es —dijo Douglas.

—Entonces tienes que saber que el abogado al que te refieres apareció con una bala en la cabeza en plena calle hace algunos días atrás —dijo Alice.

Douglas la miró extrañado. Esa anécdota la desconocía, pero lejos de complicar sus planes, los favorecía. Un asesinato más en la cuenta de Myron.

—Tanto mejor —dijo Douglas—. Se trataba de hablar con «Patricia» y hacerla hablar. La pobre estúpida no necesita saber si es verdad o no.

—Pero, por lo visto no habló demasiado —dijo Alice.

—Habló lo suficiente para que la policía reconozca su voz.

Desde que volvió de comprar los adminículos para grabar, Douglas había llevado la conversación con toda la naturalidad del mundo. No quería añadir más preocupaciones a las que ya tenían, ni alarmar innecesariamente a Alice. Pero sí que había cosas que podrían ponerla nerviosa.

Algo que omitió fue que cuando salió por la mañana a hacer sus compras, notó que lo seguían. Lo natural habría sido el atribuir la sensación a la normal paranoia que tenía que acompañarlo después de tantas desgracias, pero su perseguidor era demasiado obvio. Daba la impresión como si quisiera que lo descubrieran y no respondía a la imagen usual de los detectives privados o los asesinos a sueldo.

Era un hombre de unos cuarenta años, muy bien vestido, con gafas y una elegante barba de tres días. Se movía con cautela pero sin tomar demasiadas precauciones. Douglas ya estaba demasiado cansado de ser la presa, y decidió cambiarse a depredador.

Dobló en la siguiente esquina y esperó. Cuando el hombre se cruzó, lo cogió de la solapa y lo aplastó contra la muralla.

—Tienes un segundo para decirme por qué me estás siguiendo —dijo Douglas.

El hombre no pareció inmutarse.

—Para estar tan jodido todavía te quedan bastantes ínfulas —dijo el desconocido.

—¿Quién eres? —dijo Douglas, oprimiéndolo contra el muro.

—En primer lugar, suéltame —dijo el tipo—. Estoy seguro que no quieres que grite llamando a la policía y acusándote de tratar de asaltarme.

Douglas no aflojó.

—Además —agregó el hombre—, si quiero zafarme, terminaría contigo en el suelo y mi rodilla en tu cabeza en un solo movimiento.

—¿Eres un policía? —preguntó Douglas.

—Por favor —dijo el hombre, soltándose sin problemas de la llave—. La policía no te puede ayudar. Yo sí.

—¿Qué quieres? —dijo Douglas.

—Quiero que sepas que la policía estará muy interesada en saber de algunas cosas que se encuentran guardadas en una caja fuerte de una oficina de asesoría jurídica. Si eres capaz de convencerlos de que busquen por allí, puede que con el tiempo ya no tengas que temer por las represalias de los que están tan interesados en deshacerse de ti. Si quieres darle más emoción al lance puedes mencionar la muerte de su esposa, la de su amante, la de su socio…

—¿Quién eres? —dijo Douglas.

—Es todo lo que puedo hacer por ti —dijo el hombre—. Lo demás tienes que hacerlo solo.

El desconocido se dio vuelta e hizo ademán de marcharse, pero se giró hacia Douglas con gesto decidido y dijo:

—Y no se te ocurra buscarme, seguirme o intentar averiguar algo de mí, o tus problemas volverán, pero esta vez durarán mucho menos.


Alicia veía al joven trabajar en lo que parecía ser un montaje de la grabación del teléfono, y prefirió no preguntar nada y dejarlo tranquilo.

Lo primero que hizo Douglas después de la conversación, fue desconectar el celular y quitarle la batería y la tarjeta. Luego subió lo grabado, utilizando un programa gratuito que venía con el portátil y eliminó algunas partes del diálogo, aunque dejó las esenciales, con tal habilidad que nadie hubiera pensado que estaba adulterada.

Más tarde, para sorpresa de Alice, echó mano a una bolsa y extrajo una caja de cinco discos Cd regrabables, y un par de guantes blancos de látex. Se calzó los guantes y quitó la cubierta de celofán de la caja. Eligió el disco del centro de los cinco, lo sacó y lo introdujo en la grabadora de CD del laptop. Una vez traspasaba la conversación al disco, lo volvió a meter a la caja. Cogió una tarjeta y con la mano izquierda escribió el siguiente mensaje:

*Importante información sobre los homicidios de la Avenida Park.*

La colocó en el interior de la caja transparente del disco compacto, envolvió ésta en un pañuelo y la guardó en el bolsillo de su americana.

Todo el proceso fue expedito y daba la impresión de estar cuidadosamente planificado, y que quien lo ponía en práctica tenía los conocimientos y la experiencia necesarios para llevarlo a cabo.

Alice sorbía despaciosamente su café y observaba con atención.

—Por si el hecho de que te confesara que no soy un médium te devolvió algo de confianza en mí —dijo Douglas—, lo que te voy a decir ahora puede que te la eche abajo definitivamente. Soy un ladrón profesional.

—Bueno —dijo Alice—, como profesión es bastante más honesta. Al menos reconoces que estás estafando a la gente.

—Ahora tengo que salir —dijo Douglas—. Si no vuelvo en dos horas, haz las maletas y lárgate. Vete a un sitio donde estés segura. Ya sabré cómo encontrarte.

—Esa corbata te queda horrible —dijo Alice—. Apenas regreses te iré a comprar otra.

## 26

Eran poco más de las seis de la tarde cuando el teniente Tobias Boyle, del Departamento de Policía de Nueva York, recibió una llamada del sargento Arthur Carson, de la Comisaría número 49 del Bronx.

—Teniente —dijo Carson—, tengo una patata caliente en mis manos que creo que le va a interesar.

—Estoy para patatas calientes yo, Art —dijo Boyle.

El teniente había pasado uno de esos días en que hubiera preferido quedarse en casa y que sus subalternos tuvieran que lidiar con la seguridad de la ciudad, y deprimirse en el intento.

—Nos ha llegado un CD —continuó Carson— con una conversación telefónica de un hombre con una chica, en la que revelan cosas de las que valdría la pena averiguar más. Se trata de los dos fiambres en el garaje de Avenida Park.

—Todavía no te acostumbras a tratar a los muertos con respeto —le reprochó el teniente Boyle—. ¿Piensas que será confiable?

—Habrá que ver si la voz de la chica coincide con la que nos mandasteis —dijo el sargento—, y de ser así, podemos comenzar a investigar lo demás.

Arthur «Art» Carson llevaba diecisiete años en el servicio, y si había algo a lo que no se había podido acostumbrar, era a tratar con respeto la memoria de escoria humana como Conner y Bull. Los conocía de sobra y en su fuero interno había pasado media carrera esperando que terminaran mal. Quizás no precisamente así, pero tampoco se trataba de ponerse demasiado detallistas.

—¿A eso le llamas una patata caliente, Art? —preguntó el teniente—. Yo lo veo como un indicio para continuar la investigación, pero no le veo nada tan delicado.

—Primero escúchela, teniente —dijo Carson—. No tiene desperdicio.

—¿Crees que es lo suficientemente importante como para que me la des mañana mismo? —preguntó el teniente Boyle.

—En estos momentos me están trayendo el coche para llevársela —respondió Carson.

—Joder —dijo el teniente—, tú parece que no conoces a mi mujer.

—Sí que la conozco —dijo el sargento—, pero tienes que escucharla, Toby.

En ese momento a Boyle se le encendieron las luces. Carson jamás lo tuteaba mientras estaban de servicio, a pesar de ser amigos desde hacía muchos años. Eso significaba que el pastel podía ser serio.

—Te espero —dijo el teniente.

Una vez que colgó, la cabeza le empezó a dar vueltas, como solía ocurrir cuando se le aparecía un caso que se le complicaba. No sabía qué podría ser lo que Art le traía, pero estaba seguro que era algo grande, y en el peor de los casos, con peces gordos involucrados. El sargento Carson era uno de los policías más respetados del departamento y su experiencia en la investigación de crímenes violentos y de la mafia lo hacían uno de los primeros candidatos a hacerse con casos complicados.

Si Carson no había ascendido más en la escala jerárquica de la institución, era simplemente porque no soportaba el trabajo administrativo y sentía el mayor de los desprecios por toda autoridad impuesta por decreto. La que él ostentaba había sido ganada con prestigio y experiencia, y le era suficiente para hacer o dejar de hacer todo lo que necesitara en la investigación de sus casos. Además, si era por mandar, él mandaba más que cualquiera por sobre su cabeza en el escalafón administrativo.

El sargento llegó a los pocos minutos con el disco y, sin perder tiempo en protocolos, él y Boyle entraron a la oficina del teniente a escucharlo.

A medida que transcurría la grabación, la expresión de Boyle sufría una transformación formidable: su ceja derecha subía algunos milímetros. En un veterano del servicio, conocido por su carácter flemático y su retraimiento en cuanto a expresiones faciales, lo que estaba experimentando revelaba una gran sorpresa.

Una vez concluida la audición, sin mayores comentarios el teniente pulsó una tecla de su teléfono y dijo:

—¿Novak? ¿Puedes venir un momento?

El detective Novak, un hombre de unos treinta años, que haciendo honor a su procedencia de europeo oriental, lucía una reluciente cabellera rubia y ojos azules, entró al cuarto.

Boyle retrocedió la grabación y se la hizo escuchar.

—¿Reconoces la voz? —preguntó.

—La del hombre, no —dijo Novak—, pero la mujer parece ser la que llamó para indicarnos lo de los asesinatos en Park.

Carson miró a Boyle con expresión satisfecha.

—¿Tienes la grabación de la llamada? —preguntó el teniente.

—Está en el laboratorio —dijo Novak.

—Pues toma este disco y llévalo para que la metan en el espectrógrafo y nos digan si es la misma —dijo el teniente.

—Ahora no creo que haya nadie —dijo Novak.

—Cuando llegues, lo habrá —aseguró Boyle—. Les diré que el sargento Carson necesita una prueba para ahora mismo. Verás cómo corren.

—Muy bien —sonrió Novak—. La llevaré enseguida.

Cuando el detective Novak abandonó el despacho, Boyle se llevó la mano a la cabeza, atusándose los pocos cabellos que le quedaban, en una actitud muy familiar que adoptaba cuando veía ante sí un camino tortuoso y en subida. Eso significaba horas de sueño, riñas con su mujer y una intensificación de la úlcera.

Con Carson era todo lo contrario. Para él era un desafío y no podría haber aguantado tantos años en el servicio, con todas las horas irregulares y la paga miserable, si no hubiera sido por la pasión por su trabajo que, lejos de irse desvaneciendo con el tiempo y la costumbre, se acrecentaba cada vez más. Especialmente cuando le caían casos que se salían de lo común, como éste.

—Tenemos bastante, pero no tenemos nada —dijo el teniente—. No sabemos quién es la mujer ni quién es el hombre que, al parecer, sabe tanto de Santuzzi. Va a ser muy difícil llegar a ellos y mucho menos hacerlos declarar.

Carson sacó su pitillera y encendió un cigarrillo. Solía tomarse la libertad con su amigo Boyle, porque éste le aceptaba las mañas, y para él el cartel de «Se prohíbe fumar» en la oficina no tenía aplicación. A lo sumo lo envidiaba porque Art no tenía una mujer en casa que lo obligó a dejarlo. Dadas así las cosas habría sido una bajeza ponerse estricto con él, solamente porque no fue capaz de ponerse firme con la esposa.

—No los necesitamos —dijo Carson—. Nos basta con enterarnos de lo que han dicho. De ahí en adelante tenemos que averiguar nosotros si las acusaciones son legítimas o no.

El teniente Boyle se levantó parsimoniosamente, tomó su chaqueta y se la puso.

—El caso está en tus manos, Art —dijo—. Supongo que eso era lo que esperabas oír.

Carson asintió con la cabeza mientras esbozaba una sonrisa de colmillo retorcido.

—Eres un cabrón, Carson —dijo el teniente Boyle—. Espero que todo se complique y que estés meses con jaqueca. Eso sí, a mí no me jodas. Si por casualidad me quieres informar algo, bien, pero no me involucres en la investigación.

—Eres un cagón, Boyle —repuso el sargento—. Lo que pasa es que tienes miedo de meterte con los poderosos y que la cosa salga mal. Pero ya te jactarás cuando lo hayamos mandado a la cárcel.

Ambos sabían que Carson bromeaba. Lo que describía era la antítesis de la actitud usual del teniente Boyle, un hombre intrínsecamente honesto, que no había dudado jamás en poner en juego su puesto, y hasta su vida, cuando había que enfrentar a los delincuentes de guante blanco y alto estatus social.

—El bebé está en tus manos, Art —dijo Boyle—. No lo dejes caer. Y mantenme informado.


Douglas regresó al motel antes de las dos horas, y Alice, una mujer pragmática que había forjado su carácter a golpes en los últimos días, lo esperaba con tranquilidad.

—¿Cómo te fue?

—Espero que bien —dijo Douglas—. Habrá que esperar acontecimientos.

—Yo creo que será mejor que no esperemos tanto —dijo Alice—. Hay que buscar la manera de salir de aquí y buscar un lugar donde vivir una vida normal.

—Si ocurre algo, no tardaremos demasiado en saberlo —dijo Douglas—. Si pasa el tiempo y no sucede nada, habrá que pensar en el futuro, fuera de aquí. Aunque todavía me queda algo por arreglar antes de irme.

Se quitó la chaqueta y la corbata, y se tendió en la cama mientras Alice lo miraba con curiosidad. Su vida de granuja lo había acostumbrado a vivir en medio de tensiones para poder subsistir, y su sistema nervioso reaccionaba razonablemente ante la presión, pero como se habían dado las cosas, su cuerpo estaba empezando a acusar el castigo sicológico. La energía, una de sus características más prominentes, lo estaba empezando a abandonar, y en estos momentos era lo peor que le podía ocurrir. Estaba a punto de dar un cambio brutal a su vida, y necesitaba toda la fuerza del mundo para seguir adelante.

En algún lugar de su cerebro, Alice creyó comprender que Douglas la necesitaba y, volviendo a transgredir una regla más de las muchas que había violado en las horas pasadas, decidió no desentenderse y prestarse a ayudar. No lo tenía claro, pero al parecer la solidaridad era una virtud que estaba afianzándose en su carácter con la intención de quedarse.

Se recostó al lado de Douglas y puso la cabeza en su hombro, mientras él la rodeaba con su brazo.

—¿Cuánto crees que demorará uno en llegar a odiar a alguien al que ha querido tanto durante tanto tiempo? —preguntó Douglas.

La pregunta era inopinada, y estaba muy lejos de ser un tema que Alice había considerado alguna vez, pero la respuesta llegó con una inesperada prontitud.

—Segundos —dijo—. Aunque para ello tiene que haber un hijo de puta involucrado.

Douglas esperó a que se explicara.

—Yo jamás odiaría a una persona espontáneamente —continuó Alice—, a menos que me hiciera una putada muy grande, y además sea consciente de que me la está haciendo. En ese momento ha sido él el que ha buscado mi enemistad, y a contar de ahí, la tiene sin reservas y para toda la vida.

—Cuando era niño me costaba creer que pudiera haber amistades que se rompieran de esa manera —dijo Douglas—. Me parecía que los amigos estaban predestinados para quererse toda la vida. Hasta que en el colegio de curas nos pusieron Ben-Hur, una película más vieja que la tos, de historia sagrada y eso, y salí estupefacto de ver cómo Messala y Ben-Hur, que habían sido tan amigos, habían terminado tan mal. Pasado el tiempo me consolé pensando que era solo una película y que esas cosas no pasaban en la vida real, pero cada vez más me fui dando cuenta que sí. Hasta llegar al punto de pensar que no se puede confiar en nadie. Luego apareciste tú, pero eres una excepción. La norma sería que me traicionaras, como me traicionaron otros en los que tenía depositadas todas mis ilusiones.

Alice no tenía muchas ganas de escuchar esas divagaciones, especialmente porque en su cabeza no tenía tan claro cuáles eran las perspectivas para el futuro, respecto a fidelidades. Se sentía halagada de que la encasillaran en el grupo de las personas leales, pero tampoco quería que esa admiración se transformara en una idolatría injustificada.

Por lo demás, se podía identificar muy bien con el tema, aunque no recordaba si había pasado mucho tiempo antes de que se decepcionara definitivamente de aquellos a los que tenía por sus protectores.

—Mi padre ha muerto para mí —dijo Alice—. Murió hace muchos años. El mismo día en que pretendió abusar de mí y mi madre lo sorprendió. Eso significó su sentencia de muerte, y de ahí en adelante supe con quién estaba tratando. Dejé que la vida pasara, aprovechando todo lo que podía sacarle, hasta que llegara el momento de dar el golpe final. Pero la vida en este caso no es como las películas. Ahora él estará en su mansión, sin un rasguño, esperando que nos encuentren y terminen el trabajo que dejaron ir los dos maleantes. Y los que osen actuar contra él, correrán la suerte de mi madre.

Douglas no estaba tan seguro de que fuera a ser así, pero no podía aportar más que sus esperanzas basadas en perspectivas muy vagas. Teniendo en cuenta el poder y la influencia de Myron, era esperable que su denuncia fuera a quedar archivada y al cabo de algún tiempo se olvidara.

El hombre que le dio los datos parecía ser de buena familia. Seguramente se trataba de un hombre de negocios que fue engañado por Myron y estaba buscando la manera de desquitarse a través de él, porque él mismo no se atrevía y no quería exponerse a represalias.

¿Cómo se enteró de su existencia? Nadie lo sabía, pero el hecho de que lo hubiera encontrado era el detalle más inquietante de todos. Con que una persona supiera dónde estaban, ya corrían peligro.

—Espero haber hecho algo para devolverle el «favor» a tu padre —dijo Douglas—. No sé si servirá. Ni siquiera sé si he caído en una trampa. Pero ya habrá tiempo más tarde para despedirse de esta identidad e iniciar una nueva vida, si es que existe algo así.

Alice no respondió. Ni siquiera se había detenido a pensar acerca de nuevas vidas. Era verdad que la que había tenido hasta ahora ya no existía, pero no era capaz de hacerse a la idea de inventarse otra todavía.

—¿Hasta cuándo piensas esperar? —preguntó Alice.

—No mucho tiempo —dijo Douglas—.

# 27

—Ha sido una casualidad que me encontrara, oficial —dijo Burt, abriendo la puerta de su despacho al
sargento Carson—. En realidad estoy de vacaciones.

Carson asintió y aceptó la invitación de Burt a que
se sentara frente al escritorio.

—Si lo prefiere me dirijo a algún otro miembro del
equipo legal—dijo el sargento—. Presumo que habrá
otros abogados encargados del estudio mientras usted
descansa.

—Por supuesto —dijo Burt—, pero ya que está
aquí, arreglemos el asunto entre nosotros.

—La culpa es suya —dijo el sargento con una sonrisa—. Cuando llamé a la oficina, la secretaria me co-
municó con usted, a pesar de que estaba en su casa.
Debió haber ordenado que no lo molestaran, especialmente cuando se trata de un policía que lo viene a
importunar.

Burt levantó los hombros, reconociendo su error.

—O, al menos —dijo Carson, mirando fijamente
al abogado— no debió dejar instrucciones expresas
de que le transfirieran la llamada a usted cuando fuera
de un policía.

Burt no sabía muy bien cómo el sargento se había enterado de ese detalle, a menos que la estúpida de Susan hubiera dejado el teléfono conectado mientras hablaba con él para decirle que «perdone que lo moleste, pero como usted me dijo que lo llamara enseguida en caso de que…»

El futuro de todos era demasiado incierto, y a Burt el de su secretaria le interesaba demasiado poco como para ponerse a pensar en posibles sanciones.

—Es un procedimiento estándar —dijo Burt—. Efectivamente tenía que haberlo interrumpido por el tiempo en que no estoy, pero, estamos en plena investigación de la muerte de nuestro socio principal, y yo quiero ser el primero en ser informado de los avances.

Carson hizo un gesto de comprensión.

—Presumo que será de eso de lo que me quiere hablar —dijo Burt.

—No exactamente —dijo Carson—, aunque está relacionado. Quería saber quién ha quedado a cargo de los documentos que manejaba el señor Evans.

—La oficina, desde luego —respondió Burt.

—¿También los documentos privados y secretos?

Burt se puso serio. Continuaba respondiendo con amabilidad, pero la conversación se estaba yendo por un camino que podía colisionar con su concepto de ética profesional y la confianza entre abogado y cliente.

—Así es —dijo Burt—, pero no estoy facultado para discutir esos temas con usted, si me lo permite. Después de todo estamos hablando de documentos «privados y secretos», como usted ha dicho.

—Antes de morir —continuó el sargento, como si nada— el señor Evans recibió documentos confidenciales que contenían información que podrían ser de mucha importancia para dilucidar algunas cosas pendientes.

—Sargento —interrumpió Burt—. Usted sabe perfectamente que si quiere alguna información de mí, deberá solicitarla con la correspondiente orden del juez en la mano. Por lo demás, esta conversación está terminada.

—Como usted quiera, abogado —dijo Carson, poniéndose de pie—. Solamente lo ponía al tanto de que hay un procedimiento en marcha. Espero que lo tome como un aviso amistoso y no se le ocurra hacer desaparecer las pruebas.

—Si lo que quiere hacer es provocarme, sargento —dijo Burt—, creo que comete un error que puede resultar fatal para su carrera. Yo no acepto ese tipo de presiones.

—Abogado —dijo Carson en un tono demasiado irónico como para ser conciliador—, ambos sabemos de qué estamos hablando. No espero que me diga nada ni que colabore conmigo en nada. Solamente quiero que comprenda que cualquier cosa que haga para entorpecer la investigación, puede crearle problemas. Eso es todo.

—Conozco las leyes, oficial —dijo Burt—. Y confío en que usted también.

—Por favor, no me lo tome a mal —dijo el sargento—. No es nada personal. Es solamente una advertencia general para evitar malentendidos.

Como única respuesta, Burt se dirigió a la estantería y abrió una puerta, detrás de la cual había una caja fuerte. Giró la rueda con la combinación y la abrió, sacó un paquete cerrado y sellado y lo dejó caer con estrépito en el escritorio.

—Para que vea que estoy dispuesto a colaborar, sargento, éstos son los documentos a los que probablemente se refiere. No tenemos nada que ocultar, no sé lo que habrá en ellos y me importa un rábano. Seguirán aquí hasta que vuelva con una orden de registro y me obligue a mostrárselos. ¿Cuánto más de buena fe espera de mí?

Carson se quedó paralogizado por algunos segundos. Sinceramente no esperaba una reacción así del abogado de uno de los felones más connotados del país, a quien su influencia, sus relaciones y su dinero le habían ahorrado que fuera a dar con sus huesos en la cárcel. O el tipo era redomadamente tonto o tenía algo demasiado refinado detrás, cosa que el policía no se podía imaginar ni con la mejor voluntad del mundo.

—Y para ganar tiempo —dijo Carson—, ¿no sería posible que me dejara ver algo más?

—De ninguna manera —dijo Burt—. Usted hace su trabajo y yo haré el mío.

El sargento asintió. Estaba claro que el tipo podrá haber sido muy ingenuo, pero no al punto de darle tantas ventajas.

—¿Sería capaz de esperar aquí conmigo hasta que llegue la orden? —preguntó Carson.

—No —respondió Burt—. Tengo cosas que hacer. Pero si puede conseguirla y traérmela dentro de dos horas, yo me encargaré de que mi jefe, el señor Santuzzi, esté presente. Así pueden arreglar todo el asunto de una vez. ¿Le parece bien?

—La orden ya está expedida —dijo el policía—. Estaré de vuelta en dos horas.


Fuertes golpes en la puerta de la cabaña del motel, vinieron a interrumpir la arduamente lograda paz de la habitación. Douglas dio un salto e instintivamente abrió la gaveta de la mesa de noche donde había guardado la pistola. Alice se puso de pie y corrió hacia el baño.

—¿Quién es? —preguntó Douglas.

—Soy Danny —dijo una voz—. Danny Horvath. Alice ¿estás ahí?

Alice se asomó y su cara reflejaba toda la sorpresa del mundo. Antes que Douglas pudiera reaccionar, exclamó:

—¿Danny? ¿Eres tú?

El gesto furibundo de Douglas para que cerrara la boca y no dijera nada más no tuvo efecto alguno. Al parecer la muchacha había reconocido una voz que pertenecía a alguien en quien confiaba, aunque la experiencia debía haberle enseñado ya que esas percepciones no siempre eran las acertadas.

Corrió hacia la puerta y la abrió sin tomar ninguna precaución. Un muchacho de unos veinte años, de melena rubia y aspecto deportivo esperaba afuera, cargando un maletín. Alice lo cogió violentamente de la pechera de la camisa y lo lanzó hacia el interior de la habitación con tal ímpetu que estuvo a punto de hacerlo perder el equilibrio. Danny no había alcanzado a formarse una idea de lo que le esperaba allí dentro, cuando ya tenía una Beretta apuntándole a la sien, y un hombre con cara de ser capaz y de estar dispuesto a descerrajarle un tiro, mirándolo fijamente.

—¿Cómo me encontraste? —preguntó Alice.

—Primero ¿le puedes decir a tu amiguito que tenga cuidado con las armas de fuego? —dijo Danny.

Lo único que le faltaba a Douglas después de todo lo que había tenido que soportar, era un mozalbete sarcástico. Se cambió el arma a la mano izquierda para resistir cualquier tentación, y con la derecha le depositó un puñetazo que lo lanzó contra la pared, semiinconsciente.

—Cuando tengas que decirme algo, me lo dices a mí, hijo de puta —rugió Douglas—. Ahora tienes un segundo para decirme quién eres y qué coño buscas aquí.

Alice reaccionó con una razonable dosis de preocupación, aunque no dejaba de entender que la reacción hubiera sido la esperable ante un tono tan poco respetuoso. De ahora en adelante seguro que Danny corregiría su estilo.

—Es el hermano de Leo —dijo Alice—. No hacía falta que te pusieras así.

—Ahora me dirás cómo nos encontraste —dijo Douglas.

Aliviado por el hecho que Alice hubiera tomado la palabra antes de que pasara el segundo de plazo para que le volaran la tapa de los sesos, Danny reptó hacia el maletín que había caído junto con él.

—Un correo llevó esto a mi casa y me dio esta dirección para que lo trajera —dijo.

—¿Un correo? —preguntó Alice—. ¿De quién?

—Yo que sé —dijo Danny, sobándose la mandíbula, que ya se le estaba comenzando a hinchar levemente—. El mensaje era que se trataba de algo de vida o muerte y que tenía que ser resuelto en una hora más.

—Dame el mensaje —ordenó Douglas.

—El mensaje lo tuve que memorizar, y espero que no se me haya olvidado con el sopapo.

El joven parecía estar recobrando su presencia de ánimo, aunque, afortunadamente para él, no su sarcasmo.

—Bueno —dijo Douglas—. ¿Cuál es el mensaje?

Danny hizo un gesto de molestia con la cabeza y se dirigió a Alice:

—¿Tienes una aspirina?

—Más tarde —dijo Douglas—. El mensaje.

—Tenéis que llevar este paquete a la una cuarenta al edificio Nueva Escocia, en la Quinta Avenida, suite # 918.

—Es la oficina de Evans —dijo Alice.

—¡Hijo de puta! —exclamó Douglas—. ¿Tú crees que somos tan pendejos que nos vamos a dejar engatusar de esa manera? ¿Quién te mandó aquí? Responde o te vuelo la cabeza.

A pesar de lo delicado de su situación, Danny parecía no perder completamente la calma, por lo menos no antes de haber cumplido con todo el mandado.

—Todavía faltan instrucciones. Después te respondo lo demás —dijo Danny.

Alice, que volvía con una aspirina y un vaso de agua, le hizo un gesto a Douglas para que lo dejara continuar. Algo le decía que podía confiar en el muchacho, al que conocía desde hacía tiempo y sabía que era de fiar.

—Tenéis que llegar a la hora que os dije, y esperar en el vestíbulo, detrás de la recepción. Tenéis que aseguraros que no os vean. Cuando veáis llegar a varios policías dejáis pasar cinco minutos y subís por el ascensor de servicio.

—¿Y cómo vamos a saber si son policías? —preguntó Douglas, ya algo más calmado.

—Serán varios hombres que llevarán cajas, y posiblemente haya algunos de uniforme. En todo caso, el que dirige la operación tendrá que identificarse ante el tío de la recepción.

—Ahora necesito que me digas cómo llegaste a esto, y cómo nos encontraste —dijo Douglas.

—Te he dicho que me lo trajo un correo. Y me dijeron que no se te ocurra abrir el maletín. Está con llave y debe seguir así.

Douglas dejó la pistola en la cama y se sentó a analizar la situación. Miró el reloj y echó la cabeza hacia atrás, como si estuviera ante un profundo dilema. Y era verdad. Faltaba todavía algo de tiempo para la hora convenida y había que pensar cuidadosamente el camino a seguir. El peligro de meterse en la boca del lobo, yendo a una de las oficinas donde se habían urdido las fechorías más temibles del entramado de Myron Santuzzi, era algo a lo que no podía exponerse, y mucho menos exponer a Alice.

—Iré solo —dijo Douglas, y mirando a Danny agregó—: y tú me acompañarás.

—Olvídalo —dijo Danny, poniéndose de pie—. Las instrucciones fueron clarísimas. Alice tenía que ir contigo, y si tú no ibas tampoco pasaba nada.

Douglas miró a Alice y la mente se le puso en blanco. No se veía en condiciones de defenderla ante un nuevo ataque de los esbirros de su padre, y perderla ahora sería perderla para siempre.

—Espera —dijo Danny dirigiéndose a Alice—, falta algo. El mensajero dijo que te dijera que el dueño del castor te esperaba detrás del árbol.

Alice pegó un salto como si le hubieran puesto corriente y, ante la mirada estupefacta de los dos hombres, se abalanzó hacia el ropero, se quitó la ropa hasta quedar completamente desnuda y se puso el vestido recién comprado, mientras decía:

—Vamos. No sea cosa que nos quedemos atascados en el tráfico.

## 28

Myron Santuzzi esperaba repantigado en su mullido sofá la llegada de la policía. Fumaba su pipa mientras revisaba algunos papeles ante la atenta mirada de su abogado. Burt estaba en el escritorio que antiguamente ocupaba el fallecido Vernon Evans, y su rostro no parecía evidenciar preocupación. Había temido en un principio que su jefe le llamara la atención una vez más por hacerlo venir al estudio para estar presente en algo que perfectamente podría haber arreglado él solo. Por suerte fue capaz de convencerlo de que era importante que fuera testigo del operativo para dejar todavía más demostrado que no tenía nada que ocultar y que quería colaborar en todo con las autoridades.

Para Myron toda esa era palabrería hueca, pero comprendió que Burt podría tener algo de razón. Si Evans hubiera estado vivo, no hubiera habido ninguna necesidad de que él hubiera estado presente. El astuto Vernon ya sabría cómo manejar a los visitantes con el oficio que le daban años de representarlo, pero Burt seguro que se haría un lío y lo más probable es que soltara cosas que a nadie le interesaba que supieran.

Myron levantó la vista de sus papeles y se dirigió a Burt:

—¿Te dijeron qué era lo que buscaban concretamente?

—Documentos, presuntamente incriminatorios —respondió Burt—. Se supone que alguien se los hizo llegar a Evans, no se sabe si para chantajearte o para qué.

—¿Revisaste si estaban en alguna parte de la oficina? —preguntó Myron.

—Revisé todo y no hay razones para preocuparnos —aseguró Burt—. Precisamente por eso los cité aquí en dos horas, para que comprobaran delante de ti que no teníamos nada que pudiera ser usado en nuestra contra.

Burt hizo una breve pausa para enfatizar lo concienzudo del procedimiento, y agregó:

—Y lo que pudiera haber habido, ya ha desaparecido.

Myron estuvo a punto de pensar que su yerno tenía las cosas bajo control y que había actuado con sensatez, pero eran demasiados los prejuicios y los precedentes que había que superar para llegar a esa inferencia, y prefirió esperar acontecimientos.

—¿Has sabido algo de los escapados? —preguntó Myron.

Burt sonrió.

—¿Has sabido algo? —insistió Myron.

—Algo —dijo Burt.

—¿Qué? ¡Habla, hombre! —dijo Myron.

—Están a punto de caer en la boca del lobo —dijo Burt—. Me imaginé que te gustaría saberlo, pero quería que fuera una sorpresa.

—No quiero sorpresas —dijo Myron—. Ya me he llevado varias en el último tiempo y no me han gustado nada.

—Esta te gustará —dijo Burt, con una asertividad que Myron no le conocía.

El magnate estaba a punto de exigir a su yerno que fuera al grano, cuando la secretaria golpeó tímidamente la puerta y entró.

—Señor Santuzzi, unos señores han llegado preguntando por usted. Son policías.

Myron asintió con la cabeza y ni siquiera se tomó la molestia de ponerse de pie cuando los oficiales entraron.

—Supongo que tendrán una buena explicación para todo esto —dijo—. No me gustaría tener que iniciar acciones legales contra la policía, después de haber sido tan generoso en mis donaciones a los cuerpos de seguridad del estado.

—Aquí tiene la explicación, señor Santuzzi —dijo el sargento Carson, extendiéndole la orden de registro.

Myron ignoró el gesto y fue Burt el que tuvo que acercarse a recoger el documento.

Lo primero que hizo el policía fue ir hacia el estante donde estaba la caja fuerte. Abrió la compuerta, escondida detrás de algunos libros y se dio vuelta hacia Burt.

—¿Me puede hacer el favor de abrirla, señor? —dijo.

El abogado sacó su llavero y se aproximó con parsimonia. Introdujo la llave en la cerradura y, dirigiéndose al policía, dijo:

—¿No le importaría girarse? Porque no esperará que le dé el número de la combinación, ¿no?

El oficial se alejó unos metros y esperó.

Después de cumplidos los pasos correspondientes, Burt abrió la puerta de la caja de seguridad y volvió a su escritorio a examinar la orden de registro.

—Es toda suya —dijo Burt.

Algo en el tono de voz del abogado le dijo que la cosa andaba mal. Carson se acercó a la caja fuerte y comprobó que su sospecha era correcta. Adentro, fuera de algunos fajos de billetes, de cajas pequeñas que podrían guardar objetos de valor y de algunos sobres de tamaño carta, no había nada más.

Burt esperaba una mirada fulminante del sargento, pero no llegó. Estaban en el sitio donde tenían que encontrarse los documentos incriminatorios y no se iría de allí hasta encontrarlos.

—Muy bien —dijo Carson, dirigiéndose a la docena de policías que había a su alrededor—. Revisen todo.

—¿A qué se debe todo este circo? —preguntó Myron con tono de aburrimiento—. Usted comprenderá que tengo cosas más importantes que hacer que estar mirando cómo la gente a la que le pago su salario me saquea la oficina.

—Estamos buscando evidencia, señor —dijo Carson—. Su abogado cree ser muy astuto pero ya hemos resuelto más de un caso ante tipos más astutos que él. No dude que encontraremos lo que buscamos, y ahí será usted el que nos explique el circo.

Los hombres que Carson había apostado en los alrededores de la oficina para que controlaran que el paquete que le mostró Burt no saliera de donde estaba, no habían visto ningún movimiento sospechoso por lo que tenía la certeza que los documentos todavía estaban ahí.

El sargento estaba comenzando a entender que había sido engañado por el último imbécil del que lo esperaría. Eso no solamente significaba dejar ir a un delincuente contra el que pesaban cargos gravísimos, sino perder todo el prestigio que había acumulado en sus años de servicio, simplemente por haber confiado demasiado en su olfato y cometido errores de principiante.

El abogado lo había jodido, pero si caía, no iba a ser solo. Y su jefe, que no cantara victoria tampoco. Lo que tenían en la grabación telefónica ya era suficiente para abrir varias investigaciones, y aunque no se pudiera probar mucho, por el momento, ya verían la manera de hacerlo pasar un mal rato.

Los hombres a cargo del sargento Carson llevaban a cabo su trabajo concienzudamente, revisando cada rincón del recinto, incluyendo algunos en los que se pudieran esconder cosas, como debajo de los muebles o detrás de los cuadros. En otras circunstancias, quizás Myron Santuzzi habría montado en cólera y llamado a alguna alta autoridad del estado para denunciar este atropello, pero en este caso su pasividad era absoluta. Seguía leyendo y fumando su pipa como si a su alrededor no hubiera nadie.

Carson sabía que la única explicación para tanta parsimonia era una conciencia culpable, y que estaba por el buen camino. Y lo estaría mucho más si el cabrón del abogado no le hubiera tendido esa celada.

Cuando la secretaria de Burt volvió a entrar, su expresión era de sorpresa, pero no por lo que vio sino por lo que venía a anunciar.

—Burt —dijo—, Alice está aquí.

Myron dio vuelta la cabeza, alarmado y se puso de pie.

—Quienquiera que sea, que vuelva en otro momento —dijo el sargento Carson—. Ahora se está llevando a cabo un allanamiento.

—No —exclamó Myron—, déjela, por favor.

La actitud del magnate era de enorme agitación. No podía dejar que su hija volviera a desaparecer, después de todo lo ocurrido. Había sido un golpe de suerte demasiado grande que hubiera cometido la tontería de haber ido a ver a Burt justamente cuando él estaba en la oficina, y esa era una casualidad que no se volvería a repetir. No podía permitirse perderla de nuevo.

—Burt —ordenó—, encárgate de ella.

El abogado estaba paralogizado, con cara de lelo y sin atinar a hacer nada. Ni siquiera el grito de Myron fue suficiente para sacarlo de su estado y Carson, ese viejo zorro, creyó ver en la actitud de ambos hombres que la presencia de la muchacha podía resultar embarazosa para ellos. Y decidió averiguar si era así, y por qué. Por una parte, no querían que se fuera, y por otra estaban desesperados por retenerla.

—Hágala pasar —dijo el sargento.

—No tiene nada que hacer aquí —se contradijo Myron una vez más. Y dirigiéndose a su abogado dijo—: Burt, llévatela.

Demasiado tarde. Ángela ya estaba allí, y junto a ella el impresentable «médium» al que solamente la torpeza de aquellos delincuentes a los Myron que había contratado, había impedido que estuviera muerto.

—¿Estamos interrumpiendo algo? —preguntó Alice, con su mejor cara de inocencia.

—Soy el sargento Carson, Policía de Nueva York. ¿Y usted es…?

—Alice Santuzzi. Fui procreada por este señor.

Los términos en los que se presentó la muchacha, dieron a entender al policía que las relaciones con su progenitor no debían ser buenas.

—¿Y usted? —preguntó Carson a Douglas.

—Un amigo de la familia —dijo Douglas.

Myron reaccionó con una furia acrecentada por la desesperación.

—Es un estafador, un fraude —gritó—, un bueno para nada que embaucó a mi hija para acostarse con ella y quedarse con mi dinero. A él es a quien debieran arrestar.

—¿Y se puede saber que hace aquí?—, preguntó Carson a Douglas, sin querer detenerse en formalidades, después de la muy insuficiente presentación.

—He venido a traerle unos recuerdos a mi amigo Myron —dijo Douglas, extendiéndole el maletín al policía.

—¿Podría abrirlo por favor?

—No tengo la combinación —dijo Douglas—. Lo siento.

—¿Alguien conoce la combinación? —preguntó el sargento, mirando a su alrededor.

Myron estaba a punto de explotar de nuevo mientras Burt seguía sentado en su escritorio con la cabeza gacha y con la apariencia de un condenado a muerte.

Carson indicó con un gesto a uno de sus hombres que descerrajara la cerradura, y el policía obedeció. No tardó más de dos segundos en hacer palanca, y el maletín se abrió, mostrando en su interior un voluminoso paquete sellado.

El sargento Carson rompió el sello y comenzó a revisar algunos de los documentos que contenía el envoltorio. Llevaba demasiado tiempo en ese negocio como para dejar entrever emociones, pero por dentro estaba exultante.

Alice, por su parte, decidió intervenir también:

—No sé que clase de cargos habrá allí, oficial, pero seguro que le falta uno. Apuesto que no está la violación de una menor de edad y el asesinato de su primera esposa, por haber sido testigo del asalto y haberlo amenazado con denunciarlo a la policía. Pero la menor de edad vive, ya es adulta y sí está en condiciones de denunciarlo. Y a mí no me podrá asesinar. Ya perdió la oportunidad en el primer intento y fracasó. Igual como fracasó en el primer intento de violarme, ¿verdad señor Santuzzi?

Desde su escritorio, Burt miraba petrificado la escena sin atinar a hacer nada. Myron tenía la expresión de un boxeador al que le seguían contando hasta diez y no veía la forma de incorporarse, Douglas sonreía por dentro y los policías continuaban con su labor.

Carson volvió a introducir los papeles al paquete, ordenó que se precintara el maletín con los documentos dentro, y dijo:

—Señor Santuzzi, a esto se debía todo el circo. Le ruego que nos acompañe a la comisaría para aclarar algunas cosas. En caso de negarse, tengo los antecedentes suficientes para detenerlo. ¿Qué prefiere?

Myron se levantó dirigiéndose a su yerno, gritó:

—¿Y tú no piensas hacer nada, pedazo de inútil?

—Dame tiempo, Myron —respondió el abogado—. El caso del intento de violación de una menor de edad no lo conocía. Tendré que agregarlo al dossier para la fiscalía. Tardará unos días pero no te preocupes, estará listo para cuando comience el juicio.

Myron masculló algunas imprecaciones entre las que se pudo reconocer las palabras «rata» y «traidor», mientras la policía le ponía las esposas y lo conducía hacia la salida.

—¿A dónde lo llevan? —preguntó Burt.

—Al delegación policial 45, en Barkley —respondió Carson.

—Usted está consciente que tiene derecho a asistencia legal, ¿verdad? —dijo Burt.

—Por supuesto —respondió el policía—. Presumo que no será usted el que lleve su defensa.

—Presume bien, sargento —respondió Burt.

Carson se acercó a Douglas y lo miró con curiosidad. Detrás tenía que haber una historia interesante y ya habría tiempo de conocerla.

—Por favor, dele todos su datos al detective, para que lo podamos contactar más tarde.

Douglas asintió.

—Y gracias —dijo Carson.

Cuando los policías se retiraron se hizo un silencio pesado en la habitación. Nadie sabía muy bien cómo reaccionar, hasta que Burt tomó la iniciativa y miró a Alice con una semisonrisa tímida. La muchacha se abalanzó hacia él para que la estrechara en sus brazos y lo besó con una intensidad que hizo pensar a Douglas que lo mejor sería retirarse discretamente.

El hombre que le comía los labios a su compañera de vicisitudes estaba algo cambiado desde la primera vez que lo vio, con una barba de tres días y vestido de forma deportiva, cuando le dio todos los antecedentes para que contactara a la policía.

Ese cabrón, abogado de un cabrón todavía más grande, había urdido desde la sombra el entramado para terminar con Myron Santuzzi en la cárcel. Y también, por lo visto, para recuperar a su mujer. Frente a eso, Douglas no tenía ningún argumento.

Burt sostenía firmemente a Alice contra su pecho, mientras ésta lloraba todo lo que no había llorado nunca en su presencia, en medio de esa relación ecléctica e infiel que ambos mantenían, donde los principios de libertad no dejaban resquicios para reconocer lo que podría ser el amor.

Porque el amor se da a conocer en los momentos difíciles, cuando cuesta y cuando duele. Ahora había llegado la hora de reconocerlo. Burt lo había hecho a su manera, saliendo de su posición de comodidad indolente y tomando partido por primera vez con algo decente, aunque eso significara hipotecar parte de su futuro. Para él su mujer era lo más importante y no aceptaría perderla sin presentar combate.

Alice había atisbado algún que otro indicio de que la relación no era solamente ese desahogo circunstancial de la carne y ese compromiso mercantil tan favorable para ambos. Burt no sabía disimular tan bien. No pudo evitar que se le escapara una mirada de amor de vez en cuando, y ella no fue capaz de impedir que el corazón le diera un vuelco cada vez que ocurría. No pudo evitar inventar el cuento del castor detrás del árbol para sacarla de sus momentos de depresión y levantarle el ánimo, aunque eso significara delatar demasiados de aquellos sentimientos que llenaban su corazón hasta el punto de dolerle cada vez que la dejaba ir. Ahora ya se podían abrir el uno al otro, y afrontar el futuro juntos, esta vez auténticamente sin compromisos.

Douglas hacía correr la mirada por la habitación, sin ver absolutamente nada. Dejó que su cerebro se concentrara la vida real y en lo que le deparaba el futuro. Todo el episodio anterior había que comenzar a olvidarlo, y prepararse para el siguiente desafío de seguir viviendo. No era una perspectiva menor y había que acometerla con optimismo.

—Me alegro que me hayas creído —dijo Burt, cuando Alice se hubo calmado.

Douglas no sabía que le estaban hablando a él, hasta que Alice lo llamó.

—¿Douglas?

—Sí —respondió—. La verdad es que tampoco te creí tanto hasta que me enteré de lo que había dentro de la maleta.

—Pero ¿cómo te pudiste enterar de lo que había dentro de la maleta? —dijo Burt.

—Soy un médium —dijo Douglas con toda seriedad—. No necesito abrir la maleta.

Alice soltó una risa que sorprendió a su marido. Obviamente Burt no estaba al tanto de la auténtica profesión de Douglas, y no podía saber que estaba en perfectas condiciones de abrir una combinación de una maleta, quitarle el sello a un paquete, leer el contenido y volver a dejar las cosas tal como estaban sin dejar rastro alguno.

Pero era un poco largo de explicar. Ya se encargaría Alice de contárselo, si es que su nombre aparecía en la conversación alguna vez. Se sorprendió esperando que no ocurriera y más todavía de que no le afectara mayormente.

—Bueno —dijo Douglas—, me marcho. Mucha suerte para los dos.

Alice sintió el impulso de acercarse y darle un abrazo, pero sería complicar las cosas todavía más. Ya había demasiado espacio para la sensiblería como para ocupar demasiados cartuchos en un episodio destinado al olvido.

—Adiós —dijo la muchacha simplemente—. Cuídate mucho.

## 29

Douglas Zitzky, ese oscuro ladronzuelo que había derrochado la vida buscando la comodidad del delito cutre para subsistir, y que había soñado con fortunas, sin haberse planteado jamás el haber trabajado para obtenerlas, cruzó las calles de Nueva Jersey como si hubiera despertado de un mal sueño. Estaba feliz de haber sobrevivido, de haber conocido el amor auténtico y de haber entendido la naturaleza real del género humano.

Las cosas se habían decantado por el lado positivo y ya podía mirar hacia el futuro sin mayores temores. Sus deudas estaban saldadas y tenía suficiente dinero ahorrado como para empezar de nuevo, ahora que el matrimonio con Patricia ya había quedado anulado. Además, de su último trabajo como médium le habían quedado algunos miles que, invertidos con sensatez, le podían asegurara un buen pasar.

Solamente la faltaba una pequeña cuenta por arreglar para quedar tranquilo. No es que fuera vengativo, jamás lo había sido, pero estaba empezando a tomarle el gusto a la posibilidad de sorprender a la gente cuando menos lo esperaba, y a hacer prevalecer la justicia por sobre la vileza, aunque fuera de forma testimonial.

Había entrado a la Avenida Edwin, y estaba a punto de llegar al complejo de apartamentos cuando vio salir a Mandy. Vestía un atuendo de ejecutiva y se veía más joven y mucho más distinguida que cuando se paseaba con su andrajosa bata de levantarse. Cruzó la calle y abordó un coche que Douglas no le conocía. El muchacho lo atribuyó a la recientemente llegada afluencia de dinero a la familia, entre otras cosas por haberlo vendido a Santuzzi para que lo hiciera martirizar hasta la muerte.

Mandy se perdió por la avenida, y la mirada entrenada de bandido profesional de Douglas reconoció en el vehículo características que lo delataban como de alquiler. Al llegar al apartamento, golpeó la puerta suavemente con los nudillos.

—¿Has olvidado algo? Creo que has dejado la puerta abierta.

La voz de Porter sonaba calma como de costumbre, aunque para Douglas ya no tenía la connotación de antaño.

Abrió la puerta y entró. Efectivamente Mandy la había dejado entrecerrada.

—Sí —dijo Douglas—. Estaba abierta. Deberías ser más cuidadoso, Porter. Ésta es un área remota. Aunque, por otra parte, poca gente llega por aquí, ¿verdad?

Porter lo miraba inexpresivamente. En su falda tenía un recorte de periódico que informaba sobre el arresto de Myron Santuzzi, acusado de asesinato y fraude fiscal.

—Veo que ya has recibido las buenas nuevas —dijo Douglas—. Me imagino que te habrán dado mucha alegría. ¿Dónde está Mandy?

Porter guardó silencio.

—Venga ya, Porter —, continuó Douglas—. No me digas que hiciste salir para poder fugarte tú solo, con todo el dinero.

Douglas sacudió la cabeza y se sentó frente a la silla de ruedas.

—Eso habría sido desleal —agregó—. Pero, al fin y al cabo, la lealtad es un valor en baja ¿no crees? Es solamente para imbéciles capaces de dejarse torturar hasta la muerte antes de traicionar a un amigo. Esa clase de mierda.

Desde que tuvo a Douglas frente a él, Porter había bajado la cabeza a la espera de lo que ocurriera. Cuando habló, ni siquiera tuvo la fuerza de mirarlo a los ojos.

—¿Me vas a matar? —dijo Porter—. Ya no hay nada que matar aquí. Yo morí hace muchos años.

—Pero has tenido una resurrección, que Lázaro es una mierda al lado tuyo —exclamó Douglas—. Y todo gracias a mí, ¿no crees?

Porter alzó los ojos. Su mirada era vidriosa como las de los muñecos de cera. No parecía estar escuchando pero seguro que estaba prestando atención.

—Porque no me negarás que hice un buen trabajo —siguió Douglas—. Porque ¿viste alguno de nuestros nombres en el periódico? Ahí tienes el recorte. ¿Aparecen nuestros nombres en algún sitio? Eso significa que tú puedes seguir con tu nueva identidad y forrado en dinero, y yo no tengo nada que temer de las autoridades.

Douglas se puso de pie y circunvaló la silla de ruedas. En la mesa de centro había dos pasajes de avión, que Douglas, movido por un impulso del momento, cogió y se guardó en el bolsillo.

—Aunque si tenías pensado largarte al extranjero, que sería una sensata idea, mejor es que vayas viendo la manera de agenciarte tus propios pasajes, porque los de Mandy se los llevó ella y quién sabe qué hará con ellos.

Perdiendo toda esa frialdad que lo caracterizó siempre y que había demostrado a lo largo de la conversación, Porter se giró violentamente. Douglas estaba a dos metros de la mesa de centro y los pasajes ya no estaban. Porter volvió a bajar la cabeza y ponerse taciturno, pero esta vez acompañado de una tristeza que lo hacía vulnerable como nunca antes.

—¿Qué pasa Porter? —dijo Douglas— ¿Ha habido cambio de planes?

Tanto la presencia de los boletos de avión como las reacciones de Porter, formaban un cuadro bastante claro para que Douglas se pudiera hacer una composición de lugar de la situación. Todo eso lo había aprendido con la técnica de «leer en frío» de los médium, y nunca se imaginó que le fuera a ser de tanta utilidad. Y pensar que se la debía al hombre en el que estaba utilizando el método.

La mención de los pasajes tornó lívida la aceitunada cara de Porter, y por primera vez transmitió una sensación de indefensión.

—No sé cuál podrá ser tu futuro —dijo Douglas—, pero por suerte el mío parece no tener demasiados problemas.

—A menos que Myron hable —dijo Porter, con una mueca de odio.

—¿Por qué? —dijo Douglas—. Déjalo que hable. ¿Qué puede hacer? ¿Acusar a un «consejero espiritual» llamado Jeff Greene de conspiración o estafa o lo que sea? Pues que lo vayan a buscar a su lujosa oficina en el edificio Ala Sur. A veces gente inocente tiene que pagar un precio por una buena causa. Por otra parte ese «médium» es un estafador de todas maneras y debería estar en la cárcel por fraude.

Douglas volvió a sentarse frente a Porter sin perder la sonrisa de superioridad.

—No, Porter —dijo—. No corro peligro.

Porter levantó la mirada y dijo:

—Bueno, mátame. ¿Qué ganarás con eso?

—¿Qué ganarás tú si te dejo con vida? —dijo Douglas.

Porter volvió a hundir la cabeza en su pecho. Ya estaba derrotado, y no había nada que pudiera ocurrir que cambiara ese profundo desprecio que había comenzado a sentir por sí mismo. Pero ya no podía caer más bajo, y si se trataba de aferrarse a su miserable vida, lo intentaría hacer.

—¿Qué quieres? ¿Dinero? —dijo.

Douglas sonrió con desdén.

—Tengo dinero.

—No tanto como yo —dijo Porter—. ¿Quieres mi dinero? Es tuyo.

—No lo necesito —dijo Douglas.

Porter pareció comprender perfectamente por qué no había salida.

—No —dijo—, no lo necesitas. Lo que necesitas es la venganza. Tienes que terminar conmigo para ganar definitivamente tu tranquilidad. Para cerrar las cuentas. Lo sé porque yo pasé años con el mismo pensamiento en mi cabeza. Tenía que pagarle de vuelta al que me puso en esta silla de ruedas.

Porter se irguió por primera vez y declaró con voz triunfal:

—Y lo hice.

—¿Y qué hay de mí, hijo de puta? —dijo Douglas, perdiendo la serenidad por primera vez.

—¿Qué hay de ti? —dijo Porter— ¿Que razón podría haber en el mundo para preocuparme de qué hay de ti? ¿Por qué habría de perder un solo pensamiento en preocuparme de qué hay de ti? Tú no sabes lo que es estar preso en una puta silla de ruedas, mirando a inútiles como tú viviendo una vida que no merecen.

La voz le comenzaba a salir a borbotones, mientras todo su cuerpo temblaba de cólera y las manos se aferraban a los brazos de la silla, como cuando se enfrentó con el despeñadero por primera vez después de haber sobrevivido la caída.

—Gente como tú —continuó Porter—, que puede hacer todo lo que quiera pero que nunca conseguirá hacer algo útil, algo valioso. A la que tienes que decirle todo, por la que tienes que pensar, tomar decisiones, guiarlas hacia el éxito. ¿Y qué recibes de vuelta?

—¿Lealtad? —preguntó Douglas.

—¡Lealtad! —gritó Porter dando un manotazo al aire— ¿Para qué coño puede servir la lealtad si tienes que vivir, día tras día, con el hecho de que ya no tienes vida, y que un saco de mierda como tú se ha hecho cargo, ganando tu dinero, aprovechando tus ideas y follándose a tu mujer. ¡Lealtad!

Porter parecía estar a punto de soltar el llanto.

—Te he odiado desde el mismo día que viniste a pedirme ayuda —declaró Porter.

—Entonces estarás satisfecho de que yo no te haya delatado, porque cabía la posibilidad que me torturaran hasta la muerte —dijo Douglas.

—Lo habrían hecho de todas maneras —dijo Porter con el tono amargo del que ha perdido la última oportunidad en su vida.

—Lo sé —dijo Douglas—. Ellos me lo dijeron. Me dijeron que habías sido tú el gran traidor.

Douglas se puso de pie y se paró detrás de la silla de ruedas.

—Vamos —dijo—. Vamos a dar un paseo.

El calor sofocante ya había amainado y la luz del sol ofrecía un reflejo engañosamente apacible al camino de tierra que llevaba hacia las empalizadas de Jersey.

Durante todo el trayecto Porter no abrió la boca. Parecía resignado a algo que no sabía qué era, pero que le costaba creer que pudiera ser su muerte a manos de alguien tan intrínsecamente bueno de corazón como Douglas. No, seguro que lo estaba intentando asustar. Y vaya si lo estaba consiguiendo.

Al llegar a las proximidades del despeñadero, Douglas se detuvo.

—Bien —dijo—. Aquí estamos. Este es el momento en que tu vida pasa por delante de tus ojos. Me imagino que no será una imagen muy bonita, pero bastante menos patética que el presente.

Douglas aplicó el seguro de bloqueo de las ruedas y se alejó unos pasos. El ruido metálico rompió la paz de la naturaleza y reverberó hasta las profundidades del talud.

—La razón por la que estás aquí —pontificó Douglas— es totalmente autoinfligida. Tú te lo has buscado. Lo siento, Porter, pero no puedo sentir compasión por ti.

Porter no reaccionó. Las cosas estaban cada vez más claras y no quedaba demasiado espacio para interpretaciones esperanzadoras.

—¿Qué te parece? —continuó Douglas—. Estabas tan ocupado odiándome y esperando mi muerte, que se te olvidó mirar a tu alrededor. Estabas dispuesto a traicionarme por acostarme con tu mujer, pero no se trataba solamente de una cuestión de honor. Tú realmente pensabas que Mandy era la única persona con la cual podías contar.

Douglas sintió el sufrimiento de Porter y estuvo a punto de desistir, pero el miserable había hecho demasiado daño como para que se fuera con tan poco castigo. Para evitar que su corazón lo traicionara, Douglas se alejó unos metros y le dio la espalda mientras hablaba. De no haberlo hecho, seguro que se hubiera arrepentido de castigarlo con sus palabras. Y no podía. No era el momento de claudicar. El cabrón se merecía el miedo que estaba pasando y la estaca que le estaban clavando en su conciencia.

—Pobre imbécil —dijo Douglas—. Tan racional, tan escéptico y al final tan ingenuo. ¿Tú realmente pensabas que Mandy iba a abandonarlo todo para quedarse con una ruina como tú? ¿No sería mucho más lógico que se fuera conmigo, por ejemplo?

—Mientes —susurró Porter con voz temblorosa.

—¿Estás seguro? —dijo Douglas— ¿Por qué crees que se llevó los billetes de avión cuando salió de casa? ¿Los dos billetes de avión? ¿Por qué crees que lo hizo?

—¡Maldito mentiroso! —bramó Porter.

Douglas pensó en los cables de electricidad sujetos a sus pezones y a Patricia besando a Conner. Era la única manera de poder alargar la tortura sin remordimientos. Y a pesar de todo le costó proferir la siguiente frase.

—¿No es imaginable que prefiera compartir su vida y su patrimonio con un hombre? ¿Con un hombre de verdad?

—Ella nunca me dejaría —murmuró Porter, para sí.

—Porter ¿cuántas veces me aconsejabas que fuera realista y ahora te comportas como un jodido quinceañero? Me dan ganas de vomitar.

El silencio que se produjo fue suficiente para convencer a Douglas que el propósito estaba cumplido, y que el cabrón se había llevado su justo correctivo, pero el ruido del seguro del freno hizo que se volviera bruscamente, solamente para constatar que Porter había movido la silla de ruedas con la fuerza que da la desesperación, y había saltado al barranco, esta vez por la zona sin árboles.

—¡Porter, no! —exclamó Douglas, con el rostro bañado en lágrimas, y acercándose al vació, agregó—: No podías dejar de ser el último en castigarme, hijo de puta.

Permaneció inmóvil por largos minutos, los ojos fijos en el borde de las palizadas de Jersey y con la extraña sensación de que sus manos, tan hábiles para desenvolverse en su trabajo, se le habían empapado de sangre.

Mandy regresó dos horas más tarde al departamento a terminar los preparativos para el viaje. Entró y encontró el piso vacío. Los billetes no estaban en la mesa y Porter había desaparecido.

Los pensamientos se agolparon en su cabeza, pero ninguno de ellos parecía tener sentido.

—¿Porter? —dijo con voz temblorosa— ¿Porter?

# Índice

www.ingramcontent.com/pod-product-compliance
Lightning Source LLC
Chambersburg PA
CBHW031247170626
46807CB00001B/24